La Rosée blanche

Jean-Paul Malaval

La Rosée blanche

ÉDITIONS FRANCE LOISIRS

Édition du Club France Loisirs,
avec l'autorisation des Éditions Presses de la Cité.

Éditions France Loisirs,
123, boulevard de Grenelle, Paris.
www.franceloisirs.com

ISBN : 978-2-298-01956-8

A Charline et à Gaëlle

PREMIÈRE PARTIE

L'eau de cendres

1

Longue et sinueuse cicatrice rousse, le chemin de terre de Lavialatte portait encore les traces d'une semaine de pluie. Là où le charroi avait creusé de profondes rigoles dormaient de grasses flaques stagnantes, cuivrées au soleil. Léon Goursat, d'un pas agile, sauta sur le bas-côté pour contourner l'obstacle. « La boue ! maugréa-t-il, on en a eu son aise… » Et il reprit sa marche sur le pré où le talon s'enfonçait à peine, essoré déjà par une belle journée de soleil. « La boue et le reste », grogna-t-il en humant l'air vibrant de mille insectes. Il respira profondément, l'attention captée par le silence.

Depuis son retour, on le surprenait fréquemment ainsi, immobile et droit, à contempler de longues minutes l'espace. Tout était redevenu calme dans sa tête, peu à peu. Mais ce que son regard embrassait à perte de vue lui paraissait, jour après jour, un don du ciel. Car il avait cru perdre à jamais ce pays, si, souvent rêvé, là-bas dans la boue, comme un jardin d'Eden. Pourtant, tout lui était revenu intact, les champs bouquetés de Lavialatte, les bois des Cousteaux moirés de brume dans le petit matin, les belles collines verdoyantes de Galiane-sur-Sévère, tout, sauf lui, lui qui avait tellement changé durant ces quatre années, au point de se demander si cette terre saurait encore apprivoiser l'animal sauvage et taciturne qu'il était devenu.

Parvenu à la cerisaie, Léon chercha le petit sentier qui, autrefois, permettait de couper au plus pressé. Il dégringolait à flanc de rocher entre les chênes nains et les buissons noirs pour aboutir aux ruchers. Les ronces avaient gagné toute la plantation, au point que le jeune homme dut se fier à ses souvenirs pour retrouver les traces de l'ancien chemin.

Tout est sens dessus dessous, pensa-t-il

en levant les yeux vers le cimetière du village où dormaient, dans la paix du jour, Clément et Pierre. Pierre surtout se serait alarmé de voir la propriété à l'abandon, dans une de ces colères qui lui avaient valu une réputation d'ours dans le voisinage. Léon Goursat se sentit découragé à l'idée qu'il lui faudrait remettre tout en état. Désormais, l'avenir repose sur mes épaules, se dit-il en se laissant glisser le long du rocher qui tombait à pic sur les ruchers, dont les minuscules toits en tôle piquée de rouille émergeaient à peine dans le fouillis des églantiers. Léon se souvint qu'à la mobilisation générale, avant de partir, il avait enterré là, près du laurier, son chien, le brave Basile. Il l'avait trouvé mort un matin, devant la porte des étables, sa langue bleu vitriol hors de la gueule. Il n'avait pas été difficile de deviner qu'on l'avait empoisonné avec de la taupicine.

Sans se soucier des armées d'abeilles qui virevoltaient autour de lui, le jeune paysan avança jusqu'à l'arbuste qui faisait déjà ses trois bons mètres de hauteur. « En voilà un qu'est bien nourri », fit-il en piétinant d'un air rêveur l'endroit où reposait l'animal.

A la sortie du taillis, Léon Goursat retrouva le chemin de terre menant vers les fonds de Lavialatte, au ruisseau du Roc-Pelé. Il traversa une lisière gagnée par les herbes sèches, endroit secret que son grand-père lui avait fait découvrir, où poussaient les oronges d'un jaune orangé comme des œufs au plat, dans leur volve laiteuse, fragile et odorante.

Un à un, les souvenirs des temps anciens lui revenaient à la mémoire avec leur cohorte d'odeurs et de couleurs. Il lui semblait renouer avec des pans entiers de son existence, qu'il avait crus, durant ces années terribles, perdus à jamais. Se pourrait-il que tout pût recommencer comme avant ? Les figures de ses frères surgirent devant ses yeux pour lui rappeler qu'il est des faits irrémédiables. D'un geste las, il chassa la tristesse qui l'étreignait.

Léon mit la main en visière au ras du front pour se préserver de l'éblouissement du soleil. Près de la fontaine de Lavialatte, maintenant il distinguait très nettement la charrette à cheval garée au bord du chemin, les brancards libres dressés en l'air. Le percheron broutait à quelques pas, dans le champ voisin. Plus haut, à flanc de talus, des pièces de couleur étaient étendues au petit bonheur, formant une mosaïque bariolée sur le vert du pré. Un sourire de contentement lui éclaira le visage.

— Emma ! cria-t-il, les mains en porte-voix. Emma !

Et, avant même que l'écho n'eût gagné le vallon, Léon Goursat se mit à courir à grandes enjambées, courbé sur ses pas, martelant les pierres comme il en avait acquis le réflexe lorsqu'il fallait monter en ligne parmi le grand troupeau, la peur au ventre, et oublier le miaulement des balles. Et plus il avançait, faisant gicler alentour les flaques d'eau sur son passage, plus il se rapprochait de la terre, cassé en deux, comme si le corps retrouvait l'instinct de survie. Le jeune homme s'arrêta soudain, le cœur battant, surpris par la sérénité de l'air. Alors, il se remit à marcher mécaniquement, butant contre les pierrailles qui pavaient le chemin.

Emma l'attendait près de la charrette, appuyée contre le moyeu de la roue. Elle avait emprisonné sa chevelure sous un grand mouchoir bistre noué aux quatre coins et portait une robe bleue semée de plumetis argentés, avantageuse à la poitrine. Il s'approcha jusqu'à distinguer le scintillement des perles de sueur qui dévalaient sur son visage, suivaient la colonne du cou et allaient se perdre entre les seins. Léon ne put résister à l'envie de la prendre dans ses bras, rudement, de la serrer contre lui, de la soulever dans l'air, minuscule proie palpitante de désir. Ce corps, dont il avait tellement rêvé, là-bas dans la boue, était enfin à lui. Etait-ce Dieu possible que tout fût terminé ? Il n'y avait pas une seule nuit où le cauchemar ne le reconduisait dans les tranchées ; il dirigeait alors vers elle, dans la nuit, une main moite et fébrile pour vérifier qu'il était bien là, sur ses terres hospitalières. A jamais.

— Ça ne vous a-t-y point encore passé ! marmonna la mère, qui tenait dans ses bras frêles une grosse panière de linge qu'elle s'apprêtait à charger dans le charreton.

Par-dessus la montagne de tissu soigneusement torsadé, battu à souhait, essoré à la force du poignet, on distinguait sa fine silhouette taillée au burin dans le teint cuivré de sa peau et ses cheveux poivre et sel ramassés en chignon, piqués de grosses épingles à tête noire, nacrée. Elle était toute vêtue de gris et arborait l'austère mine des femmes pour qui le labeur quotidien tient lieu de religion. Toutefois, elle avait conservé de beaux yeux gris, perçants comme des poignards, des yeux trempés dans l'acier d'une farouche volonté.

Léon et Emma se retournèrent et, machinalement, la jeune femme se dégagea des bras de son mari.

— Qu'est-ce que tu trouves à redire, ma pauvre mère ? fit Léon.

— Vous avez bien toute la nuit pour ça. Ces gestes de fainéants ! répondit-elle en propulsant avec une énergie décuplée par la mauvaise humeur la lourde panière sur le plancher de la charrette, dont les brancards déséquilibrés se mirent à battre l'air.

Instinctivement, Léon se précipita sur le bras pour stabiliser le charreton.

— Pourquoi avoir dételé la jument ? demanda-t-il à son père, qui venait juste de sortir du lavoir, les bras et les mains maculés d'eau de cendres.

Le vieux les regarda tour à tour de ses petits yeux étonnés, sa bacchante lissée en pointe fièrement dressée sur la lippe. Et, contre toute attente, un rire lui déforma le visage, un de ces longs rires tonitruants qui semblaient sortir du tréfonds de sa grande carcasse. Un filet ocre de salive lui glissa sur le menton. D'un revers d'épaule, il s'essuya sur la chemise qui bâillait entre les bretelles.

— Jette donc ta chique, mon pauv' Guste, lança Jeanne. On comprend rien à ce que tu dis.

— J'ai rien dit, marmonna le vieux en faisant rouler la bosse d'une joue vers l'autre. J'ai rien à dire. Pour l'instant, précisa-t-il. Mais tu perds rien pour attendre, mon gars.

Et, d'un geste autoritaire qui embrassa l'espace, comme un chef de patrouille qui rameute sa troupe, Auguste les invita à revenir vers le lavoir. Car, chez les Goursat, ce début d'avril 1919 était jour de grande lessive.

En silence, chacun reprit sa place : Emma le battoir et Jeanne la planche. Comme si elles eussent brassé du levain, avec la même application besogneuse, elles faisaient rouler les paquets sur les bosselures, expurgeant à force de travail de longues coulées grises qui gagnaient peu à peu le réservoir d'eau où elles se dispersaient. De temps à autre, Jeanne, bras levés, étendait la lessive à la lumière pour juger du résultat.

A ce jeu, Emma ne prenait aucune initiative. Seule Jeanne pouvait décider si tel drap de lin était revenu convenable, d'un blanc-jaune parfait. Et Emma, la bru, n'était là que pour en prendre de la graine, dans la soumission des gestes ancestraux transmis de génération en génération. Il ne serait du reste pas venu à l'esprit de la jeune femme de prendre la direction des opérations, domptée qu'elle demeurait à n'être que la bru, docile, obéissante, jusqu'à ce que, les années aidant, lui vienne enfin le droit d'exercer son pouvoir.

Quand elles eurent rempli une autre panière, Jeanne fit signe à Auguste d'attaquer une nouvelle comportée de linge sale. Et, les manches soigneusement retroussées au plus haut des biceps, le vieux plongea les bras dans le cuvier et souleva une brassée de linge qu'il apporta sur le bord du lavoir, dégoulinant des eaux de cendres dans lesquelles il macérait depuis la veille.

Les cloches de midi interrompirent la manœuvre. Emma fut chargée de vérifier si le linge avait suffisamment séché sur l'herbe rase du pré. Comme on jugea que l'humidité du sol en retardait le mouvement, Jeanne ordonna qu'on le suspendît partout alentour, sur les buissons, les branches d'arbres et même les clôtures, à la condition qu'on prît soin de n'y faire aucun accroc.

Le vieil Auguste suivait l'agitation en lissant ses moustaches. Il était assis sur le pré, le cul posé sur un coussinet de cuir râpé qui recouvrait le banc du charreton. Le couteau ouvert, il attendait qu'on lui apporte la tourte de pain dans laquelle il allait trancher quatre quignons et les distribuer, telle une offrande, afin de faire comprendre qu'il n'y aurait pas de deuxième distribution. La lessive, selon lui, n'était pas un labeur qui justifiât une telle débauche : peu de forces à réparer, rien à voir avec la fauche ou le labour.

Après avoir jugé que tout était en ordre du côté de sa lessive, Jeanne ouvrit par les deux anses le panier à provisions. Elle tendit le pain à Auguste, qui fit sur la croûte brune un signe de croix de la pointe du couteau, et déplia d'un fort papier gras un quartier de lard. Les femmes passèrent le quignon à l'ail et tendirent leur pain aux hommes qui, seuls, possédaient des coutelas. Avec application, du tranchant de la lame, ils tartinèrent le lard sur l'épaisse croûte. Emma chercha au fond du panier les verres et remit la bouteille à Auguste.

Tout en mâchonnant à cause de bien mauvaises dents, le vieux regardait son fils avec insistance. Léon ne se souciait guère de cette attention soutenue, indifférent aux menaces dont il soupçonnait la nature, malgré ces pesants silences et ces sous-entendus perfides.

— Faudra qu'on trouve à remplacer Basile, suggéra le jeune homme. On a toujours eu un chien à la maison.

— Y a plus pressant que d'trouver un corniaud, ricana le vieux.

— T'avais juré que tu dirais rien, protesta Jeanne.

Le vieux resta planté comme un chien à l'arrêt devant une proie, à écouter le silence. On entendait juste le petit filet régulier du ruisseau qui se faufilait entre les rocailles, sous l'épaisse ombre des noisetiers.

— Maintenant qu'il n'y a plus de descendance, fit-il d'un air las, à quoi bon s'encombrer d'un corniaud ? Un corniaud de plus ou de moins, pas vrai ?

Emma, fleurant l'algarade, prétexta un besoin pressant pour se retirer dans la chênaie, au bout du pré.

— Qu'est-ce que ça veut dire, un corniaud de plus ou de moins ? questionna Léon.

— Ça veut dire, rétorqua Auguste en grossissant la voix, ça veut dire que depuis que tes frères sont partis, il n'y a plus qu'à désespérer. Voilà ce que ça veut dire !

Jeanne baissait la tête pour ne pas regarder son fils dans les yeux, pour se garder d'exprimer le moindre sentiment qu'il eût pu exploiter contre le père. Car, malgré toute l'affection qu'elle lui portait, surtout depuis qu'il restait seul, elle ne pouvait se résoudre à contrarier le maître de maison, celui qui lui avait donné trois beaux fils robustes et, avant la déclaration de guerre, un hectare et demi de plus sur les hauts de Lavialatte, à force de trimer et d'économiser.

— J'ai toujours été considéré comme un incapable, fit Léon d'une voix blanche où s'entendait le dépit de n'être pas arrivé à se faire aimer de ce père autoritaire et froid, aux paroles acerbes et coupantes.

Auguste opina de la tête.

— T'as pas la terre dans le sang. T'es fait pour devenir domestique. T'es de cette race inférieure qui n'aspire qu'à vivre de l'argent des autres.

— Ce jugement est sans appel ? fit-il,

dressé sur son séant, prêt à déguerpir, pourvu qu'on lui en donne l'autorisation.

La mère conservait toujours la tête baissée, sans le moindre mouvement, comme si elle n'entendait rien de ces violentes critiques.

— Oui, lança le vieux.

— Ah ! reprit Léon, c'est un fait que je ne suis pas Pierre. Et que je ne le serai jamais. Pierre a toujours été le préféré dans la famille. Pierre, Pierre, Pierre, il n'y a toujours eu que lui qui comptait.

Auguste hochait la tête d'un petit mouvement continu.

— C'est sur lui que j'avais tout misé. Tout. Jusqu'à acquérir les Régâts quand le vieux Marcelinot a passé et que sa fille a préféré jouer la typesse à Brive plutôt que de revenir à la terre. Tous les Régâts. 6 000 francs économisés sou à sou, sur le tabac, en se privant de la moindre goutte de lait. Tout ça pour rien. Rien.

Le vieux referma sèchement son couteau à manche de corne. Et ce fut pour Jeanne le signal de la reprise du travail. Deux comportées de linge attendaient encore près du lavoir, baignant dans l'eau de cendres.

— Peut-être qu'il aurait fallu que j'y reste aussi, dans le bourbier, fit Léon. Comme ça, t'aurais plus à te lamenter. Ça serait complet. Trois fils tombés au champ d'honneur.

Auguste se retourna, vif comme l'éclair, et, toisant son garçon d'un œil perçant d'épervier à l'instant où il fond sur sa proie :

— J'aurais autant préféré que tu y restes, et que mon Pierre me revienne. Au moins, j'y aurais gagné au change. Que oui, que j'y aurais gagné au change.

Jeanne porta les mains à son visage.

— Tais-toi donc ! Ça nous portera malheur de dire des choses pareilles.

Le vieux haussa les épaules et d'un pas décidé alla vers le lavoir. En chemin, il s'arrêta soudain, se retourna.

— Le malheur, le malheur, ma pauvre femme, il est déjà sur nous.

Selon l'habitude, le vieux Marcellin-Aimé Bascompt attendait que la gouvernante, Apolline, vînt le tirer de sa sieste journalière pour descendre dans le salon. Ce réveil ne pouvait se faire dans la bonne humeur. Et la pauvre Apolline ne s'étonnait plus depuis longtemps des verts propos qu'elle recevait en guise de réponse, quand ce n'était pas un de ces objets qui traînent dans une chambre, un livre ou une bottine.

Avant même d'ouvrir les yeux, Bascompt soupçonnait sa présence à l'odeur d'ambroisie qu'elle traînait derrière elle. Bien qu'elle approchât de la couche de son maître à pas feutrés de chatte, il rugissait de colère, comme s'il lui en voulait de venir le tirer du sommeil au beau milieu de l'après-midi. Après tout, la brave Apolline ne faisait qu'obéir aux ordres de son maître. Mais il y avait plusieurs sortes de Bascompt, celui des heures suaves où il était la délicatesse même et celui des heures douloureuses où il se comportait en tyran.

Cette après-midi d'avril 1919, Marcellin-Aimé Bascompt entrouvrit les paupières et vit, dans le clair-obscur de sa chambre, le visage émacié, ascétique, d'Apolline.

— Diable ! tonna Bascompt en se redressant contre le dos du lit. Eloignez-vous ! Cette odeur m'incommode. Ça pue la vieillerie des couvents, la punaiserie des sacristies où croupit la vertu.

Apolline recula dans un sursaut de crainte et alla se placer au milieu du grand tapis persan qui recouvrait la moitié de la pièce, pieds joints, épaules basses, disposée à subir un déluge d'admonitions sans broncher.

— Que restez-vous là à m'observer, que diable ? Donnez-moi donc ma redingote !

La gouvernante s'empara de l'habit qui avait été jeté dans un coin de la chambre, les manches à demi retournées dans la précipitation. Le maître bascula du lit, rajusta ses bretelles, qu'il avait dégagées avant de se coucher pour se donner quelque aisance, et lissa sa chevelure en arrière, minutieusement, d'une main pommadée par un onguent qu'il conservait dans le petit tiroir de la table de nuit. Cela donnait un brillant en toute circonstance et l'illusion de sortir de chez le barbier. Apolline se décida, enfin, à présenter la redingote.

— Il semble, dit-elle d'une petite voix craintive, que Monsieur n'en aura guère l'usage. Il fait un temps radieux.

D'un geste, Bascompt lui ordonna de disparaître, récupérant au passage l'habit qu'il jeta négligemment sur ses épaules. Il avança vers la fenêtre et, écartant le lourd rideau de brocart, fit jouer la crémone.

C'était un beau jardin suspendu au centre de Galiane-sur-Sévère, cerné par un haut mur de pierres taillées ajustées à l'ancienne, sans un gramme de mortier. A croire que le village n'avait été édifié qu'en fonction de ce cœur de verdure ombragé de cèdres, de tilleuls et de frênes centenaires. Les besogneux du village venaient donner quelques journées pour maintenir le domaine des Bascompt en état, comme si la corvée, ici, avait encore été de mise et que le souffle de la Révolution française n'avait point gagné ce territoire de la Corrèze. Personne ne rechignait à l'effort. Il est vrai que la renommée des Bascompt était la fierté de Galiane-sur-Sévère, et cet honneur semblait rejaillir sur la moindre de ses âmes, au point qu'une entorse à la tradition eût été jugée durement par le plus humble de ses habitants.

Avant de descendre au salon, le maître chercha sa canne à pommeau d'ivoire. Cet objet lui servait plus, du reste, à parfaire sa silhouette de dandy quand il paraissait dans le monde, qu'à soutenir un corps malade. Marcellin-Aimé Bascompt était d'une santé robuste, malgré toutes les prédications alarmées de son médecin qui jugeait plus une vie dissolue que l'état des artères. Il usait et abusait sans frein des nourritures terrestres. Son visage tout entier trahissait cet immense appétit. La lippe inférieure, épaisse et large, traduisait son goût immodéré pour le plaisir de chair – comme eût dit son confesseur, le curé Loupiac –, tandis que la lèvre supérieure, fine comme une lame de couteau, révélait l'autre face du personnage, un caractère tyrannique, rigide, quand il ne s'agissait pas de sa personne mais du monde environnant. Il descendit le grand escalier, marche après marche, d'un pas souple, un brin dansant. Bascompt mettait un grain de cérémonie en toute chose, comme si, pour lui, l'existence se résumait à cette seule philosophie : paraître sur la vaste scène du monde et employer toute l'énergie à y conquérir le premier rôle. Aussi fut-il courroucé de découvrir son salon déserté, alors qu'à l'ordinaire, au milieu de l'après-midi, la grande famille faisait cercle autour de la porcelaine et du thé odorant. Il traversa la pièce d'un pas las et s'arrêta devant quelques journaux posés négligemment sur le rebord d'un divan. De la pointe de sa canne, il les jeta sur le tapis. Par ce geste, il voulait signifier à Apolline quelque coupable relâchement.

Des éclats de voix provenant du dehors lui indiquèrent que l'on avait pris possession du jardin. Il en ressentit une pointe d'aigreur. D'ordinaire, on s'inquiétait de son avis, même pour des affaires aussi futiles que l'organisation des plaisirs.

— Je vois que l'on ne s'embête pas, dit-il en avançant dans l'allée du jardin. Nous aurons jugé que le premier rayon du soleil annonce la belle saison. Il y a fort à parier que nous déchanterons vite et qu'il faudra rentrer ce mobilier en catastrophe.

— Voyez-vous ça ! répliqua une petite voix sifflante sous un ample chapeau de paille, notre rabat-joie est enfin réveillé.

Aloïse Bascompt renversa son fin visage que mettait en valeur un corsage en basin serré à ras du cou et tenu par un gros camée d'onyx. Le regard s'attarda sur le vénérable mari. Il y avait dans ces yeux-là un étrange mélange d'amour et de haine : d'amour en souvenir des années anciennes où le couple avait connu des heures glorieuses et mondaines dans l'administration de l'Algérie, et de haine à cause des épreuves présentes, à l'interminable relent de décadence.

Bascompt se crut obligé de venir toucher l'épaule de sa femme, comme pour lui rappeler qu'il n'était pas seulement cet oiseau de nuit volage et inconstant. Aloïse ne répondit pas à son geste. Alors, la main du maître de maison se retira, subrepticement, pour ne rien laisser paraître au curé Loupiac qui les observait.

— Mon confesseur est de la partie, à ce que je vois !

— De quelle partie voulez-vous parler ? s'étonna Aloïse.

Bascompt alla se placer au centre de la scène pour qu'on le vît bien, fier et altier, balader sa canne dans l'espace.

— Je parierais que je suis le héros de vos conversations ? dit-il d'un air supérieur.

Aloïse éclata de rire, un de ces rires de théâtre aux effets mesurés, car elle tenait plus que tout à conserver une certaine contenance devant l'ecclésiastique.

— Hélas non, mon bon ami ! Votre confesseur a un saint respect de son sacerdoce.

Le curé Loupiac joignit les deux mains sur la large bande de crêpe noire qui lui ceignait la taille.

— Comment monsieur peut-il douter un seul instant de ma fidélité ?

Avec un singulier regard de mépris, Bascompt toucha le ventre du capelan du bout de sa canne. Le prêtre, petit homme sec dans une soutane trop ample, la poitrine effacée derrière une grosse croix de franciscain pendue au bout d'un chapelet en grains de buis, offrit un visage de martyr en reculant d'un pas pour échapper à l'humiliante pointe de la canne posée sur lui.

Bascompt affichait la supériorité d'un maître envers son esclave. Le curaillon qui trônait en face de lui paraissait par trop ridicule pour qu'il lui réservât la moindre attention, d'autant qu'il payait son denier du culte rubis sur l'ongle et qu'il se rendait à la messe dans la petite église de Galiane en laissant chaque fois dans la corbeille un billet de cent francs. Cette générosité lui donnait des droits d'allégeance, de la même manière qu'il tançait son cocher parce qu'il avait omis de faire changer à temps les fers de ses chevaux.

— Cet homme n'a pas un gramme de religion dans la peau, dit Aloïse en se redressant dans son fauteuil d'osier pour donner plus de force à son propos. Pourtant, n'est-ce point, mon père, la crainte du divin qui nous élève l'âme ? Regardez donc les petites gens de nos campagnes, comment vivent-ils ? Dans l'ignorance de Dieu. Vous leur ressemblez, mon ami, malgré vos grands airs. Croyez-vous que je ne voie rien à votre manège ? Ces nuits passées à Brive... Pourtant, vous avez été éduqué pour la grandeur, mais par paresse vous y avez renoncé. Et bientôt, nous ne saurons plus rien discerner en vous de louable.

Le curé se signa trois fois. Bascompt, observant son manège, le toisa avec pitié en pensant : Voilà qu'on vient m'absoudre avant même le repentir ! C'est parfait. Ah ! quel bonheur que le pouvoir de l'argent !

L'arrivée des jumelles, Adolphine et Blandine, fin de lignée des Bascompt, fit diversion. Les parents conservaient encore cette pudeur de ne pas offrir à leurs enfants le spectacle d'un couple chamailleur. Le curé Loupiac, qui possédait l'usage des situations les plus scabreuses, prit les devants en minaudant avec elles sur un ton qui fit pouffer de rire les effrontées du haut de leurs douze ans. Instinctivement, les fillettes allèrent s'agripper à leur père qui les couvrit de caresses, jouant les apeurées devant ce vilain homme en soutane et au nez crochu qui les obligeait à apprendre par cœur des versets entiers de la Genèse. Marcellin avait pour elles, les petites retardataires, toutes les faiblesses, au point que leur éducation était un éternel sujet de dispute. Il estimait qu'une éducation religieuse trop rigoriste ne pouvait que nuire à l'épanouissement de ces jeunes personnalités. Dans l'avenir, il aimait à les imaginer préservées des affres de l'existence grâce à l'argent, car n'est-ce point là l'essentiel, se disait-il, disposer d'assez de fortune pour tirer un pied de nez à toutes les obligations de la société ?

— Vos chères enfants n'en finissent plus de grandir, fit le curé d'un ton si neutre qu'on ne perçut là rien de plus qu'une réflexion de politesse affectée. Mais, ajouta-t-il, ça ne veut guère pour autant connaître les saints sacrements…

Bascompt haussa les épaules.

— Mes petites filles ont bien le temps d'apprendre tout ça. Je les préfère telle Eve dans le jardin d'Eden avant la Tentation. De grâce, monsieur, préservons-les encore un peu de ces tourments. Et que l'été s'éternise sur leurs tendres existences !

— Monsieur, reprit le curé, qui avait un tempérament de bretteur quand il y allait de son ministère, ignorer l'existence du péché n'a jamais empêché le malin de circonscrire ses proies. Et il arrive un âge où il faut préparer nos charmants enfants à se prémunir du serpent tentateur.

Aloïse suivait la conversation avec jubilation. Elle préférait conserver le silence car elle n'eût pu mieux formuler les arguments que son confesseur. Elle le savait opiniâtre jusque dans l'affectation, sans néanmoins risquer l'insolence qui eût donné des armes à Marcellin Bascompt, cette insolence qu'il servait aux petites gens de Galiane-sur-Sévère. Loupiac avait l'âme d'un évangélisateur comme l'Eglise en formait dans ce XIXe siècle hanté par le spectre des révolutions. A ses yeux, le monde était noir et blanc. Et son magistère consistait à conquérir, arpent après arpent, des territoires de lumière ainsi gagnés sur l'obscur. Il connaissait si bien sa paroisse qu'il était en mesure, en géomètre de la spiritualité, de repérer les surfaces qui lui restaient encore à défricher.

Bascompt jeta un regard hautain sur l'homme en soutane qui gesticulait devant lui, avec un bâillement éloquent. Les filles, de part et d'autre de leur père, écoutaient poliment la leçon admonestée avec force gestes.

— L'homme, s'enflammait-il, ne sera jamais cet innocent dont l'esprit laïc parle aux esprits faibles. L'enfant, le tout petit enfant au sein de sa mère, est déjà coupable, et c'est à nous, les précepteurs de l'âme, de les sauver de cette culpabilité par une éducation religieuse. Sinon, l'âme livrée au marécage se corrompt dans l'ignorance.

Un bruit de pas venu du fond de l'allée interrompit le prêche. Marcellin Bascompt fit signe aux filles d'aller poursuivre leurs jeux. A cloche-pied, elles glissèrent dans l'ombrage bleu de la roseraie. Un instant, il les accompagna des yeux avec un soupir de contentement. Coupable, songea-t-il, coupable ! Et, d'une volte-face, il se dirigea vers le visiteur avec le souci que celui-ci n'entrât pas dans le cercle de l'intimité familiale.

— Nous sommes samedi, ce me semble, dit Marcellin à l'homme en costume clair et panama qui se tenait au garde-à-vous à deux mètres de lui. Nous étions convenus de nous voir jeudi.

Le visiteur hocha la tête.

— Oui, monsieur, en effet, mais il y a quelque urgence dans ma démarche.

— Urgence, répéta Marcellin, urgence de quoi donc, grand Dieu ?

— Ce ne sont point des choses à dire ici, rétorqua-t-il en soulevant sa serviette de maroquin fauve.

Bascompt lui fit signe de le suivre en se dirigeant vers les communs. Ils traversèrent un couloir à voûte basse baigné de fraîcheur et leurs yeux mirent quelques secondes à s'accommoder à l'obscurité. Ils longèrent ensuite la cuisine, où la grosse Bertille plumait une volaille au-dessus d'un baquet d'eau bouillante. Une odeur fade flottait dans l'air. Le maître détourna la tête de ce spectacle avec un air de dégoût et se lança dans l'escalier à vis qui menait à l'étage. Le visiteur comprit avec un demi-sourire qu'on voulait, en empruntant ce passage peu habituel, le soustraire à la vue de la Générale – « la Générale », c'était ainsi qu'on surnommait Aloïse dans le pays. A mi-parcours, Bascompt se retourna.

— Savez-vous, mon cher Alexis, que je reçois chacune de vos visites avec un fort désagrément. Aussi, ne soyez pas surpris si j'affecte à votre encontre quelque trait de mauvaise humeur.

— Oh, monsieur, répondit Alexis d'une petite voix résignée, je suis votre obligé.

Marcellin pénétra le premier dans son cabinet de travail, tandis que le visiteur demeurait sur le pas de porte, le panama humblement plaqué contre la poitrine. Quand le maître eut gagné son siège derrière le vaste bureau dominé par une lampe Empire, il lui fit signe d'avancer. L'éclairage tamisé de la pièce adoucissait les traits du visiteur, qui arborait une fine moustache noire soigneusement taillée.

— Les affaires qui nous occupent méritent votre attention…

— J'ose espérer, l'interrompit Bascompt, qu'elles sont suffisamment pressantes pour justifier cette visite impromptue. Vous le savez, mon temps est compté.

Sûr de son fait, le visiteur adopta un regard empreint de gravité.

— Il est vrai, monsieur. Nos créanciers s'impatientent.

Marcellin Bascompt éclata de rire.

— Et vous me dérangez pour ça ! Quelques lettres de créance en retard ! Vous ne découvrez pas cela d'aujourd'hui, mon cher petit, qu'il est dans la nature même du créancier de s'impatienter. Je dirais même qu'il s'agit là de sa nature véritable. Monsieur le créancier ne pleure ses intérêts que lorsqu'ils tardent à tomber dans l'escarcelle.

Alexis ouvrit le maroquin à grosses pressions de cuivre et en tira un paquet de pelures. Sur le dernier feuillet, une addition au crayon à papier était cerclée d'un gros trait rouge.

— Il y va de 25 000 francs.

Un silence de plomb lui tomba sur les épaules. Puis, Marcellin Bascompt fit répéter le chiffre pour s'assurer qu'il ne rêvait pas. Il se hasarda même à écrire le montant sur l'angle du sous-main, un grand papier buvard d'un vert jade enchâssé dans les cornières du cuir.

— On me vole ou quoi ? marmonna-t-il.

— Cela fera bientôt un an que je retarde ces demandes. Des mises en demeure. Des menaces. Mais nous arrivons au terme.

— Et vous ne m'en parlez qu'aujourd'hui ?

— Oh, monsieur, assurément non ! Je vous en ai entretenu au fur et à mesure que nous les enregistrions. Bien sûr, il s'agissait chaque fois de plus modestes sommes. Mais, sauf votre respect, monsieur, vous feigniez de n'y attacher aucune importance. A force de temps, cela finit par s'additionner.

Bascompt jeta ses longues mains sur le cuir du bureau, comme pour conjurer l'impuissance de ses arguments.

— Mon cher petit Alexis, vous êtes mon régisseur depuis…

— 1902, monsieur.

— 1902, répéta Bascompt, pour qui les dates étaient d'une abstraction totale.

Durant toutes ces années, a-t-on déjà eu à répondre d'une telle affaire ?

— Notre dette est comme ces petits ruisseaux de notre campagne qui, ajoutés les uns aux autres, finissent par grossir et forment un flot incontrôlable.

— Qui sont mes voleurs ?

Alexis, avec une patience d'ange, se mit à énumérer une dizaine de noms, ceux de distingués notables de Brive.

— Ça ! s'exclama Bascompt, l'air rasséréné, tout ça n'est rien. Rien du tout, vous dis-je. Nous aurions fait de mauvaises affaires, vous me verriez dans l'embarras. Mais ça, broutilles, vous dis-je, broutilles. Tout au plus de misérables dettes de jeu.

Le maître se leva et alla fermer la porte, ajoutant à mi-voix dans le dos du régisseur :

— J'ai ce vice dans la peau, mon petit. Le poker. Depuis que je fréquente le Cercle, j'ai quelque difficulté à dominer ma passion. Et encore, si je n'avais que celle-ci...

Marcellin Bascompt adorait arborer le cynisme devant la domesticité. C'était une manière de montrer sa supériorité sur les besogneux, son appartenance à la haute caste, où toutes les petitesses ne pouvaient être que de frivoles marques de bon goût.

— Mes compagnons de vice, ajouta Bascompt, devront attendre encore avant de mériter leur misérable salaire.

— C'est que, monsieur, vos créanciers se sont regroupés dans un...

— Un syndic. Un syndic, n'est-ce pas ? Oh, quelles horribles manières ! Les petits malins ont osé me faire ça, à moi, Marcellin-Aimé Bascompt, gouverneur adjoint des Affaires algériennes, membre du conseil d'administration des... Et qui préside la curée ?

Alexis hésita en détournant le regard.

— Allez, mon petit, dites-moi donc qui est à la tête de cette infamie ? Je ne suis pas sans courage. Que croyez-vous ? Je ne suis pas né de la dernière pluie. J'ai affronté dans ma vie d'autres tempêtes que celle-ci.

— Roland Maluzier.

— Maluzier ? Le jeune banquier ?

— En effet.

Bascompt retourna s'asseoir à son bureau

avec, sur le visage, le sourire carnassier des grands fauves.

— Ce jeune imbécile a-t-il soudain oublié pourquoi on ne l'a pas envoyé se faire casser la pipe sur le front ? Voilà une mémoire que je vais rafraîchir à la première occasion.

Le régisseur conservait les yeux rivés sur la serviette de cuir posée sur ses genoux sagement joints.

— Monsieur n'a guère à se préoccuper de ce problème. Au vu de vos avoirs, cette somme, bien que coquette pour un homme de ma condition, est largement compensable.

— Parce que vous croyez que je vais m'exécuter ?

— Ce serait une sage décision. Le clan Maluzier ne lâchera point son affaire. Et ce milieu-là, au train où vont les événements politiques dans notre pays, ne vous fera guère de largesses.

— Leur gauche républicaine ne me fait pas peur. Les prochaines consultations nous rassureront sur ce point. Il s'agira pour nous, bloc national de droite, de prolonger dans la paix cette union sacrée réalisée pendant la guerre. Ces vieux débats d'avant 1914 n'ont plus cours : l'anticléricalisme, la durée du service militaire, la refonte fiscale... La France a d'autres préoccupations. Comment arrêter l'inflation, comment payer nos dettes de guerre ? Il faudra exiger réparation de l'Allemagne. Voilà l'enjeu du futur. Et ce ne sont pas les socialo-bolcheviques qui s'attelleront à la tâche. Ces gens-là ne se battent que pour leurs avantages, le beurre et l'argent du beurre. Cette racaille n'a aucun sens de la patrie. Souvenez-vous de leur fameux tribun, Jaurès, de la canaille pacifiste, capitularde... Voilà ce qu'est votre Maluzier. Vous n'êtes pas de son parti au moins ?

— Mon Dieu non ! Ma condition ne m'ouvre guère ce genre de portes. Ça a beau être de gauche, c'est tout de même la finance.

— Allez, allez, vous êtes comme les autres. Vous ne cracheriez pas sur une opportunité. Ne vous aurait-on pas promis quelques avantages en récompense d'un petit service ?

— Je ne vois pas où monsieur veut en venir.

— Par exemple : décidons le vieux Bascompt à régler ses dettes de jeu et nous verrons après...

— Je vous jure que non, fit Alexis, la main sur le cœur. Je vous suis d'une fidélité à toute épreuve.

Bascompt ne put se résigner plus longtemps à demeurer assis derrière son bureau. L'impatience d'en découdre lui chatouillait les mollets. Il se mit à arpenter le cabinet d'un pas large.

— Vous connaissez mes affaires aussi bien que moi. Mes actions ont triplé avec la guerre.

— Vous voulez parler des dividendes de la Compagnie générale transatlantique ?

— En effet. J'ai vendu toutes celles des Tramways et Messageries du Sahel deux mois seulement avant la déclaration de guerre. Bien m'en a pris. Avec l'affrètement des transports des troupes d'Algérie, j'ai gagné plus de dix millions de francs et j'ai acquis trois cents hectares d'orangeraie à Mustapha. C'est une dépense colossale qui n'a pas encore apporté les résultats escomptés. C'est de l'avoir bloqué. Vous le savez bien.

— Ce ne sont pas vos affaires algériennes qu'il convient d'observer maintenant, fit Alexis. Vous avez réalisé là-bas des opérations très sûres. La main-d'œuvre ne vaut rien dans ce pays.

— Alors, à quoi songez-vous, mon petit Alexis, avec vos yeux brillants de malice ? Je vous connais bien, n'est-ce pas ?

Marcellin vint poser une main caressante sur l'encolure du veston. Le régisseur hésita encore quelques secondes. A l'usage, il avait acquis un certain sens du théâtre, il savait faire durer le suspense, histoire de se mettre en valeur, devant Bascompt qui, une minute auparavant, doutait encore de sa loyauté.

— Après la crise du phylloxéra, vous avez acheté toutes les vignes aux alentours de Galiane. Plus de deux cents hectares, n'est-ce pas ?

— J'ai acheté tout le domaine de ces pauvres de Jandelles qui étaient, souvenez-vous-en, complètement ruinés. Leur malheureuse situation m'a permis de fixer la transaction. Les affaires sont les affaires.

— A un bon prix !

— 50 000 francs, si je ne m'abuse.

— Présentement, ces terres sont en friche ?

— Mes quatre métayers ne me rapportent, bon an mal an, qu'à peine 10 000 francs. Une misère. A ce stade, je vous dirais même que c'est de la charité.

— Voici où je voulais en venir. Il vous faudrait augmenter le rapport de ces terres. L'avenir, monsieur, c'est l'élevage.

— Allez donc expliquer ça à nos gens.

— Le petit paysan d'ici gâte son élevage pour le labeur. Pendant que les vaches tirent la charrue, elles ne nourrissent pas leurs veaux. Dans nos fermes les plus aisées, il y a une paire de bœufs pour le travail de la terre. Et ainsi, les vaches sont exclusivement réservées pour la reproduction.

— Assurément. Je vois que vous avez étudié le sujet.

— Je pourrais vous faire profiter de mon savoir.

— Je n'ai pas l'esprit à entreprendre ce genre de besogne. Croyez-vous sérieusement que nous puissions trouver quelques gens de peine aptes à ce travail ? Ici, nous ne sommes point sur notre blanche al-Djazāir. Nos paysans ont l'esprit individualiste. Ça préfère se gaver de châtaignes et de raves plutôt que de venir se placer à mon service. Pourquoi croyez-vous que nous entretenons nos colonies à grands frais ? Il faudra encore cent ans avant que notre agriculture s'adapte à l'évolution moderne. Je n'ai plus l'âme d'un pionnier.

— Vous disposez de cinquante bons hectares de pacage vers les Vieilles Vignes, des terres attenantes à la petite propriété d'Emile Pauliat, qui conviendraient parfaitement à cet usage.

Bascompt alla se rasseoir derrière son bureau. C'était là, et nulle part ailleurs, la place d'un maître écoutant son conseiller.

— Je vous suis parfaitement, mon petit.

— Cet Emile Pauliat est un bon agriculteur, un de ces rares paysans qui ont l'esprit bien tourné.

— Sûr, dites-vous ?

— Vous le connaissez bien ?

— Certes. Il est un de ces habitants du village qui ne manquent jamais de venir me congratuler chaque fois que l'occasion se présente. Mais un flatteur, mon cher ami, ne suffit pas à notre affaire.

— Il a, poursuivit Alexis, de la souplesse d'échine. Que désirez-vous de plus ?

— Du tempérament, de la fidélité.

— Il a cela aussi.

— Alors, vous me conseillez d'en faire mon amodiataire ?

— Cela même. Vous pourriez acquérir, pour commencer, un joli troupeau de cinquante têtes, plus un bon reproducteur. Et les vingt veaux l'an vous apporteraient, au cours actuel, quinze à vingt mille francs. A côté, vous lui laisseriez développer son propre cheptel en lui réservant cinq petits hectares de pré.

— Cela, en réparation de son ouvrage... A ce que je vois, vous avez déjà bien monté l'affaire.

— Oh, monsieur, n'est-ce point mon travail ?

Bascompt éclata de rire.

— Voilà qui paierait les désordres de mes plaisirs. C'est entendu, je vous laisse carte blanche. Comprenez-vous que je n'ai nul désir de négocier avec votre Pauliat ? L'odeur du fumier m'insupporte.

Charles Alexis, régisseur de son état, avec des appointements de 300 francs par mois, tirait le diable par la queue. Il gagnait à peine la solde d'un ouvrier, d'un de ces gagne-petit taillables et corvéables à merci. Par une de ces sortes de prodige que seul l'orgueil de soi peut commander à un homme, rien ne laissait transparaître cet extrême dénuement. La mise était toujours parfaite : un costume de fin coutil soigneusement entretenu, un panama, une cravate de soie et des gants de pécari. C'était sa seule richesse, celle par laquelle l'employé de la noble famille Bascompt pouvait faire illusion. Son maître n'avait aucune connaissance de l'insuffisance de ses émoluments. Du reste, Marcellin Bascompt n'avait idée de rien quand il ne s'agissait pas de ses propres intérêts. Aussi croyait-il lui avoir offert la meilleure place qui fût à cent lieues à la ronde. En somme, il pensait qu'un homme dépourvu de vices, un homme attiré ni par le jeu ni par les femmes, n'aspirait à rien d'autre dans l'existence qu'à gagner 3 600 francs l'an. Si d'aventure, après avoir énoncé une multitude de gros chiffres résumant dividendes et bénéfices des actions de son maître, le régisseur s'avisait de pleurer quelque avantage, on recevait ses doléances avec taquinerie. « Voyez-vous ça, on voudrait s'émanciper... » Et l'affaire tournait court. L'argent gâte l'âme du plus résolu des honnêtes hommes, songeait Marcellin Bascompt en observant le désarroi de son domestique. A faire le généreux, j'y gagnerai un coquin.

Le malheureux serviteur était étonné des ressources de son imagination, des facultés acquises à trop se frotter à l'argent des autres. Il avait un tel sens de la finance qu'il eût été capable de gérer, sans autre avis que le sien, la plus coquette des fortunes. Souvent il se surprenait à rêver de quinze ou vingt mille francs devant soi, quinze ou vingt mille francs qui eussent fait des petits, bien plus rapidement que chez les autres où l'on jouait la fortune avec négligence.

En remontant à petits pas la longue ruelle qui traversait Galiane-sur-Sévère, il se sentait transporté. Il se rappelait la manière dont le vieux Bascompt avait perdu de sa superbe en découvrant l'ampleur de ses misérables dettes de jeu. Un sourire lui illumina le visage, un de ces sourires qui le payaient de toutes les humiliations. Cheminant entre les maisons adossées les unes aux autres, parfois séparées seulement par d'étroites venelles humides, il croisa un groupe de vieilles femmes qui s'en revenaient de la messe de cinq heures. De noir vêtues, elles portaient le deuil de tous ces enfants morts dont l'image hanterait longtemps le village. Elles s'arrêtèrent à sa hauteur et le dévisagèrent. Il inclina son chapeau vers elles, poliment, en songeant à sa mère qu'il n'avait jamais connue et qui était allée, un soir, le déposer, vagissant dans ses langes, devant la porte du dispensaire religieux de

Brive, tout près de l'église Saint-Benoît. A peine éloigné de quelques pas, il entendit les dévotes prononcer le nom tellement vénéré des Bascompt. « C'est l'homme de confiance du maître », murmurait-on. Et, sur l'instant, le régisseur en ressentit une grande fierté. A croire que cette flatteuse apparence suffisait à son ravissement.

Le panama à la main, dont il se servait parfois comme d'un éventail pour chasser les mouches, il quitta le village par le chemin des Vieilles Vignes. Les marguerites et boutons d'or parsemaient les champs alentour. Et des primevères peuplaient en grappes les talus. Il marchait au milieu de la chaussée pour éviter les ornières encore gorgées d'eau. A peine avait-il atteint le bord de la colline, qu'une voiture à cheval lancée à vive allure et soulevant un panache de poussière le fit se garer en catastrophe. Plus loin, la route déclinait vers la vallée. La carriole s'arrêta, cahotant sur le bord du fossé, au risque de verser contre le talus. Alexis pressa le pas, décidé à haranguer ce fou qui avait manqué l'accrocher.

— Ma parole, c'est notre régisseur ! s'écria un frêle jeune homme à la chevelure hirsute perché sur le banc de son phaéton.

Un grand foulard jaune était noué autour de son cou sur une chemise de lin au col largement ouvert. Il enroula les brides à la custode et tendit la main. Charles Alexis le dévisagea, sur la réserve.

— Quoi donc ! Vous refusez de me serrer la main ? Vous ne me reconnaissez donc pas ?

— Oh, monsieur, si bien, mais...

— Mais, quoi donc ? Vous avez eu des mots avec mon père pour vous comporter de la sorte... Vous savez bien que cette famille me donne la migraine avec ses grandes manières.

Et, du bout des doigts, il fit une chiquenaude. Charles Alexis éclata de rire.

— Où allez-vous de ce pas ?

— A la ferme Pauliat, aux Vieilles Vignes.

— Heureux hasard ! Je m'y rends aussi. Montez donc. Et installez-vous. A moins que vous ne craigniez mon tapecul. Je n'ai versé que trois fois cette saison et m'en suis tiré avec une foulure.

— Je savais monsieur téméraire, mais à ce point ! persifla Alexis en s'asseyant sur la banquette.

— Vous me méprisez, n'est-ce pas ?

Le régisseur regardait le chemin serpentant entre les boqueteaux de chênes.

— Que vous éprouviez cela à l'égard de mon vieux père, passe encore, insista le jeune homme, dont le visage était animé de tics nerveux. Un maître ne saurait inspirer à un domestique d'autres sentiments que la haine ou la crainte, ou les deux à la fois.

— Je ne suis pas assez payé, monsieur Aurélien, pour risquer de tels aveux, répliqua Alexis d'un ton pincé.

— Ah ! vous avez de la repartie. Je me nomme bien Aurélien, Aurélien Bascompt, ajouta-t-il en détachant son foulard. Mais mon vrai patronyme est Canisius. Avez-vous entendu parler de Canisius ?

— Non, monsieur.

— C'est mon nom de plume. Car, fit-il en haussant le ton, comme s'il prenait toute la nature environnante à témoin, je taquine la muse.

— La muse ? répéta Alexis, qui n'était pas accoutumé à ce langage.

— La poésie, mon bon ami. La grande et belle poésie. Je suis poète, comme Musset, Heredia, Leconte de Lisle, au grand désespoir de mon père. Je suis le rejeton que l'on exhorte aux fins de banquet à réciter du Vigny. Mais, aux heures raisonnables, je redeviens l'emblème de la décadence des Bascompt.

Aurélien se frappa la poitrine par trois fois, avec une force colérique qui lui fit monter le feu aux joues.

— Je n'entends rien à la poésie, avoua le régisseur.

— Il n'y a rien à comprendre à la beauté. Toutes les choses terrestres se dégustent avec les sens. La poésie s'entend avec l'oreille, comme la musique. Il suffit d'entrer dans ce bois, là-bas, ajouta-t-il avec un large geste qui embrassait l'espace, et d'écouter les vibrations du monde. Je n'ai plus qu'à transcrire.

Charles Alexis hochait la tête, doucement, en triturant le bord de son panama.

— Quand je me lève le matin, mon seul souci est de gagner ma journée. La vôtre est assurée, si je ne m'abuse. C'est un grand avantage.

— Les plus grands poètes, Rimbaud, Verlaine, Nerval, étaient pauvres comme Job. Cela ne les a point empêchés d'être à l'écoute du monde et d'écrire les plus belles pages. Le ventre, mon ami, est un méprisable organe. Ne s'attacher à vivre que pour l'emplir est une vilaine occupation. Il faut dresser l'esprit à conquérir le corps tout entier. Voilà ma philosophie.

— Certes, mais pour l'heure j'aspire à me rendre à cette ferme où les affaires de votre père m'appellent.

Vexé, Aurélien Bascompt s'empara des rênes et jeta la patache sur le chemin à grands coups de lanière sur la croupe du limonier.

La voiture s'engagea dans la cour de ferme à bride abattue et finit sa course près du puits où le bai se cabra, soufflant des naseaux comme un diable. Le paysan émergea de sa porcherie, plié en deux, le béret à ras des sourcils noirs et fournis comme deux gros traits charbonnés. Il redressa la tête vers celui qu'il nommait « not' p'tit maître » depuis toujours, sans jamais se risquer à l'appeler par son nom.

— Alors, Emile ! lança Aurélien en arrimant le bridon au falot dressé à gauche de la patache.

Emile Pauliat avança jusqu'au marchepied, honteux de n'offrir aux belles bottines de cuir fauve qu'une cour crottée où, à la nuit tombante, les rats circulaient en rasant les murs. Il s'inclina respectueusement, sans forcer le mouvement, tant il était déjà cassé de corps et d'esprit. Aurélien Bascompt le toisa, s'amusant de la toile d'araignée accrochée au béret, ramassée aux basses solives de la porcherie, si basses qu'on ne pouvait y pénétrer que plié en deux. Une odeur de fumier monta à ses narines et, presque négligemment - cette manière de n'attacher d'importance à rien le faisait passer pour un bon petit maître –, il amena son foulard à la hauteur de son nez.

— Ah ! je suis impatient de savoir ce que notre bonne Ernestine a préparé, s'exclama Aurélien.

Emile Pauliat cligna des yeux.

— Comme d'habitude, fit-il d'une voix enrouée de gobeur de chiques, une bonne surprise.

Le régisseur se décida enfin à poser un pied dans la fange qui s'étalait à perte de vue, en remontant son pantalon pour éviter de crotter la flanelle.

— C'est vous, Emile Pauliat ?

Le paysan se retourna, surpris, et, reconnaissant le bonhomme, se plia de nouveau en deux pour le saluer.

— Je suis l'homme de confiance de monsieur Marcellin Bascompt.

— Ah ! pensez donc si je vous ai reconnu.

— C'est que, fit Alexis, j'ai déjà eu affaire avec votre fils, Edouard.

— Il n'est point là, répondit Emile, avec l'air ennuyé de quelqu'un pour qui la crainte de déplaire sert, en toute occasion, d'extrême politesse.

Aurélien était déjà dans la cuisine,

attablé devant une large tranche de jambon, lorsque les deux hommes entrèrent. Ernestine, toute menue dans son grand tablier de lin gris, s'agitait de droite et de gauche. Elle servait le petit maître avec dévotion, lui remplissait son verre de vin à mesure qu'il ingurgitait de longues goulées. Il ne prêtait aucune attention à la considération dont il était l'objet, comme si cette oblation relevait de la plus commune des attitudes. Depuis sa plus tendre enfance, Aurélien Bascompt venait faire ses quatre-heures, comme il disait, à la ferme Pauliat. Et Ernestine, chaque fois qu'il lui en était donné l'occasion, témoignait au voisinage de cette servitude dont elle tirait orgueil. Car c'était le seul endroit à Galiane-sur-Sévère où Aurélien s'attardait ainsi. Et cette habitude révélait, à qui voulait l'entendre, l'existence d'un lien avec cette noble famille, un lien dont personne d'autre dans le village ne pouvait se targuer.

— C'temps lourd prête à la soif, fit-elle en clignant des yeux vers son mari.

— Fichtre oui ! acquiesça Aurélien en avalant goulûment une bouchée de viande.

Sur la fonte de la cuisinière, dans une petite poêle, grésillaient deux œufs dans une mare de graisse fondue. Quand elle jugea le blanc cuit à point, elle les versa délicatement sur la tranche de jambon déjà largement entamée.

— Allez donc, dit-elle, ça vous en calera un coin.

Debout près de la table de la cuisine, Charles Alexis suivait des yeux les grappes de mouches qui s'agitaient contre les vitres de la fenêtre. Ce bourdonnement lancinant s'ajoutait au bruit de mastication d'Aurélien tout occupé à satisfaire sa gourmandise. Ernestine proposa un verre au visiteur, mais il refusa d'un geste. Telle était sa religion, son orgueil de domestique au service d'un maître argenté : ne jamais accepter un présent. Il ne l'eût, du reste, pas plus accepté de Marcellin Bascompt lui-même, si d'aventure celui-ci avait eu envers lui cette faiblesse, ce qui ne risquait point d'arriver. Aurélien lui roula des yeux amusés. Il trouvait ce refus d'un ridicule consommé. Comment pouvait-on dédaigner l'allégeance de ces gens qui préféraient se priver plutôt que de déplaire à leurs maîtres ? N'était-ce pas, en quelque sorte, les frustrer de leur fierté ?

— Je vous aurais plutôt imaginé un brin épicurien, ironisa Aurélien, alors que vous êtes un ascétique, un spartiate.

— Pour un poète qui méprise les basses nourritures terrestres, vous n'êtes pas mal non plus, répliqua Alexis.

Aurélien Bascompt déchira une tranche de pain d'où il dégagea avec précaution une pointe de mie qu'il planta dans le jaune d'œuf.

— Chaque chose en son temps. Quand j'ai l'esprit en gésine, rien ne peut me détourner de ma muse.

— Ce n'est pas le cas, présentement.

— Allons ! Je rends là à mes braves voisins une visite de courtoisie. Que penseraient-ils de moi si je refusais leur présent ? Pas vrai, Emile ? Tu es bien le meilleur de nos paysans à cent lieues à la ronde, et tu bénéficies aussi du meilleur maître. Je trouve les œufs de tes poules fort à mon goût et ton jambon est divin. Quant au vin, je m'en gaverais jusqu'à tomber.

— Notre petit maître est trop aimable, minauda Emile en faisant signe à sa femme de s'éloigner de la table.

Ernestine se réfugia près de sa cuisinière, entre le buffet et les torchons pendus à sécher à une patère. Elle les toucha machinalement, l'un après l'autre, pour vérifier s'ils étaient assez secs. Puis son regard placide alla se poser sur le sol. C'était là sa posture la plus commune : elle donnait l'impression de prier sans cesse, d'égrener les patenôtres de sa solitude. Seuls, les ordres d'Emile pouvaient la tirer de sa prostration, comme s'il lui fallait, pour chaque acte de son existence, des commandements.

Emile Pauliat tendit une chaise au régisseur qui se décida enfin à s'asseoir, face à Bascompt et aux flaques de vin qu'il répandait autour de lui, ravi de souiller cette négligeable table d'hôte et d'oublier les préceptes de son éducation. Alexis déposa prudemment sa serviette de cuir devant lui.

— Monsieur Marcellin m'a chargé de vous proposer une affaire, déclara-t-il sans détour.

— Oui, mon fils m'en a parlé.

— Il faut que vous me donniez votre réponse. Mais peut-être souhaiteriez-vous que je revienne à un autre moment ?

— Ne vous embarrassez pas pour moi, dit Aurélien. Les affaires de mon père m'indiffèrent. Je n'entends rien à ces choses.

— Nous ne voulons pas gâter le plaisir de votre repas par des propos aussi sérieux, ajouta Alexis en se levant.

Puis il fit signe à Pauliat de sortir, d'un petit geste appuyé de la tête. Au bas du perron, le vieux chassa d'un vigoureux coup de pied la volaille qui s'éparpilla en piaillant.

— Je connais l'affaire par le détail, confirma Emile. Pensez donc, bien sûr que je suis disposé. Un honnête homme qui ne rechigne point au labeur peut-il raisonnablement refuser une si généreuse proposition ?

Le régisseur examinait le paysan avec un sourire d'amusement. Cet Emile Pauliat, pensait-il, est plus malin qu'il n'en a l'air avec son regard en dessous et son air mielleux. Voilà l'homme qu'il me faut.

— Votre fils vous a-t-il parlé aussi du petit arrangement qui pourrait nous servir l'un et l'autre ?

Le vieux se mit à rougir jusqu'aux oreilles.

— Et de la manière dont nous pourrions tirer bénéfice de cette combinaison, poursuivit le régisseur en prenant plaisir à parler à mots couverts.

— Oui, oui, bien sûr.

— Alors, tout est parfait, conclut Alexis. Il ne vous reste plus qu'à signer ce contrat.

— Devant notaire ?

— Point du tout. Nous sommes des gens de parole. Ce qui est scellé là, par-devant nous, suffira.

De sa serviette, Charles Alexis tira une feuille sur laquelle était rédigé le contrat. Il présenta le document au paysan, qui feignit de le parcourir. Mais le régisseur se rendit vite à l'évidence : le malheureux ne savait point lire. Alors, il reprit la feuille et se mit à lire à voix haute, aussi vite qu'il pouvait.

Le vieux hochait la tête. Tout cela lui convenait parfaitement.

— Je ne sais point lire, avoua-t-il.

— Qu'importe, lança le régisseur. Par nos temps difficiles, mieux vaut savoir compter, n'est-il pas vrai ?

Emile Pauliat l'accompagna jusqu'au bout de la cour. Et, avant de lui serrer la main, Alexis ajouta d'une voix de confidence :

— Nous prélèverons notre dîme sur chacune des ventes des Bascompt. Un veau pour moi, un veau pour vous. Monsieur Marcellin n'y verra que du feu. Croyez-moi !

Le paysan baissait la tête.

— Il n'est pas d'autre moyen de survivre, mon bon ami, que d'imiter nos maîtres. Et nos manœuvres n'égaleront jamais les leurs, croyez-moi. Nous avons à cet exercice encore beaucoup à apprendre. L'essentiel est de ne pas se faire pincer. Mais, rassurez-vous, il n'y a pas grand danger. N'est-ce pas moi qui tiens le livre de comptes ?

2

Alors que le soir commençait à descendre sur les collines de Lavialatte, jetant ses éclats d'incendie sur les longs nuages qui bordaient l'horizon, Auguste et Léon Goursat suivaient d'un pas lent la charrette emportant la lessive du jour. Peu à peu, elle distançait les hommes qui ne faisaient rien pour la rattraper. L'un et l'autre occupaient chaque flanc du chemin, là où le pas était plus aisé. Les sabots martelaient la pierraille en cadence dans le silence. Parvenus à la patte-d'oie qui laissait sur la droite un sentier de terre menant au bois des Granges, ils s'arrêtèrent pour reprendre leur souffle. Des pins parasols bordaient l'entrée de la forêt. A cet endroit, sous la voûte végétale, la nuit s'était déjà installée. Une odeur de mousse montait des fougères.

— A ce train-là, fit Léon, les femmes seront arrivées avant que nous ayons atteint la barre de Lavialatte.

— Ça leur donnera le temps de faire tremper la soupe.

Léon se tourna vers les pins, jaugeant du regard leur hauteur.

— Tu ne viens plus là attendre le passage des ramiers ?

Le vieux ôta son béret, le promenant sur son crâne avant de le replacer. C'était là un de ses tics favoris quand il ne voulait pas répondre.

— Avant la mobilisation, poursuivit le fils Goursat, on y a fait de sacrées chasses avec...

Auguste hochait la tête.

— Pierre était le meilleur fusil de la commune. Il avait une manière de tirer le garenne qui n'appartenait qu'à lui. Dès que le chien l'avait levé, sans épauler, fi de garce, à hauteur de la hanche. Tout ça pour gagner du temps. Ça faisait pas un pli. Même que ta mère, ajouta-t-il, l'émotion dans la voix, tu te souviens, elle voulait plus en entendre parler, de ce gibier.

— Lui et Chadal, ça faisait une sacrée équipe, renchérit Léon, la larme à l'œil.

— Alexandre, c'était rien à côté de mon pauvre Pierre. Fichtre oui. Même que le p'tit Chadal avait tout appris de lui, où et comment qu'il fallait faire travailler les chiens. Lorsqu'on lui a empoisonné Basile, j'ai pensé que c'était un mauvais présage. On le jalousait avec son chien. On le jalousait tellement pour tout, que j'peux te dire que personne n'a pleuré quand on l'a mis en terre, mon pauvre Pierre.

— Voyons, papa, si on a tué Basile, c'est pas pour la chasse, tu te souviens plus ?

— Que si, bon Dieu ! Un chien comme Basile, ça éveillait la jalousie, partout.

— Mais non, c'est à cause des moutons de Delteil. Plus de dix brebis égorgées en une seule nuit. Et Basile a été accusé. Basile, et tous les autres chiens de Chèvreroche. Pierre n'a rien voulu savoir. C'est pour ça qu'on nous l'a empoisonné.

— Pauvre innocent ! hurla Auguste. Tu connais rien à rien. C'était un prétexte. Un fameux prétexte, même. Après, je lui ai dit : « T'en fais pas, mon gars, on va en trouver un autre et tu le dresseras. » Y m'a répondu : « On verra ça après la guerre. » On croyait tous, ânes que nous étions, qu'c't' boucherie allait durer quelques mois. Et voilà... fit-il le souffle coupé, laissant retomber ses poings impuissants. Aussi, j'peux te dire qu'y aura plus jamais un chien à la maison. Jamais.

Le vieux était planté au milieu du chemin. On ne distinguait plus que sa haute silhouette dans la montée du soir. C'était l'heure où il repensait à son fils préféré, jusque tard dans la nuit, se tournant et se retournant sur sa couche à l'orée d'un sommeil impossible.

Sous l'un des pins, à quelques pas de la bordure du bois, on pouvait voir encore les traces d'un abri de chasseurs. Des branches de genêt étaient restées accrochées, malgré les fatigues du temps, sur l'ossature de la palombière. Ça fait belle lurette, songea-t-il, qu'on ne vient plus ici attendre le passage des palombes. Le vieux observait son fils enjambant les ronces qui encombraient le sentier.

— De mémoire de paysan, hurla-t-il, j'ai jamais vu un sous-bois dans un état pareil. Si on n'y prend pas garde, dans ce fouillis, on trouvera même plus les châtaignes cet automne.

Léon faisait mine de ne rien entendre. Il n'avait qu'une seule envie, s'attarder ici, seul, dans le bruissement des ramures, pour écouter d'anciennes paroles, sentir le parfum d'autrefois, la douceur d'un temps qui s'était envolé, soudain, sans crier gare.

— Toutes nos semailles sont en train, le blé, le maïs, les topinambours, énuméra Léon. C'est pas de ma faute s'il n'a cessé de pleuvoir des cordes durant tout le mois de mars. Ça fait quinze jours au moins que j'attends que nos terres de la plaine s'essorent pour les herser.

Auguste marchait quelques pas devant, sans prendre le temps de se retourner pour écouter son fils, à croire que ses arguments étaient inutiles, tant la colère l'emplissait d'injustice.

— Ah ! bien sûr, poursuivait Léon, je ne

suis pas Pierre. Pierre, lui, aurait déjà retourné toute la propriété.

Le vieux s'arrêta sur le bord de la route et, se tournant lentement, attendit que son fils parvînt à sa hauteur.

— T'es fait pour aller gagner l'argent chez les autres.

Dans sa bouche, cette réflexion était la pire des insultes. Léon le savait, c'est pourquoi il baissa la tête, plus blessé que s'il avait pris une gifle en pleine figure.

— T'es comme Clément, ajouta-t-il. Mais Clément, il avait plus d'instruction que toi. Si j'avais écouté l'instituteur, il aurait été à l'Ecole normale. Mais j'avais pas d'argent à dépenser pour ça.

— Tiens, s'étonna Léon, c'est bien la première fois que je t'entends parler de lui. Je croyais que tu l'avais oublié, complètement oublié.

— Quand j'ai appris sa mort, en 1915, j'ai pensé que le destin avait choisi celui qui m'était le moins utile. Faut me comprendre. Tous les gars du village sont tombés les uns après les autres. On se disait, ta mère et moi, ça va bien finir par nous arriver. Et quand le maire est venu m'annoncer la nouvelle, ta mère a pleuré. Ta mère l'aimait bien, son petit Clément, si beau, si intelligent, avec ses manières raffinées. Comme si celui-là, c'était pas exactement un Goursat. Et lorsque la nouvelle est venue pour Pierre, le 3 juin 1918, je m'en souviendrai toute ma vie de cette date, alors là, tout s'est effondré autour de moi. D'abord, j'ai refusé de le croire. Je me suis dit : comment qu'il a fait, le bougre, pour se faire prendre ? J'avais une telle confiance en lui. L'a fallu le retour du corps et l'enterrement, foutredieu, pour que je le croie vraiment.

Les deux hommes se remirent à marcher d'un pas lent, côte à côte.

— Dans une portée de chiots, reprit Auguste, y en a toujours un qui domine le lot. C'est celui-là qu'on garde, mon gars. Et les autres, on les écarte. C'est la loi de la nature. Faut préserver l'avenir de la race. Pierre était le meilleur d'entre vous trois. Certes, Clément aurait fini par trouver à se placer, malgré sa timidité. Quant à toi, puisque le destin a voulu que tu survives à la guerre à la place de mon pauvre Pierre, tu devras choisir...

Instinctivement, Léon s'éloigna de son père.

— Emma ne veut pas rester à la terre, asséna-t-il.

Auguste demeura sans voix une longue minute, si bien que le fils répéta sa phrase.

— Je le savais, marmonna-t-il. Ce mariage n'apportera rien de bon.

— T'as pas toujours dit ça. Le jour où le vieux Pradelier est venu t'annoncer le montant de la dot, 4 000 francs, tu étais bien fier. Pas vrai ? Si fier que tu le racontais partout. Tu te disais, avec cette somme, on va pouvoir acheter trois hectares aux de Jandelles.

— L'argent ne fait pas tout. La terre a besoin de bras, de bras robustes. Mais toi, mon pauvre Léon, ce ne sont pas les bras qui te manquent, mais la cervelle. T'as pas plus de cervelle qu'un moineau. Aussi, bon Dieu, ta femme n'a aucune peine à te mener par le bout du nez.

Léon se défendit en clamant que, sur ce sujet, il partageait la même opinion qu'elle :

il avait toujours considéré qu'il ferait sa vie en se plaçant.

— Si Pierre était revenu, poursuivit-il, tu n'aurais eu de cesse de nous conseiller, à Emma et à moi, de partir loin de Lavialatte. Pas vrai ? Avant la mobilisation, tu m'avais persuadé de ça. Tu disais alors : « Trop de bouches à nourrir pour une si petite propriété. »

En approchant de la ferme, ils coupèrent en suivant le sentier qui traversait le pré. Ainsi gagnèrent-ils directement l'étable par la porte de derrière. Léon alla décrocher le falot près des jougs fixés au mur. Il alluma la mèche à pétrole et monta la flamme. Une lueur pâle se répandit dans l'étable, dont l'effet s'amplifia lorsqu'il suspendit l'éclairage au plafond. Les quatre limousines que possédaient Goursat avaient regagné les mangeoires à la nuit tombante. Auguste leur passa les chaînes, puis il alla chercher le veau de la Rousse. Né seulement depuis une semaine, il vacillait encore un peu sur ses pattes. Léon l'aida à cheminer jusqu'à sa mère, puis le lui présenta pour qu'elle pût lui lécher le museau, histoire de la mettre en confiance.

— Regarde donc ce qu'il est goulu, cet enfant de putain, lança Auguste.

Le veau donnait de vigoureux coups de tête dans les mamelles pour faire descendre le lait plus vite. Auguste prit le seau en fer-blanc et s'installa pour traire. Dans un balancement régulier des coudes, il tira le lait en jets réguliers qui vinrent frapper la paroi en grésillant. Léon passa dans le fenil en enjambant l'un des cornadis inoccupés et chargea à grandes fourchées les mangeoires. Il respira la bonne poussière de foin répandue autour de lui et songea que cette odeur-là lui avait manqué pendant toutes ces années.

— Tu vois, mon gars, reprit Auguste, l'plus dur, ce sera d'devoir se séparer de tout ça.

Léon revint dans la lumière dansante du falot.

— Pourquoi tu parles de vendre ? Tu as encore de belles années devant toi.

— J'ai soixante et un ans, marmonna le vieux.

— Qui, mieux que toi, pourrait exploiter Lavialatte ? Puisque je suis bon à rien. Sinon à me placer chez un patron. Tu ne cesses de dire ça à qui veut l'entendre. Alors, j'en tire les conclusions. Pour sûr que j'en tire les conclusions…

— Tout juste bon à m'pendre, marmonna le vieux.

Léon comprit qu'il voulait se faire plaindre un peu mais il ne voulut pas abonder dans son sens. A cause d'Emma… Car, c'était irrémédiable, jamais elle n'accepterait de rester dans cette propriété. La veille des noces, elle avait exigé qu'il en fît le serment. Et cette parole, il ne se sentait guère la force de la reprendre, même s'il lui arrivait encore d'hésiter. Dans l'après-midi, en traversant les friches de Lavialatte, il avait ressenti, au tréfonds de son âme, l'appel de cette terre où il avait puisé tous les bonheurs de son enfance. Ne fais donc pas cette bêtise, semblait dire le vent qui lui caressait le visage. Mais un seul regard d'Emma, autoritaire comme de juste, suffisait à mettre en pièces ses résolutions. Devant elle, il était sans force.

— M'pendre, répétait Auguste. Voilà la solution. M'pendre comme un chien. Ça n'a plus de sens de travailler une propriété quand il n'y a plus de descendance.

— A ce que je vois, ricana Léon, je suis déjà enterré.

Le vieux parut réfléchir en lissant ses moustaches, les doigts empesés de lactose.

— Si tu quittes Lavialatte, ce sera pour toujours. Pour moi, foutre oui, ce sera comme si t'étais mort, allongé à côté de tes frères.

S'il n'avait point été ecclésiastique, Marcellin Bascompt eût sans doute nourri quelque jalousie envers le curé Loupiac, à le voir ainsi traîner jour après jour dans les jambes de sa femme. Sa compagnie l'horripilait, surtout lorsque le bonhomme, outrepassant toutes les règles de l'hospitalité, se mettait à porter un jugement sur ses agissements. Au début, Marcellin attribua cet attachement aux plaisirs de sa table. Mais il s'aperçut bien vite que le curé ne savourait guère les succulents plats mijotés par

Bertille, tout absorbé qu'il était à disserter, jusqu'à laisser repartir son assiettée encore à moitié garnie. Par la suite, Bascompt demanda à son épouse ce qu'elle pouvait bien trouver dans une telle compagnie. « Il m'instruit », répliqua-t-elle, laconique, ce qui n'était pas dans ses habitudes. « Il vous instruit, insista-t-il, mais de quoi donc, grand Dieu ? — Des Saintes Ecritures, fit-elle sur un ton si précieux, qu'il en ressentit à la seconde une espèce d'amusement. J'en ai grand besoin, voyez-vous, avec tout ce que vous me faites vivre... » Sur ce, Marcellin Bascompt décida qu'à l'avenir il ne s'interrogerait plus sur la question, se persuadant aisément, en grand seigneur, qu'il est naturel pour un bourgeois d'accueillir à sa table ces sortes de pique-assiettes.

A la vérité, le curé Loupiac passait le plus clair de son temps à lire et à écrire, à rédiger surtout des homélies fracassantes, qu'il assénait ensuite aux petites gens de Galiane-sur-Sévère avec délectation. Il notait les idées au fil du jour, de peur de les perdre en chemin, et les mettait en forme en les agrémentant d'accents de Jugement dernier. « Dès que je monte en chaire, avouait-il à Aloïse, je ne sais plus ce que je dois dire. Ce ne sont pas mes ouailles qui m'impressionnent à ce point. Mais j'ai l'esprit ainsi tourné, que j'ai besoin à tout propos d'un guide-âne. » Cette manie ravissait la maîtresse de maison qui croyait tenir là un Bossuet en chair et en os, un de ces grands prédicants de l'Eglise que, tôt ou tard, on finirait par remarquer en haut lieu pour le sortir enfin de sa misérable cure. A dire vrai, l'évêque de Tulle voyait en ce petit curé un de ces esprits tortueux qui, à un poste plus avancé, eût mis l'Eglise sens dessus dessous, à une époque où il fallait peu de choses pour réveiller l'anticléricalisme sommeillant.

L'essentiel des grandes conversations se déroulait dans le salon. Cette vaste pièce baignée en tout temps d'une lumière tamisée, à cause des lourds rideaux, ressemblait à un musée, à la gloire du fameux général d'Empire sur lequel reposait toute la splendeur des Bascompt. Sur ce chapitre, Aloïse était intarissable. Elle répétait sans se lasser à chacun des visiteurs ce grand roman épique. Même l'évêque, hôte de marque de cette famille recluse à Galiane, avait subi au moins dix ou douze fois le récit des exploits du fier militaire en affichant de petits airs surpris, tandis qu'à l'écart, enfoncé dans un fauteuil, Marcellin s'écriait dans l'indifférence générale : « Ma chère Aloïse radote avec notre illustre aïeul. »

A la tête de ses cuirassiers, ce 18 juin 1815, le général d'Empire François-Damien Bascompt avait tenté une percée sur la rive droite de la route de Nivelles, à un moment critique de la bataille de Waterloo. A trois reprises, il força la défense anglaise sous le feu nourri des canons. Lors du dernier engagement, parvenu à la hauteur de la ferme de Hougoumont, il dut mettre pied à terre et, se retournant, se rendit compte qu'il était encerclé avec, pour seule défense, une poignée d'hommes. Ces malheureux firent cercle autour de leur chef pour le protéger des balles qui pleuvaient comme à Gravelotte. Lorsqu'il ne demeura plus que lui au milieu du charnier, il se saisit d'un mousquet et tenta, ultime acte de bravoure, d'avancer sur l'ennemi. Une volée de grenailles lui laboura la poitrine. Et ce fut tout : un peu de fumée, et une forte odeur de poudre brûlée. Si l'histoire retint ce haut fait d'armes parmi tant d'autres obscurs, le général le dut sans doute en partie à Aloïse, qui arrangea la chose à sa manière. En vérité, le général François-Damien Bascompt avait trouvé la mort sous le boulet du canon lors d'un repli qui ne devait rien à la stratégie.

Souvent, Aloïse caressait l'épée de cavalerie avec laquelle le général de Napoléon lançait ses hommes à la conquête de l'Europe. Et les larmes lui venaient aux yeux, au grand désespoir de Marcellin qui ne prisait guère ces enfantillages. Le culte atteignit son comble lorsqu'elle se mit en tête de vouloir écrire un livre sur le personnage. Elle partit en quête de mille documents au musée Carnavalet, puis arpenta le lieu mythique de long en large, déçue de n'y trouver que champs de blé à perte de vue. La nature, sans cesse recommencée, n'a que faire des héros. Elle s'enferma dans sa chambre où elle avait fait installer un bureau, mais de cette grandiose épopée, elle ne tira que quelques malheureuses pages. Alors, en désespoir de cause, elle se résolut à transformer son salon en musée. Et, à chaque occasion, Aloïse se métamorphosait en messagère des rêves perdus. On l'écoutait religieusement à cause de cette flamme qu'elle mettait dans chacun de ses propos, même si, parfois, on trouvait que la rigueur historique était quelque peu malmenée.

Profitant des nombreuses absences de Marcellin, Aloïse s'emparait de la vaste demeure avec convoitise. Enfin, tout était à elle, rien qu'à elle. Elle y chassait les dernières traces de son mari avec une féroce énergie, ces pointes de cigares hollandais qu'il étouffait dans les pots de fleurs, ces odeurs prégnantes de brillantine qui fleuraient le stupre, ces longues lettres d'Alger qui racontaient par le détail les soirées mondaines du Comité d'hivernage au café Apollon. La gouvernante suivait des yeux ce dépoussiérage en règle avec, soudain, le sentiment étrange d'être à ces moments-là plus qu'une simple domestique, une confidente. Car Aloïse, au fur et à mesure que les heures passaient, ne pouvait plus contenir son ressentiment envers le mari. A l'usage, la colère tombait pour ne laisser place qu'à de longs soupirs d'insatisfaction.

A observer Apolline sur le pouf du salon, dans sa longue robe grise, austère, les jambes serrées et l'air rêveur, Aloïse flaira la contrariété. Avec le temps, des liens étranges s'étaient tissés entre elles, si bien que l'une et l'autre ne pouvaient longtemps dissimuler leurs sentiments.

— Que me cachez-vous ? interrogea la maîtresse.

— Moi ?

— Oui, vous. A qui voulez-vous que je m'adresse ? A mon ombre ? Je ne suis pas encore devenue folle. Encore que, ma pauvre Apolline, il m'arrive souvent de parler devant mon miroir. C'est une manie fort utile, savez-vous, de se parler à haute voix. Cela aide à avoir les idées claires. Vous ne le direz à personne ?

— Oh, Madame ! vous pouvez avoir toute confiance.

Aloïse était tellement soucieuse de son image qu'elle se surveillait avec une coquetterie de femme de cour.

— Vous ne direz pas, insista-t-elle, que je suis folle. Les gens ont une idée si élevée de notre famille qu'ils en seraient fort déçus. Et nous devons, quoi qu'il advienne, tenir notre rang. Pour eux, nous sommes une sorte de modèle.

La gouvernante suivait avec difficulté les circonvolutions d'un tel langage. Chez cette fille pieuse, il y avait un amour des choses simples. Dans le désordre des mœurs étalé sous ses yeux, elle n'entrevoyait que l'influence maléfique des forces obscures. Aussi plaignait-elle sincèrement son maître qui semblait possédé par ces forces. Elle priait souvent pour lui et trouvait, à l'occasion, que le curé Loupiac avait la dent dure lorsqu'il s'employait à démontrer que Bascompt ne manifestait aucun caractère pour combattre ses penchants.

— Alors, reprit Aloïse, j'attends que

vous me disiez enfin ce qui vous trotte dans la tête.

— Oh, Madame ! je ne sais si je dois... Je ne voudrais point vous faire le moindre mal. Vous êtes si bonne avec moi, si bonne et si juste.

La maîtresse se leva de son siège et vint tournoyer autour de sa frêle servante. Elle lui prit les mains, comme son confesseur le faisait souvent pour lui arracher, au terme de longs palabres, une confidence intime.

— Vous serez soulagée, ensuite. Croyez-moi. Votre âme est profonde et transparente comme un lac.

La gouvernante inclina la tête jusqu'à venir heurter du front les mains de sa maîtresse. Aloïse fixait sa nuque libérée de la longue chevelure déployée en pensant : Je la tiens à ma merci, la pauvre enfant. Je la tiens dans mon filet et je ne la lâcherai pas, avant qu'elle n'ait dit tout ce qui trouble son âme. Ces paroles intérieures, il lui sembla qu'elle les instillait par tous les pores de sa peau, comme une incantation magique. Alors, Apolline leva son visage où on pouvait voir quelques larmes.

— Pourrez-vous me pardonner ensuite ? Me garder encore à votre service ?

— Oui, je le jure. Je vous le jure sur ce que j'ai de plus sacré.

Apolline chercha un mouchoir dans la poche de sa robe et essuya ses larmes, délicatement, tandis qu'Aloïse ne la quittait pas des yeux, avec ce regard grave qu'elle prenait parfois, après une de ces pénibles discussions avec Marcellin.

— Car je ne saurais où aller si je ne vous avais plus.

— Oui, oui, répéta-t-elle en lui secouant les mains. Vous avez ma parole.

— J'ai surpris une conversation.

— Une conversation ?

— Bien malgré moi. Car, vous pensez, j'aurais préféré me trouver aux cent diables.

— Cette vilaine me fera mourir d'impatience.

— C'est le jour où monsieur Alexis, votre régisseur, est venu. J'étais dans le couloir, près du cabinet de travail de monsieur. La porte était restée entrouverte.

— Ces deux-là, d'ordinaire, s'enferment comme des conspirateurs.

— Oh, Madame ! s'écria Apolline, le feu aux joues, je jure que la porte était entrouverte.

— Oui, je vous crois. Salutaire porte !

— Alors, monsieur Alexis a parlé d'une somme importante. Une dette.

— Une dette ? répéta Aloïse.

— Une dette de jeu.

— Vous avez entendu le montant ? S'agissait-il d'une grosse somme ?

— Je crois que oui.

La maîtresse recula jusqu'au mannequin de cire qui supportait l'uniforme de cuirassier du général et toucha instinctivement les épaulettes, comme pour conjurer le sort.

— 25 000 francs.

Les mains se détachèrent du général pour venir se croiser sur la poitrine.

— Vous aurez mal entendu, mon enfant.

Apolline conservait la tête baissée, triturant du bout des doigts le petit mouchoir en dentelle.

— Je savais que vous m'en tiendriez rigueur.

— Je ne vous en veux pas, ma pauvre Apolline. Pour qui me prenez-vous ? Bien au contraire. Mais je crois que vous avez mal entendu. Mon sacripant de mari est un dépensier, mais une telle somme relève de la pure folie. Ne vous inquiétez pas, ma bonne Apolline, je tirerai cette affaire au clair.

Devant cette assurance, la gouvernante parut rassurée, ce qui l'autorisa soudain à verser un torrent de larmes, tandis qu'Aloïse ne songeait plus qu'à ces 25 000 francs. Confusément, elle savait que sa confidente n'avait pu se tromper. Alors, mue par une sorte d'énergie puisée dans l'orgueil, elle décida de descendre dans le jardin. Les pluies de la veille avaient malmené les parterres d'iris, près de la mare.

— Prenez un couteau, ordonna-t-elle, nous allons faire une razzia de fleurs. Il est temps d'égayer cette demeure, vous ne trouvez pas ?

Quand elle fut seule, enfin, la Générale alla se placer devant le portrait de François-Damien qui dominait le salon de son regard farouche. En ces temps-là, soupira-t-elle, les Bascompt étaient des géants.

La seule arme d'Emma contre sa belle-famille, c'était la fameuse dot de 4 000 francs. On l'estimait, la louait, la complimentait pour ce pécule contenu dans un sac de fine toile grise, pour cette poignée de louis d'or. Elle changeait souvent de cachette par peur qu'on mît la main dessus. C'était une précaution bien puérile car la famille Goursat était d'une probité absolue. Mais Emma était ainsi faite, d'une méfiance maladive quand il s'agissait d'argent, de *son* argent, comme elle disait lorsque Léon évoquait des projets grandioses. « Tu oublies que c'est mon argent, et il sera utilisé selon mon bon plaisir. » Le naïf mari, pétri d'illusions sur la grandeur du mariage, ne savait pas encore qu'il existe une passion plus féroce que l'amour, la cupidité.

En lui confiant cette petite fortune, son père, Georges-Auguste Pradelier, avait réglé un héritage. En contrepartie, le frère jouissait de la propriété, un beau corps de ferme et sept hectares de bonne terre à blé d'un seul tenant. Emma avait discuté âprement le montant de l'arrangement. Ces difficiles pourparlers avaient été rendus nécessaires par l'opinion dans laquelle le père Pradelier tenait les filles en général. Il n'avait rêvé que de garçons, de solides garçons pour mener à bien le travail de sa ferme. Et la naissance d'une fille contraria ses plans. « Une charge de plus », disait-il. Pendant toute son enfance, Emma ressentit une pointe d'amertume de n'être pas considérée à l'égal de son frère. Et lorsqu'elle en vint à réclamer son dû dans le partage, le père Pradelier, avec son cynisme habituel, claironna : « Ta fortune, ce seront les bras robustes de ton mari ! »

Les épousailles se scellèrent dans l'église de Galiane, un 3 février 1919. Elle avait connu Léon Goursat juste avant la déclaration de guerre, un soir de battage. Le jeune homme faisait partie de l'équipée qui suivait la batteuse de ferme en ferme. Au premier regard, la jeune Emma Pradelier s'était sentie attirée. Il parlait peu – ce qui était un avantage pour elle –, et de surcroît semblait d'un caractère aimable. Ils se donnèrent rendez-vous, en toute innocence. Ce n'était là rien que de la franche camaraderie. Durant la guerre, ils s'adressèrent de longues lettres, dans lesquelles ils parlaient bien peu d'amour. Faute d'y exprimer ses sentiments, Emma narrait la vie quotidienne dans son village. Ces longs récits, bien tournés au demeurant, mettaient Léon au désespoir. La vie heureuse de l'arrière lui paraissait à jamais hors d'atteinte. Certes, pensait-il, je reviendrai vers les miens tôt ou tard, mais dans une longue caisse de bois blanc. Et ce jour-là, il y aura du soleil sur Lavialatte et, dans l'air, le bourdonnement des insectes. Pessimiste en diable, Léon attendit la fin des hostilités pour se déclarer. Emma le présenta dans la semaine au vieux Pradelier. « Je ne peux guère faire le difficile, marmonna-t-il à son futur gendre, les meilleurs partis sont au cimetière. »

Après le dîner, le couple se retirait dans la chambre du premier alors qu'Auguste s'attardait encore devant son assiette creuse marbrée par l'incarnat du vin qui avait servi à mouiller sa soupe. Le couteau grand ouvert devant lui, il regardait sa femme d'un œil lointain. Jeanne attendait patiemment qu'il se fût levé pour desservir. D'ordinaire, le signal était donné par le claquement sec de la lame se fermant sur le manche de corne. Ce soir-là, le rituel tardait à s'accomplir. Les lèvres d'Auguste remuaient doucement sur des mots de silence. Jeanne baissait la tête, ramenant lentement de la main les miettes de pain éparpillées. Il rumine, pensait-elle avec appréhension, il rumine à cause de notre Léon.

Depuis que son petit préféré, Clément, était mort, la vie avait perdu tout sens pour elle. C'était un grand chagrin dont elle ne parlait jamais, par pudeur. De temps à autre, en allant écouter les sermons du curé Loupiac, le dimanche matin, elle priait, une courte prière personnelle pour son fils disparu un matin de 1915 sur la crête de Vimy. Du moins, c'était ce qu'on lui avait notifié sur un papier transmis par le ministère de la Guerre. Elle n'avait aucune idée de ce que pouvait être la crête de Vimy. Sans doute une langue de terre grise près du ciel, une colline décharnée, labourée par le pilon incessant des obus comme on les montrait dans *L'Illustration.* Léon, une seule fois, en décembre 1918, lui avait expliqué que des marées humaines de soldats surgissaient des tranchées et avançaient à perdre haleine vers les lignes ennemies. Peu à peu, au fil des heures, la vague s'amenuisait jusqu'à se dissoudre dans la terre, absorbée comme par un buvard. Clément était ainsi tombé durant une de ces attaques inutiles ordonnées par le haut commandement, pour avoir l'air de faire quelque chose dans ce cloaque où la guerre s'enlisait, et rassurer l'arrière où glosaient les politiciens sur la nécessité de tenir coûte que coûte, vaille que vaille. Dans sa prière, Jeanne assurait à son enfant qu'elle ne tarderait plus à venir le prendre dans ses bras, comme elle le faisait autrefois, quand il avait des convulsions nerveuses et qu'elle lui préparait des fumigations d'ail pour calmer ses étouffements.

Cette seule assurance, chevillée à l'âme, suffisait à atténuer son chagrin et lui donnait la force d'affronter le silence des souvenirs.

Dans la chambre du haut, Emma finissait sa toilette. Avec des tampons d'ouate imbibés d'eau de Cologne, elle se frictionnait le visage et les cheveux. Léon gardait l'œil rivé au plafond où l'ombre des mouches endormies était enflée par la lampe à huile posée sur la tablette de nuit.

Quand Emma se glissa sous la couverture, Léon tendit la main pour atteindre ce corps qui s'offrait à lui.

— Ah ! surtout, ne me touche pas, s'écria-t-elle.

Léon retira son bras et soupira longuement, en fermant les yeux. L'odeur forte de l'eau de Cologne ajoutait à son désir, au point qu'il ne put conserver plus longtemps, malgré un premier refus, cette posture neutre à côté d'elle. Il bascula pour l'embrasser. Elle se défendit mollement. Il porta alors les mains à ses seins et, cette fois, elle se dégagea avec énergie.

— Attends ! Je vais éteindre la lampe.

— Je ne crains pas la lumière. Bien au contraire.

— Nous ne le ferons pas, déclara Emma.

— Et pourquoi donc ? J'en ai tellement envie.

— Oh, je n'en doute pas. Du sang, diable, tu n'en manques pas ! Mais j'ai l'esprit ailleurs.

L'instant du coucher était l'heure où Emma triomphait. Là, dans l'intimité de la chambre conjugale, elle mesurait l'ampleur de sa puissance. Elle se sentait la force de tout obtenir de lui, des renoncements éclatants, des reniements inattendus.

— Il nous faut prendre une décision et nous y tenir...

— Tu sais bien que je n'y arrive pas.

— A cause du chantage de ton père ?

— Il menace de vendre.

— Pauvre innocent ! Et tu crois ces sornettes ? Ton père, vendre la propriété ? C'est toute sa vie. N'a-t-il pas fait des pieds et des mains pour avoir les Régâts de Marcelinot ?

— Oui, reconnut Léon, mais ça, c'était

avant la guerre, quand Pierre était encore de ce monde.

— Crois-tu qu'il l'aurait fait pour toi ? A ce moment-là, il te persuadait d'aller te placer à la ville. A ce moment-là, tu étais de trop à lui tourner dans les jambes. Voilà ce que tu devrais lui rappeler.

— Et pourquoi tu ne vas pas lui dire, toi ? Tu ne dis jamais rien. Tu ne parles que dans son dos.

— Ah ! la belle affaire. Je ne suis que la bru. Je n'ai pas droit au chapitre. Juste avant notre mariage, quand il a fallu réclamer mon dû dans le partage, je n'ai pas eu peur d'affronter mon père. Je ne suis pas venue te chercher.

Emma remonta l'oreiller contre le bois de lit et se hissa à mi-taille pour donner plus de force à ses propos.

— Tu devrais éteindre la lumière, soupira Léon, au désespoir.

— Non, rétorqua-t-elle. Non. Tu vas écouter ce que j'ai à te dire. Je ne veux pas passer le reste de mon existence à Lavialatte. Cette vie-là ne me convient pas. J'ai goûté à la ville. Et ça a une autre saveur. Ça a un goût de reviens-y.

— Pour vivre à la ville, il faut de l'argent, beaucoup d'argent.

— Nous gagnerons là-bas notre pain comme tout le monde.

— Dans les tranchées, j'ai connu des camarades qui étaient ouvriers dans le civil. Souvent, quand on n'avait rien d'autre à faire qu'attendre, ils me décrivaient leur existence. M'est avis que ça n'a rien d'enviable. Les ouvriers, ça trime autant que les gens de la terre avec, en plus, un patron ou un contremaître sur le dos. Ici, sur mes terres, je serai mon maître.

— Tu seras le domestique de ton père, et rien de plus, parce qu'il ne t'aime pas. Tu le sais aussi bien que moi. Il n'y a que Pierre qui compte. Tout ce que tu feras de bien, ce sera en pure perte. Et, petit à petit, tu te dégoûteras de la terre. Il y a des moments dans la vie où il faut prendre des décisions, aussi douloureuses soient-elles.

— Mais je n'ai aucune instruction ! s'exclama Léon d'un ton pitoyable qui désespérait Emma. Je ne sais faire travailler que mes bras.

— Il n'y a pas que des ouvriers à la ville.

— Oui, ricana Léon, il y a aussi des bourgeois comme le vieux Bascompt. Celui-là, y passe à côté de vous sans vous voir. Et ce n'est pas la peine de venir lui parler. Ça vous toise de haut, comme si ça vous reprochait l'air que vous respirez : « Plaît-il, mon brave ? » On n'est que des chiens galeux pour ces gens-là. Et tes bourgeois de Brive, m'est avis que ça doit guère être différent de notre Bascompt. Y a que cette couleuvre de Pauliat pour être bien dans ses papiers. Mais à quel prix ? Ça complimente comme ça respire. Ça, je saurai jamais le faire.

— En tout cas, si son Edouard a évité d'aller sur le front, il le doit à Bascompt. L'animal a le bras long dans les ministères.

— Je n'envie pas cet embusqué, rétorqua Léon avec dégoût. Moi, au moins, j'ai fait mon devoir. J'aurai rien à me reprocher. C'est ça qui compte dans la vie.

— Et ça te sert à quoi, ces bons

principes ? Tous ces pauvres gars dans la fleur de l'âge qui sont tombés...

— Tais-toi donc, tu ne sais pas ce que tu dis. Ça me fait mal. Bon Dieu, oui, ça me fait mal. Tu n'as rien à dire sur ça. Rien.

— Ce sont toujours les pauvres qui vont au casse-pipe.

— On ne choisit pas de naître riche. Sinon, y aurait du monde sur les rangs.

— Il y a des pauvres qui se sont bien tirés d'affaire.

— J'ai connu des bourgeois sur le front. Et les balles des Boches faisaient pas la différence.

— Alors, marmonna Emma, c'étaient des imbéciles. Parce qu'un pauvre n'a rien à perdre quand il meurt. Mais un bourgeois, c'est pas la même chose. Il perd tout : la fortune, la puissance, les plaisirs.

— Ton père avait bien raison de me dire que tu as trop d'orgueil en toi.

Emma hocha la tête. Elle avait le plus grand mal à contenir sa colère quand il s'agissait du vieux Pradelier. Que sait-il de sa fille, lui qui ne s'est jamais occupé de moi ? songea-t-elle.

— Mon père n'avait pas le droit de te raconter de telles vilenies sur moi.

— Mais c'était pas pour dire du mal.

Emma bondit hors de sa couche dans sa longue chemise de nuit qui lui tombait sur les talons, ses cheveux dansant sur ses épaules.

— Et qu'a-t-il dit encore ?

— Rien, répondit Léon, surpris par son emportement.

— Tu es bien sûr ?

— Absolument.

— Connaissant mon père comme je le connais, j'ai du mal à te croire.

Léon lui tendit les bras, impuissant à contenir l'agitation fébrile qui le submergeait.

— Il ne t'a pas parlé de l'époque où j'étais servante chez un notaire de Brive, par hasard ?

— Pour sûr que non. Et pourquoi donc m'en aurait-il parlé ?

— C'est sans doute vrai, admit Emma, car tu ne saurais pas mentir. Tu possèdes au moins cette qualité-là.

— Je sais que tu as travaillé chez ce

notaire. Une relation des Pradelier, si je ne me trompe. Comment il s'appelle déjà ?

— Madel.

— Madel ? Ça me dit rien. J'ai point souvenance de ce nom-là.

— Madel-Bourgon.

— C'est d'un chic, ironisa Léon.

— Oui, j'ai été employée chez lui lorsque j'avais dix-neuf ans. C'était en...

Elle parut compter sur ses doigts.

— C'était avant la guerre ? Du moins, c'est ce que tu m'as toujours dit.

— Bien sûr, animal, que c'était avant la guerre. En 1912, l'année où on a anéanti la fameuse bande à Bonnot.

Léon croisa les bras sur sa poitrine, contemplant la petite chambre dans la pâle lumière de la lampe à huile.

— Madel-Bourgon, marmonna-t-il.

— A propos, commença Emma, hésitante, en prenant appui des deux mains sur le bois du lit, j'ai pensé que je pourrais lui refaire mes offres de service...

Léon sursauta et envoya promener par-dessus tête la couverture.

— C'est ça ton idée ! s'écria-t-il. C'est

donc ça qui te trotte dans la tête depuis des semaines.

— Pour nous, ça serait la meilleure solution.

— Et moi, où j'irais me louer ?

— Il pourrait t'employer aussi. Tu sais t'occuper des chevaux. Tu pourrais soigner les siens. Cocher, fit-elle avec malice, c'est pas si mal, après tout. C'est quand même mieux que de suer sang et eau sur cette malheureuse petite propriété de Lavialatte.

— Ah ! je vois que l'affaire est bien engagée.

— Oh non ! Il n'y a rien de définitif. Mais...

— Mais, mais... il me reste plus qu'à donner la réponse.

Emma retourna s'allonger près de lui, caressante comme une chatte. Léon s'obligea à rester de marbre, tandis qu'elle lui parlait de Brive, de l'avenue des Lavoirs sous les platanes, le soir, où il faisait bon flâner, du café de la Boule-d'Or où l'on donnait des concerts. Et quand elle en eut assez d'évoquer les souvenirs de son premier séjour à Brive, il se risqua enfin à la prendre dans ses bras, la serrant de toutes ses forces comme pour étouffer ses rêves d'orgueil.

— Je réserve ma réponse, lui souffla-t-il.

Alors, Emma se résolut enfin à éteindre la lampe.

3

Emile Pauliat menait la marche d'un pas agile, enjambant les obstacles, se faufilant entre les ronciers et les buissons noirs qui gagnaient la lisière du bois. Son fils, Edouard, suivait dix mètres en arrière, les mains au fond des poches. Souvent, il se retournait pour attendre le régisseur qui hésitait, ne sachant trop où mettre les pieds, de peur de déchirer son costume dans cette végétation hostile. En le voyant hésiter, Edouard alla couper une branche d'arbuste pour en faire un solide bâton. Et, fouettant les hampes de ronces qui entravaient le parcours, il lui ménagea un passage plus sûr.

— Croyez-vous que ce soit nécessaire de

s'engager dans ces parages ? cria le régisseur.

— Si bien ! répliqua le fils Pauliat avec un sourire amusé, ça nous fait gagner dix minutes au moins pour joindre les Vieilles Vignes. Et là, on sortira sur le petit plateau avec un bel aperçu de la parcelle.

Le vieux, d'un geste décidé, leur montra le sentier qui se faufilait dans les bruyères et partit d'un pas de marcheur infatigable. Une fois parvenu sur la crête, planté sur sa hauteur, il se retourna, attendant que les deux hommes le rejoignent. Il en profita pour souffler un peu. Depuis sa bronchite de l'hiver, qu'il avait « passée », comme il disait, grâce aux ventouses du docteur Lagier, il se trouvait le souffle court. Toutefois, il s'obligeait toujours à marcher vite, refusant d'écouter les douleurs qui lui enserraient la poitrine.

— C'est pas la peine d'être jeune comme vous l'êtes… ricana-t-il quand ils le rejoignirent.

— Mon père a soixante et un ans, dit Edouard. Et c'est un costaud. Chez les

Pauliat, ça ne paye pas de mine, mais c'est de la bonne graine. Pas vrai, p'pa ?

Le vieux soupira, en hochant la tête.

— Mon pauvre Edouard, tu parles que pour dire des bêtises. Je porte mes ans sur les épaules comme une vieille bête. Mais je m'écoute pas. Voilà ce qui fait la différence. Sinon, on baisse. Et on fait comme cet arbre-là ! fit-il en désignant un vieux chêne écorcé par la mort, on se dessèche. Pourtant, ce fils de garce a tiré tout ce qu'il pouvait de la terre. Regardez ces racines ! Ça a lutté jusqu'au bout.

— Peut-être bien qu'il a cent ans, renchérit Edouard.

— Je l'ai vu qui commençait à crever, y a trois ans. C'est parti du haut. Lentement. La sève pouvait plus monter. Et les bois se sont mis à tomber, branche après branche, à chaque coup de vent. Ça, c'est un signe qui trompe pas. M'est avis, ajouta le vieux avec force gestes à l'appui de sa démonstration, qu'il a pas trouvé la nourriture pour survivre avec cette taille-là. Dessous, c'est le rocher à moins d'un mètre. Une saloperie de terre de bruyère, tout juste bonne pour les cèpes à tête noire. Pourtant, il a lutté jusqu'au bout et puis, pfut, il a tiré sa révérence. Un arbre, c'est comme un homme. Ça tient tant que ça trouve de la force pour vivre.

— Toi, papa, bien vrai que t'en manques pas ! dit Edouard pour se rassurer.

— Moi, je crains que les hivers. Je le sais depuis longtemps, c'est par un de ces rudes hivers que je passerai.

— Cet hiver, tu l'as bien passé, fit Edouard. Comme un chef, pas vrai, p'pa ?

Le régisseur essuyait ses bottines sur le tapis de bruyères qui bordait la sente, étonné par cet étrange dialogue entre le père et le fils.

Lorsqu'ils parvinrent à la sortie du bois, le soleil allongeait leurs ombres sur le pré. Aussi loin que portait le regard s'étendait l'immense coteau des de Jandelles. Il leur fallut descendre dans la ronceraie par un sentier à vaches en contournant de vieux prunelliers. Rapidement, emportés par l'élan, ils atteignirent la zone marécageuse tapissée d'ajoncs. Emile montra au régisseur où il lui fallait placer les pieds pour éviter la tourbe. Un ruisselet coupait le creux du vallon ; il était à peine plus large qu'un saut d'homme. Edouard aida Alexis à le franchir. De l'autre côté, ils remontèrent une pente abrupte, s'agrippant aux grosses touffes d'herbes jaunes qui remplissaient le talus. Une montée plus douce les conduisit jusqu'aux premiers rangs de l'ancien vignoble.

— Y a encore vingt ans, toute la colline, commenta Emile, était en vignes jusqu'au Roc-Haut. Trois cents hectares au moins, presque d'un seul tenant. C'était avant le phylloxéra. Puis tout a crevé. Tout. Des cépages renommés, jusque sur la table des rois de France, le mancin de Corrèze, la mérille et le chabriou. Ça nous faisait des vins capiteux avec un tanin aussi âpre et rude que les gens de par chez nous. Quand j'étais jeune, je m'y suis échiné sur ce coteau pour trois fois rien, à monter et descendre les charges. Mais il y avait de l'ambiance, en ce temps-là. Tous les gens des villages à la ronde, hommes et femmes, venaient faire la vendange un mois durant. Ça rigolait, ça chantait. L'soir, on allait coucher dans les greniers à foin. Et au petit matin, fourbus, y fallait recommencer la récolte pour le maître. On était payés à la comportée et le vieux de Jandelles, il nous mesurait l'avoine. Y trouvait toujours à redire. Trop de feuilles dans la vendange, trop de grappes pourries. Et allez, pour la peine, quelques sous en moins.

Dans la friche, Emile ramassa un échalas tapissé de mousse.

— Y a même encore les tuteurs, fit-il en le jetant devant lui.

Pour s'asseoir, Charles Alexis choisit un petit coin de pelouse herbue.

— Maintenant, dit-il en dépliant soigneusement un plan cadastral, tout ça appartient à Marcellin Bascompt.

Le vent qui soufflait dans le creux du vallon bousculait les plis de la grande feuille. Alexis bataillait pour conserver le plan ouvert, plaqué sur le pré. Edouard alla chercher des mottes de terre qu'il posa à chaque coin. Avec une brindille de mille-pertuis, le régisseur dessina le contour de la vaste parcelle. C'était une sorte de grand parallélépipède, dont les côtés étaient droits, comme tirés à la règle, car, à l'époque où la parcelle avait été acquise, le géomètre l'avait découpée en gommant les bizarreries de l'ancien arpentage.

— Le ruisseau est même dessiné, observa Edouard. Regarde donc, p'pa ? Sacrée terre !

Le vieux ne daigna pas se pencher sur le relevé topographique.

— Je la connais aussi bien que vous, cette parcelle 34 des Vieilles Vignes. Même que je l'ai parcourue des centaines de fois de long en large. Les bornes, poursuivit-il en désignant au loin les bois du Roc-Haut, je peux vous les montrer, si vous voulez. Peut-être même, ajouta-t-il avec un clin d'œil à son fils, que vous sauriez pas les trouver.

— Avec une alidade, tout se retrouve, dit le régisseur. Croyez-moi.

— Oui, dit Emile, ça finit ensuite chez le juge de paix.

— Y a des p'tits malins qui déplacent les bornes, hein, p'pa, ? T'en connais, toi, au village qui s'amusent à ça ?

D'un geste contrarié, le vieux écarta son

fils. C'était un sujet de conversation scabreux. Dans tout le pays, il ne se trouvait pas un seul propriétaire honnête qui, un jour ou l'autre, ne se fût pas risqué à déplacer une borne.

— Du temps des de Jandelles, reprit Emile, y avait pas un brin d'herbe. Tout était propre et net. Et dans les endroits les plus pentus où la charrue ne pouvait pas passer, on banquait au hoyau. Au printemps, fallait toujours remonter les terres après les ravinages de l'hiver. Ça en occupait, de la main-d'œuvre. Je peux vous le garantir. Vous savez qui était de Jandelles ?

— Je sais juste ce que m'en a dit monsieur Bascompt, répondit le régisseur.

— Mouais, autant dire que vous en savez rien. Parce que, persifla Emile en coupant une chique d'un vigoureux coup de dents dans sa carotte de tabac, monsieur Bascompt, sauf le respect que je lui dois, il en sait rien de rien. Notre maître a acquis cette parcelle des Vieilles Vignes en 1904 pour une bouchée de pain. Le vieux de Jandelles était aux abois, le couteau sous la gorge, avec tous ses créanciers qui le poursuivaient. C'était une aubaine pour Marcellin Bascompt qui arrivait d'Algérie plein aux as. La déchéance de Firmin de Jandelles, c'était pitoyable à voir, lui qui avait été si puissant, maire de Galiane-sur-Sévère et conseiller du préfet sous Napoléon le Petit, actionnaire de la Compagnie du chemin de fer. Ça a été un bienfaiteur, cet homme-là. Il a donné toutes ses terres et payé de la main-d'œuvre lors de la construction de la voie ferrée. Si aujourd'hui le tacot passe dans la plaine de Sainte-Rochette, c'est grâce à lui. Mais ce sont des choses qu'on a vite oubliées dans le pays. Tant que vous êtes puissant, on vous respecte, on vous craint, mais au premier trébuchement, il se trouve plus que des ennemis pour vous piétiner. Voilà la leçon qu'on peut retenir de cette histoire, dit-il en faisant rouler sa chique dans la bouche, ce qui donnait au timbre de sa voix des accents rocailleux. Mais notre Marcellin Bascompt, c'est pas un homme de la terre, ajouta Emile avec un petit sourire en coin chargé de malice. Pas comme Firmin de Jandelles, çui-là, il avait pas peur de crotter ses chausses. Il visitait ses terres à cheval, en grand seigneur, toujours à noter des choses sur un petit calepin. Après, il commandait à ses journaliers : une haie à tailler, un chemin à ouvrir ou à empierrer, des vieux arbres à abattre. C'était un homme de l'ancien temps qui aimait que tout soit en ordre sur ses terres. Moi, dans le fond, j'ai jamais eu à m'en plaindre. Pourtant, ici, à Galiane, vous n'entendrez plus que des gens pour le critiquer. Y a même un dicton qui dit : On n'est plus au temps des de Jandelles... Ça veut dire que l'époque des seigneurs est révolue.

— Je parie que Marcellin n'a jamais foutu les pieds ici, dit Edouard.

— Regardez-moi ce jeune imbécile ! s'écria Emile en se tournant vers le régisseur. De quel droit que tu l'appelles Marcellin ? C'est notre maître, et nous lui devons le respect. Où allons-nous, mon Dieu, où allons-nous ? Tu lui tapes pas sur le ventre, que j'sache. C'est pas de notre condition. Demain, nous allons travailler pour lui, sûr, mais dans le respect. Sinon, des petits comme nous, il aura pas besoin de courir bien loin pour en trouver à la pelle, prêts à se plier en quatre pour le servir.

Charles Alexis toucha l'épaule d'Edouard, qui avait l'air vexé.

— Je suis sûr que ce n'est pas ce qu'il a voulu dire. Notre arrangement vaudra tant que nous saurons donner le change.

Emile Pauliat dodelina de la tête en ôtant son béret. La sueur lui dégoulinait sur le visage. Il cracha sa chique et essuya de la manche un filet de jus ocre qui lui coulait sur le menton.

— Je vous garantis votre bonne fortune, poursuivit le régisseur. Et si vous savez vous y prendre, dans dix ans, ces belles terres seront à vous.

— T'entends, p'pa ? jubila Edouard en caressant le plan d'arpentage. Tout ça à nous !

— Oui, oui. Va falloir jouer serré, c'est moi qui vous le dis. Notre maître, c'est pas un imbécile. Ça sera pas facile de le rouler. Et il faudra pas que cet idiot passe son temps à bayer aux corneilles, fit-il en désignant son fils.

— Tout ça, rêva Edouard en dessinant dans l'espace un grand geste impérieux, on va en faire un pâturage, comme y en a pas à cent lieues à la ronde. Dans un mois, tous les barrages seront posés. Et y aura plus qu'à faire paître le troupeau. De belles limousines. Et un veau pour nous, un veau pour monsieur Alexis, et deux veaux pour le maître. Comment qu'ça pourrait se savoir ? Monsieur Bascompt sait pas faire la différence entre un taurillon et une velle.

— Crie pas si fort, imbécile ! dit le vieux Pauliat.

— Mais y a personne ici pour nous entendre.

— Je crains même le vent, fit Emile. On prend la manie de causer, et après, on perd l'habitude de se taire. Tout ça, notre affaire, ça doit se jouer dans le silence le plus absolu.

Emile Pauliat décida la reprise de l'inspection et ils s'engagèrent dans la friche, où se devinaient, sous la carapace du chiendent, les rangs de l'ancienne vigne. Des rejetons avaient poussé à la diable, se faufilant sur la terre, agrippés au sol d'où ils ne se dresseraient plus jamais. C'était là tout ce qu'il restait de l'ancienne splendeur des de Jandelles.

Emile s'arrêta au milieu du champ. Il lui semblait entendre les rires des vendangeurs qui avaient jadis peuplé ces coteaux, du temps où le vin coulait à flots et emplissait les caves de Galiane taillées à même le rocher, par centaines de tonneaux de chêne empilés sur trois rangs. Il reprit sa marche d'un bon pas, sans se soucier de savoir si le régisseur le suivait toujours.

Plus haut, une maison de vignes se dressait encore, adossée au flanc de la colline. Il y arriva, essoufflé, et alla s'asseoir machinalement sur le bord de la fontaine qui jouxtait le mur. Le cresson débordait du bac de pierre. Il trempa ses mains dans l'eau glacée, puis tira un grand mouchoir de batiste de sa poche et le mouilla aussi pour s'humecter le visage. La porte éclaboussée du bleu de la bouillie bordelaise était ouverte à tous vents. Sur le sol traînaient de vieilles comportes écrasées. Et au mur étaient suspendus des cercles de barriques rouillés. Dans un recoin, il dénicha une sulfateuse de cuivre éventrée.

— Toute ma jeunesse ! marmonna-t-il en caressant l'objet patiné de vert-de-gris.

Et le vieux Pauliat se souvint du temps où il venait s'asseoir au bord du bac pour remplir la sulfateuse accrochée dans son dos. Une fois pleine, il allait s'adosser au mur de la maison quelques minutes, histoire de soulager ses épaules meurtries par les lanières de cuir. C'était un instant de bien-être intense que cette courte pause dans le fil du jour. Il ne songeait alors qu'au moment où, enfin, il martèlerait d'un bon pas le sol de sa propre terre, acquise à force de travail chez les autres. Mais quand il était devenu maître de quelques hectares, d'une misérable grange et d'une bâtisse lépreuse grâce à son père, il avait découvert avec effroi que ce bonheur-là ne le satisfaisait pas. Le temps des peines s'oublie vite devant l'insatisfaction. Ensuite, le nouveau propriétaire, qu'il était devenu, ne rêva plus que d'agrandir son domaine, mesurant dans le désespoir la tâche titanesque qui lui restait à accomplir. Mon ambition, songea-t-il alors, sera à jamais insatiable. Ainsi sa vie s'était-elle écoulée dans la rancœur et l'envie, à courir derrière un rêve qui lui semblait s'éloigner au fur et à mesure qu'il avançait dans les ans, comme l'arc-en-ciel de son enfance se dérobant à jamais devant ses pas.

Edouard et le régisseur le trouvèrent plongé dans ses pensées.

— Maintenant, avoua-t-il presque malgré lui, il nous faut devenir malhonnêtes pour survivre. Triste époque !

Alexis regarda Edouard avec inquiétude. Se pouvait-il que le vieux ait quelques scrupules ? Il avait songé à tout, sauf à cela. Alors, il s'employa à décrire par le détail de quoi était faite la fortune des Bascompt, en passant néanmoins sous silence les vices de son maître. De ce discours, il résultait que désormais on ne pouvait plus conquérir de terres sans se salir l'âme.

— Dans cette affaire qui nous lie, reprit Emile, vous tirerez pas mal vos marrons du feu. Ces veaux-là ne vous donneront pas beaucoup de peine.

Alexis hocha la tête, rassuré.

— Il est vrai. Il est vrai, admit-il.

Un silence pesant s'ensuivit. Le vieux, pensa Alexis, ne fera pas machine arrière. L'appât du gain sera le plus fort. Quant au fils, nulle crainte à avoir de ce côté. C'est pourri jusqu'à la moelle, blet à souhait, mûr pour la combine.

— Vous le reconnaissez donc, monsieur le régisseur ?

— Bien entendu. Mais, pour parler franc, sans moi vous ne pourriez rien. Je vous trouverai les maquignons nécessaires à l'achat du bétail usurpé. Je vous amènerai des acheteurs muets comme une tombe. Je dispose de ces sortes de relations. Et, croyez-moi, cela ne se trouve pas sous le sabot d'un cheval.

— Je l'avoue, murmura le vieux en soupirant, chez moi, l'amour de la terre sera toujours le plus fort. Comprenez-vous cela, monsieur le régisseur ?

— Parfaitement. Chez moi, cela ne s'appelle pas de la même façon.

Et il amena la main à hauteur des visages qui l'observaient attentivement, puis fit jouer le pouce sur l'index et le majeur.

— L'argent, fit-il, l'argent est mon maître, après Dieu.

Marcellin Bascompt fit arrêter sa voiture le long de la place Saint-Benoît en frappant du pommeau de sa canne contre la vitre. Puis il attendit que son cocher eût ouvert la portière pour mettre un pied dehors. De larges flaques, luisantes sous les réverbères, maculaient le pavage. Il avança comme un somnambule, encore engourdi par la somnolence. Dans l'air flottait un crachin. Il rajusta son chapeau de feutre, humant les odeurs grasses de la ville, et soupira longuement. Chaque fois qu'il retrouvait le pavé de Brive, il éprouvait ce sentiment étrange d'être un homme différent, comme s'il se dédoublait. Dans la vitre du cab, il vérifia l'ajustement de sa cravate sur sa chemise de soie et, caressa, du bout des doigts, le col de celluloïd qui l'obligeait à une certaine raideur dans le maintien. Le cocher s'apprêtait à reprendre place sur son siège lorsque son maître lui tendit quelques pièces de monnaie.

— Voilà de quoi te restaurer.

Le domestique s'inclina respectueusement.

— Et n'en profite pas pour te griser.

La canaille reste la canaille, pensait Bascompt, qui prenait toujours grand plaisir à admonester le peuple, comme il en avait acquis l'habitude à Alger.

Tandis que les chevaux piaffaient d'impatience dans leurs harnais, Marcellin consulta sa montre de gousset. Le cocher, qui avait déjà saisi les brides pour calmer l'attelage, hocha la tête avec insistance pour signifier qu'il ne mangerait pas les consignes en route. Puis, il appliqua un coup de lanière sur les croupes des chevaux, et la patache s'ébranla.

Marcellin attendit que la voiture eût disparu au coin de la rue Saint-Benoît pour se risquer à traverser la place. Méfiant de nature avec tous ses domestiques, il craignait toujours qu'on en vînt à espionner ses faits et gestes lorsqu'il se rendait à Brive. Il savait la Générale suffisamment rouée à ce jeu-là.

Bascompt s'engagea d'un pas rapide dans

la rue Lamartine. La Ménagère brillait de tous ses feux. Il longea les vitrines sans tourner la tête vers les nouveautés de l'été exposées sur des mannequins de plâtre au regard vitreux. Quelques badauds y étaient agglutinés comme des papillons de nuit attirés par la lumière, admirant les robes en mousseline et les costumes de cotonnade. Il s'engouffra dans une ruelle et alla directement sonner à la porte étroite de l'immeuble Barboutie. La porte s'entrouvrit aussitôt sur la lumière pâle d'un long couloir. Le portier le reconnut et s'effaça d'un pas de côté.

— Monsieur est le bienvenu au club, articula-t-il comme il le faisait machinalement pour chacun des visiteurs qui avaient leurs entrées ici.

A l'étage, Marcellin se délesta du manteau qui l'encombrait et approcha de la porte à deux battants aux vitres biseautées sur lesquelles étaient gravés des motifs tape-à-l'œil. Il hésita à entrer en savourant l'odeur mélangée du cigare et des cosmétiques, puis, d'un geste décidé, il poussa les battants et se jeta dans l'arène.

Au-dessus des tables de jeu couvertes de feutrine jade, des suspensions diffusaient de larges halos jaunes où dansaient des volutes de fumée. Bascompt se frotta les mains en se dirigeant vers un cercle de joueurs qui bataillaient dur. L'un d'eux se retourna, une grosse tête ronde et joviale, chemise ouverte sur un poitrail luisant de sueur.

— Mon vieux Marcellin ! s'écria-t-il. Voilà l'homme de la situation. Tu vas prendre ma place, parce que j'en ai plein le dos. Ce soir, c'est pas mon jour.

Bascompt alla se planter derrière lui. Le bonhomme lui montra son jeu. Marcellin leva la tête, observant tour à tour les joueurs, et émit un petit sifflement de surprise.

— Allez, protesta Lapeyre. J'ai rien. Rien. Ne croyez pas ce bluffeur de Marcellin. Je passe.

Il pivota sur sa chaise.

— Tu aurais passé, toi aussi ?

Marcellin Bascompt dodelina de la tête.

— Avec un brelan ? Tu as le goût du suicide, chuchota-t-il.

— Un brelan et une paire, susurra Bascompt à son oreille.

— Vialle a au moins un carré, ajouta Lapeyre. Regarde sa mine ! Il jubile rien qu'à l'idée de mettre ses pattes sur toute cette galette.

— Je rappelle que c'est interdit de parler, dit le voisin, un homme grand et sec arborant une fière moustache à la Napoléon III.

Bascompt se glissa derrière lui, discrètement, mais le joueur rabattit instinctivement son jeu sur la table.

— La confiance règne, dit Marcellin en dégrafant son veston.

— Comme on connaît ses saints, on les honore, lança Vialle en retroussant ses manches.

— Ce coup-là est pour lui, fit l'autre joueur, Mézard, un vieux beau à la chevelure opulente crantée au fer.

— Giraud, fit Marcellin, tu as toujours été défaitiste.

— J'ai pas envie d'y laisser la peau de mes couilles.

Un rire traversa la table de jeu. Puis

Vialle annonça qu'il allait abattre ses cartes. Un silence s'imposa.

— Un carré de rois, commenta Giraud. Qu'est-ce que je vous avais dit ? Notre ami Vialle a le cul bordé de nouilles.

— Une veine de cocu, ajouta Lapeyre.

Vialle ramena à lui les mises en étendant ses longs bras velus. Lapeyre envoya valser son siège.

— Je me retire.

— Marcellin, fit Vialle, tu prends sa place ? La mise est de cinq cents.

— Cinq cents, répéta Bascompt en soupirant. C'est trop pour moi.

— Tu te dégonfles ? insista Vialle.

— Le colon aurait-il quelques aigreurs d'estomac ? ajouta Mézard.

— Le colon n'a pas envie de jouer ce soir.

— Alors, tu attends Olivia ? Pas vrai ? demanda Vialle.

Marcellin sourit en inclinant la tête.

— Elle te fera perdre l'esprit, dit Giraud. Tu devrais prendre tes distances avant qu'il ne soit trop tard. Les femmes, il faut les laisser mijoter dans leur jus. Tu vois bien qu'elle te fait marcher.

— Marcellin est un bandard de première, intervint Vialle. Et la blonde Olivia, c'est quand même autre chose que les mouquères de la rue Bal-el-Oued...

— Vous parlez de choses que vous ne connaissez pas, répliqua Bascompt, piqué au vif. Il y a de petites Berbères, mes amis, douze, treize ans, pour lesquelles on se damnerait.

— Bandard et bon dard, rigola Vialle, qui ne ratait jamais l'occasion de placer un bon mot.

Lapeyre revint avec une coupe de champagne.

— Olivia ne vaut rien de plus qu'une lorette, dit Giraud. Tu le sais bien, Marcellin. Des comme ça, ça peuple le Passage.

— Tu es jaloux, fit Marcellin.

— Les femmes, reprit Giraud, tu sais bien que ce n'est pas mon fort.

— Les femmes, les femmes, t'en as tant que tu veux avec ça ! marmonna Vialle en montrant un paquet de billets chiffonnés.

Lapeyre entraîna Bascompt vers le bar et lui fit servir une coupe.

— Je cherche Malu, dit Marcellin.

— Le petit ?

— Non, surtout pas lui.

— Le vieux Maluzier, alors ?

— Oui. Le banquier.

— Il est à côté, fit Lapeyre en désignant une porte capitonnée. Tu veux que je t'arrange le coup ?

— Non. Je suis bien assez grand.

— C'est au sujet de ta dette ?

— Exact.

— Tu seras obligé de cracher au bassinet.

Un sourire rapace traversa le visage de Marcellin.

— J'y ai craché, moi aussi, poursuivit Lapeyre. Sinon, tout grand que tu es, le Cercle te fermera les portes. Ils sont même capables de te faire chanter à propos d'Olivia. Tu les connais, les Vialle, les Giraud, les Mézard, les Durmoy, toute la fine fleur des joyeux compères, la main dans la main. Pour eux, avec tes grands airs de colon, tu n'es qu'un étranger, un pied-noir tout juste bon à plumer.

Marcellin Bascompt répondit qu'il se moquait comme d'une guigne des prétentions du petit clan de Brive, qu'il en avait maté de plus coriaces et qu'il saurait, le moment venu, trouver les arguments persuasifs. Puis il commanda une tournée de champagne.

— A mettre sur mon compte, dit-il en claquant des doigts.

Julien Lapeyre l'observait à la dérobée avec une pointe d'admiration.

— Tu as des manières de grand seigneur, lança-t-il. Ça insupporte la compagnie.

— Je ne suis pas ce que l'on croit. Mon père a servi le général Randon, gouverneur général de l'Algérie. C'était un de ces petits gratte-papier installés, pour réorganiser l'administration des bureaux arabes. A partir des années 1865, il s'est lancé dans les affaires. Avec succès. Tout était à prendre. L'idée de Badinguet, c'était de faire de l'Algérie non plus une colonie française, mais un royaume arabe à part entière, soustrait à l'administration militaire. L'empire des Bascompt a grandi dans ce contexte-là. Présentement, j'ai pris des distances avec mes affaires algériennes. Mon frère, Louis-Maximin, s'occupe des orangeraies d'Oran. Moi, j'ai juste conservé quelques centaines d'hectares à Mustapha où j'ai nommé un régisseur. Ça me rapporte de quoi vivre tranquillement, sans avoir à me coltiner la flemmardise du petit personnel agricole. C'est à y perdre la santé. Les Arabes ne travaillent que lorsque nous sommes derrière eux à les tancer. C'est un peuple fait pour être commandé. Sur le front, nos spahis se sont admirablement battus. Crois-tu qu'ils l'auraient fait pour une autre nation que la nôtre ? C'est la marque d'une reconnaissance. Mais il faut que nous continuions à pacifier ces territoires, que nous poursuivions les grands travaux d'irrigation. Or, ce sont des questions que l'on néglige à Paris, depuis l'instauration de la IIIe République. Si la France perd un jour confiance en ses colons, malheur à elle, prophétisa Bascompt en faisant virevolter sa canne.

Lapeyre buvait ses paroles tout en se

disant qu'un tel homme n'était pas à sa place sur ces terres paysannes, alors que tant d'idées bourgeonnaient dans sa tête.

— Mon cher Marcellin, tu devrais nous rejoindre au parti nationaliste républicain. Tes vues sur l'avenir nous seraient plus que jamais nécessaires. Doumergue et Poincaré ont rendu la France timorée, corrompue par toutes ces combinaisons radicales-socialistes. Et même dans nos rangs, il s'en trouve qui souhaitent ardemment faire une large alliance avec les radicaux, pourvu que les socialistes restent sur la touche, isolés. Mais que nous apporterait une telle association ? Les avatars du passé ne nous suffisent donc pas ? Ce sont nos généraux, Joffre, Nivelle, Pétain, qui nous ont sauvés du déshonneur. Si nous n'avions eu que ces cabinets frileux, Guillaume II aurait défilé à la tête de ses troupes sous l'Arc de triomphe, avec tous les pacifistes à genoux, prêts à se coucher devant le kaiser. Les pacifistes, les socialistes et tous les salauds qui ont suivi cette canaille de Jaurès.

Bascompt l'observait d'un air narquois, songeant que le brave discoureur avait fait sa guerre, lui, dans les bureaux de l'arrière, à comptabiliser les pertes ou à discuter sur le coin d'un comptoir de la meilleure stratégie militaire.

— Pour me décider à entrer dans la mêlée, dit Marcellin, il faudrait un grand dessein, alors que je ne vois que médiocres compromis politiciens à l'horizon. On nous prépare un bloc national formé d'une bande de jean-foutre. Regarde donc comme Maluzier relève la tête. Son heure est venue, à celui-là !

— Qu'appelles-tu un grand dessein ?

— Le retour d'un bonapartiste, par exemple. La République ne nous a apporté que désillusions. Les plus belles intentions finissent par s'engluer dans le marécage des alliances. Le seul souci de ces gens est de trouver, envers et contre tout, une majorité pour se maintenir sur la vague. Que d'énergie dépensée en pure perte ! A la tête de la France, il nous faut un homme aux mains libres, paré d'une indiscutable légitimité et n'ayant pour seul souci que l'exigence de la tâche à accomplir. J'ai longtemps caressé le souhait que l'offensive allemande de 1916 réussisse. Et que cette débâcle française nous ramène sur le trône un Bonaparte, comme celle de Sedan nous a ramené la République. Il est des maux nécessaires à la France pour qu'elle se réveille. L'armistice est un statu quo. Et nous verrons un jour, dans dix ans, dans vingt ans, l'Histoire reprendre là où elle s'est interrompue.

Lapeyre proposa une autre tournée, mais Bascompt refusa. Avant de se griser, il avait envie de conclure son affaire avec le banquier. A contrecœur, il envoya son voisin vérifier si Joseph Maluzier était prêt à le recevoir. Soudain, la porte en capiton s'ouvrit et un gros bonhomme en surgit, serré dans un costume trois pièces à longues rayures. Il l'accueillit en ouvrant les bras. Marcellin Bascompt céda de mauvaise grâce à ces effusions et le suivit dans le boudoir enfumé par les gros cigares. D'un geste, le banquier renvoya ses compagnons, qui laissèrent sur une table basse entourée de profonds fauteuils leurs coupes à moitié pleines.

— Ah ! cher monsieur Bascompt,

s'exclama le vieux au regard porcin, que j'ai grand plaisir à vous rencontrer. Nous étions justement en train de débattre de l'opportunité d'installer à Brive une chambre de commerce. Nous avons instruit une demande, et la délégation auprès des représentants aux parlements a reçu mission d'en étudier les modalités. Ses conclusions ont été rendues et nous venons d'obtenir le décret du ministère du Commerce. Nous pouvons donc passer à la phase active. Oserais-je espérer que vous serez des nôtres ?

— Je suis déjà engagé auprès de mes amis d'Alger. Je siège au palais consulaire, répondit-il fièrement en promenant la pointe de sa canne sur le tapis.

— Justement, insista Maluzier, vous nous apporterez votre expérience.

— Allons, vous n'aurez point besoin de mes lumières.

— Détrompez-vous, fit le banquier en époussetant la cendre de son cigare. Nos ouvriers s'organisent en associations syndicales. L'approche des élections nous fait craindre le pire. C'est une période où le politicien promet plus que de raison pour s'attirer le suffrage du gagne-petit.

Bascompt éclata de rire.

— La démocratie est le plus pernicieux de tous les maux de ce siècle.

— A la suite de cette horrible guerre, de ces douloureux sacrifices consentis, que pourra-t-on refuser aux petits ? Le peuple est auréolé de gloire. Après les discours et les adulations, il faudra passer à des offrandes plus consistantes. De plus en plus, on parle de la journée de huit heures.

— De huit heures ? sursauta Bascompt. Et puis quoi encore ? Les jours chômés payés... Vous verrez, monsieur, à ce train-là, nous y arriverons.

— Cette perspective est effrayante. Aucune de nos entreprises n'y résistera. Après cette grande saignée, la France manque cruellement de bras. Alors qu'il s'agit de relancer la locomotive, on nous demande de ralentir la production. C'est absurde, monsieur, tragiquement absurde. Ah ! vous ne connaissez pas votre bonheur d'avoir installé toutes vos affaires en Algérie.

— Je disais il y a un instant qu'il eût mieux valu une défaite que cette demi-victoire des armes. Du reste, il n'y a que le peuple pour croire que la patrie est victorieuse.

— Oh, monsieur, s'écria Maluzier, si l'on vous entendait...

— J'ai mon franc-parler. Cette guerre avec l'Allemagne n'avait aucun sens. C'est pourquoi je n'ai eu aucun scrupule à jouer mes intérêts. Nous n'y avons rien gagné, sinon l'affaiblissement de part et d'autre des frontières du Rhin. Maintenant que nous avons enterré nos morts, il ne nous reste plus qu'à verser les pensions aux veuves et aux mutilés. Quel grand dessein pour une nation ! C'est un boulet que nous devrons traîner et qui minera notre économie. Car il serait illusoire de croire que nous obtiendrons quelques réparations de l'Allemagne. L'argent croît et fructifie là où la force des Etats s'est imposée. Allez donc dire ça à vos amis qui s'apprêtent à gouverner ! Allez donc leur dire qu'il faut ramener l'ordre dans nos finances plutôt que flatter l'héroïsme des peuples ! Je crains que le futur traité de Versailles ne soit qu'un constat amer de notre impuissance à maîtriser les petits nationalismes belliqueux. Alors, l'avenir de l'Europe sera conditionné par ces divisions.

Joseph Maluzier conserva durant toute la conversation un masque souriant, une carapace qu'il s'imposait, presque par tic, dans le milieu des finances où il naviguait. Même dans ces lieux de plaisir où il aimait à gaspiller son temps, il continuait à jouer au banquier. Aussi prenait-il plaisir à y attirer les gens avec lesquels il nourrissait l'ambition de commercer, estimant sans doute plus aisé de traiter des affaires dans un tel endroit plutôt que dans l'austère cabinet de sa banque, place Saint-Benoît. Du reste, le climat de luxure qui régnait dans ces lieux favorisait les ouvertures avec le quidam le plus récalcitrant. Au bout de quelques minutes, le vieil homme sentit la fatigue le gagner et il délaissa son cigare pour s'abandonner aux profondeurs du fauteuil. Et, tandis que Marcellin Bascompt moulinait l'air avec sa canne pour donner plus de force à son propos, il songeait en frictionnant ses paupières meurtries par la lassitude : Ce donneur de leçons n'est rien d'autre qu'un de ces excités de l'Action française, un de ces trublions marchant au pas derrière Charles Maurras. Lui était persuadé que la France, à l'avenir, devait être gouvernée au centre, dans l'Union sacrée, laissant aux extrêmes le seul choix de s'entre-déchirer en petits comités.

Soudain, Marcellin prit conscience que sa fougue l'avait entraîné loin de l'objet pour lequel il avait souhaité cette entrevue et il se raidit, ses deux mains posées sur le pommeau de sa canne. A ce mouvement, Joseph Maluzier comprit qu'on allait enfin entrer dans le vif du sujet.

— Alors, fit le banquier, auriez-vous une bonne affaire à me proposer ? Nous n'avons jamais encore travaillé ensemble. Mais la chose finira bien par arriver un jour ou l'autre.

— L'objet de ma visite peut paraître bien futile. Mais il est une petite affaire entre nous qui me courrouce profondément.

— Entre nous ?

— Entre monsieur votre fils et moi.

— Roland et vous ?

— Une petite querelle de jeu.

Maluzier soupira, rasséréné. Ce n'est que cela, pensa-t-il. Le grand homme s'humilierait-il à venir me demander conseil ?

— Vous n'ignorez pas que j'ai ce vice-là chevillé au corps. Le poker.

— Oh, monsieur, voilà un bien vilain mot pour une si petite frivolité. Les hommes qui n'ont point de travers sont bien ennuyeux.

— Monsieur votre fils me réclame 25 000 francs. Outre le fait que je conteste cette somme, l'on veut me faire rendre gorge comme un vulgaire joueur de tripot.

— Vous faire rendre gorge ?

— On prétend dresser contre ma personne un syndic. Devrais-je me laisser intimider par ces méthodes de voyous ?

Maluzier récupéra son cigare et le ralluma avec application, ce qui lui laissa tout le temps de la réflexion.

— Mon fils a le tempérament de son âge. Les années amolliront sa fougue.

— Je n'aurai guère la patience d'attendre que votre cher fils atteigne l'âge de raison.

— Oh, monsieur, ne le prenez point ainsi.

— Je prends cette affaire à sa juste hauteur. Quand on a le couteau sous la gorge, on ne peut plus espérer de magnanimité.

— Il est vrai, répondit Maluzier en croisant et décroisant les jambes, il est vrai, que la somme est d'importance, s'agissant, bien entendu, d'une dette de jeu. Et je présume que vous n'avez point l'intention de payer le moindre sou ?

Bascompt le fixait droit dans les yeux. Le banquier sentit une force inhabituelle sourdre de ce regard inflexible.

— Pour vous, ces 25 000 francs, ça ne représente rien. Avouez-le.

— Il est des principes avec lesquels on ne transige pas. A moins d'y perdre son honneur. Il ne sera pas dit que l'ancien conseiller du gouverneur général d'Alger se laisse plumer comme un naïf par de jeunes présomptueux qui ont encore tout à apprendre de l'existence.

— Il est des règles dans la bonne société, dit Maluzier, qui veulent qu'un honnête citoyen paye ses dettes, fût-ce celles de ses plaisirs.

Marcellin Bascompt se redressa dans un seul mouvement.

— Dois-je me montrer goujat pour être entendu ? Jusqu'alors, j'ai entretenu avec monsieur votre fils les meilleures relations. Je lui ai même rendu quelques menus services. Je possède encore, dans mes papiers, une lettre transmise au général Maurice Sarrail, une lettre de sa main, précisa-t-il d'un ton cassant, une requête pour échapper à ce misérable destin qui fut le lot de tous nos fils en 1914.

— C'est du chantage ! s'écria Maluzier.

— Cette lettre que j'ai transmise à mon ami Sarrail a valu à monsieur votre fils les délices de l'arrière jusqu'à la démobilisation. Sinon, que serait-il devenu ? Le front, les tranchées, la peur, la mort. Tout cela mérite quelque considération. A moins que l'ingratitude fasse aussi partie du tempérament dû à son jeune âge. Vous savez, cher monsieur, de nos jours où l'héroïsme se porte si bien à la boutonnière, il n'est guère plaisant de se faire traiter d'embusqué, surtout lorsqu'on est un jeune garçon brillant, pressé déjà par l'ambition politique.

— Vous chanteriez cela ?

— Assurément.

— Votre fils Aurélien aussi a échappé à la conscription. Vous seriez mal placé, mon ami, pour venir me dicter quelque leçon de morale.

— Mon fils avait de bonnes raisons. Ce n'est pas comme votre Roland qui aura besoin, s'il veut réussir, d'afficher une morale tricolore hors de tout soupçon.

Soudain très pâle, Maluzier vint prendre Bascompt par le bras et le conduisit à petits pas vers le fond du boudoir.

— C'est une gaminerie, fit-il en lui tendant une coupe de champagne. Il ne sera pas dit que notre amitié aura été mise à mal pour une misérable affaire de poker. C'est entendu, j'efface l'ardoise, à la condition, toutefois, que vous me remettiez cette lettre.

Bascompt hocha la tête.

— J'y consens.

Puis il but une petite lampée de champagne et posa sa coupe.

— Permettez, maintenant, que je me retire.

— Allons, s'écria Maluzier, on ne peut pas se séparer ainsi !

Le banquier tenta encore de toucher la main de son visiteur. En vain. Ces pieds-noirs ont le sang chaud, maugréa-t-il, la tête près du bonnet. Un sourire fatigué s'imprima sur son visage et y resta longtemps après que l'homme eut quitté le boudoir.

4

Chaque jeudi, dans le milieu de l'après-midi, Léon retrouvait Anaïs. Ce rite s'était installé, immuable depuis la démobilisation. Et sans doute eût-il fallu quelque événement grave pour qu'ils y renoncent.

Il allait l'attendre au bout de la côte des anciennes vignes qui dominait le village avec, sur la droite, la forêt de La Gane et le château de La Nadalie. Patiemment, il guettait l'approche de sa silhouette menue. Chaque fois, elle lui paraissait plus épuisée, avec des cernes gris sous les yeux. Son visage était si pâle qu'on y voyait les délicates nervures des veines sous la peau.

— Tu fais peine à voir, fit Léon en la serrant dans ses bras. Vraiment peine, au point que je me sens coupable.

— Et coupable de quoi donc ? demanda Anaïs en essuyant les perles de sueur qui brillaient sur son front.

— Tu le sais bien.

Leurs regards se tournèrent ensemble vers les vallons boisés qui s'étendaient à perte de vue. Le soleil de mai dorait l'espace en tons dégradés au fur et à mesure que l'œil s'égarait au loin.

— Je ne veux plus qu'on en parle. Maintenant que j'ai retrouvé ma sérénité.

Léon lui prit le bras pour l'entraîner vers le petit chemin de La Nadalie où ils avaient l'habitude de se promener tout en devisant. Cette fois, elle résista.

— Je n'ai pas envie, souffla-t-elle.

— C'est la besogne chez les Dupeyron qui te fatigue à ce point ?

— Oh, non ! s'écria-t-elle en agitant sa belle chevelure blonde. Bien au contraire. La maîtresse prend grand soin de moi. Une telle gentillesse, ajouta-t-elle rêveuse, alors que je ne suis rien pour ces gens-là. Rien.

— Si tu veux, on pourrait aller vers le taillis là-bas. On a juste le champ à traverser. Tu te souviens ? Jadis, nous y dénichions des nids de merle. Une fois, en fourrant la main dans un de ces nids pour récupérer les petits, je suis tombé sur une couleuvre, une saloperie de couleuvre qui s'était lovée à l'intérieur après avoir bouffé les oiselets. Même qu'elle a filé sur mon épaule. Et tu t'es sauvée à toutes jambes.

— Et toi, tu restais pétrifié, le souffle coupé.

— Depuis, j'ai connu pire. Je te garantis que j'ai connu pire...

— Ah ! soupira-t-elle, ça fait du bien de rire de temps en temps. De penser à notre enfance. Nous avons été si insouciants, si heureux, et nous ne le savions pas. Le bonheur, c'est ne point avoir conscience du temps qui passe, voilà ce que je me dis souvent, quand la fièvre me prend et que je ne suis plus bonne à rien. Ah, si je pouvais redevenir comme avant, avec toute cette sève en moi, quand nous allions courir à travers champs même par les étés les plus torrides !

Léon vint la prendre par les épaules, comme il le faisait autrefois sur le chemin de l'école, lorsqu'il leur fallait traverser la châtaigneraie de Lavialatte à la tombée du jour et que les ombres de la nuit dessinaient dans les profondeurs du sous-bois des figures faméliques.

— J'ai envie d'aller jusqu'au cimetière, dit Anaïs. Et je voudrais que tu m'y accompagnes. Seule, je n'en aurai pas le courage.

— Ça te fera mal. Là-bas, la terre est encore fraîchement retournée. C'est un labour dont on se serait bien passés.

Comme elle le suppliait et qu'il ne pouvait décidément rien lui refuser, il se résolut enfin à s'y rendre. Ils cheminèrent vers Galiane à petite allure. Léon devait ralentir le pas pour l'attendre, tant elle semblait essoufflée par le moindre effort. Le docteur Lagier, avec lequel il s'était entretenu sur l'état de santé de sa sœur, lui avait confié que la malheureuse ne ferait pas de vieux os, à moins qu'on se décidât à la faire soigner dans un dispensaire où l'on pourrait ralentir l'évolution de la tuberculose. Mais, devant la somme à engager, le vieil Auguste avait renoncé. « Ou alors, il faut vendre la moitié de la propriété, avait-il argumenté. Et pour des résultats incertains. » Léon avait protesté vivement. Mais le vieux avait tenu bon : « Si je deviens un jour à charge comme ça, ne vous embarrassez pas pour moi. Achevez-moi comme un chien. C'est notre destinée à nous, pauvres petits de la campagne. Notre existence ne vaut pas un clou lorsqu'on ne peut plus rien tirer de nos bras ! »

Anaïs se dirigea directement à gauche du cyprès. La concession des Goursat occupait un grand rectangle de terre rouge dominé par une croix de pierre à laquelle était suspendue une couronne tressée de minuscules perles de verre. Les mains portées au visage, elle se laissa tomber à genoux sur la bordure de l'allée. Léon alla se poster derrière elle, sans un mot, le regard perdu bien au-delà du cimetière et de sa forêt de croix dressées vers le ciel. Il regardait l'horizon d'un œil vague, les paupières tout juste humides. Depuis des mois, il ne pleurait plus, ni sur lui-même ni sur les autres. Un chagrin sec muré par le silence. Au bout d'un moment, il toucha l'épaule de sa sœur comme pour vérifier qu'elle était encore là, immobile.

Anaïs touchait la terre, la palpait comme un levain. Ce petit môle de glèbe rouge lui paraissait une île perdue à la dérive. Léon tenta de saisir ses mains pour les ramener loin du terreau, vers la lumière. Mais elles s'esquivèrent pour mieux replonger vers le sol.

— Pierre est à droite ? demanda-t-elle au bout d'un moment en essuyant de la paume de la main ses larmes.

— Là ! fit Léon en touchant la terre de la pointe de sa chaussure. Papa a voulu qu'il soit près de notre grand-père. Il dit qu'ils se ressemblaient tellement. Je ne sais pas. Je n'en ai conservé qu'un redoutable souvenir. C'était un homme qui me faisait peur, notre grand-père, avec sa canne toujours à portée de main. Pour un rien, il en jouait avec adresse. Aussi loin que mes souvenirs remontent, je ne lui ai jamais vu un geste affectueux à notre égard, Pierre et moi. Car vous deux, Clément et toi, vous ne l'avez pour ainsi dire pas connu.

— Et notre Clément est ici, alors, dit

Anaïs dans un sanglot qui la fit trébucher contre la bordure de l'allée.

Léon la prit contre lui, la serrant de toutes ses forces. Elle lui parut une molle créature de chiffon qu'un rien eût pu renverser.

— Faut partir maintenant, ordonna-t-il. Tout ça ne peut que nous faire du mal.

Elle refusa d'un signe de tête. Et il n'osa pas la forcer à quitter ce rectangle de terre pour la traîner vers la sortie du cimetière.

— Tu n'as pas de chagrin, toi ? demanda-t-elle. Comment fais-tu pour rester indifférent ?

— Je pense souvent à Clément, dit-il.

— Oui, je comprends. C'était lui que nous préférions. Il avait l'air si désemparé devant l'existence qu'on avait toujours envie de l'aider.

— Nous l'aimions, parce qu'il était fragile. Il aurait mérité de naître dans un autre milieu que le nôtre. Peut-être qu'avec un peu de chance, il s'en serait sorti. Peut-être qu'il aurait été notre honneur à nous tous. Enfin, un Goursat sorti du bourbier...

— Moi aussi, je l'aimais beaucoup. Il me manque.

— Bien sûr. Mais moins que lui, là-bas !...

Anaïs le fixait avec des yeux atterrés. Et, dans un mouvement éperdu, elle se jeta dans ses bras.

— C'est lui qui te manque le plus, poursuivit Léon en lui caressant les cheveux. Lui, tu t'en consoleras pas. Et c'est ça qui me fait le plus de peine.

— Je ne veux pas savoir où on l'a mis.

— Il est à côté de nous, à quelques pas, dit Léon. Aussi misérable que notre Clément.

Léon sentit son corps mollir entre ses bras et crut qu'elle venait de s'évanouir.

— Dis voir comment qu'il s'appelait. Dis-le donc. Ça t'aiderait de le nommer. Ça t'aiderait à surmonter le chagrin.

— Non, hurla Anaïs, je ne veux pas ! Jamais plus je ne prononcerai son nom. Jamais !

— Il le faut, insista Léon. Sinon, ça te fera mourir aussi.

— Je me fiche de mourir.

— Après que tu l'auras nommé, tu retrouveras le courage de lui parler. Parce que tout ce que vous avez vécu ensemble, ce bel amour, rien ne peut l'effacer. Pas même la mort. Tout ce qui a existé entre vous, la mort ne peut pas l'éteindre. En refusant de lui parler, c'est comme si tu regrettais de l'avoir aimé. Puisque tu ne veux pas le nommer, je le ferai, moi, à ta place, pour qu'enfin tu entendes ce qu'il ne peut plus te dire.

— Je ne veux pas, répéta Anaïs.

— Ton Alexandre ! dit Léon en lui prenant le visage à pleines mains. Ton Alexandre ! Répète-le donc après moi. Tu dois avoir le courage d'aller sur sa tombe et de lui parler, comme tu le faisais autrefois.

— Plus tard. Plus tard, je le ferai.

— Tu lui dois ça. Alexandre Chadal est mort en pensant à toi. C'était comme ça sur le front. Quand on montait en ligne, on ne pensait qu'à ça, à celle qu'on avait laissée à l'arrière. Ça nous donnait du courage au ventre. Alexandre est tombé en murmurant ton nom. Il a cru que cette histoire d'amour allait ainsi finir, misérablement, dans la boue. Puis il s'est rassuré en se disant que tu ne l'oublierais pas et qu'avec ce souvenir-là suspendu dans l'espace et le temps, il ne serait pas tout à fait mort, qu'il resterait de lui une petite flamme quelque part. Voilà ce qu'il a pensé. Et tu ne dois pas lui refuser l'existence de cette petite flamme qu'il a nourrie jusqu'à son dernier souffle.

Par-dessus son épaule, le visage relevé, il fixait l'immensité du ciel, comme s'il cherchait dans l'azur une réponse à l'angoisse qui l'étreignait, une angoisse qui ne le lâchait plus depuis sa longue descente aux enfers. Il semblait attendre du ciel une réponse à sa prière formulée la tête haute. Pourtant, il avait cessé de croire en Dieu dans les tranchées en voyant sombrer autour de lui les vagues d'hommes que tant et tant d'implorations avaient gonflés d'un vain espoir. Si Dieu existe, se disait-il souvent, alors il arrêtera le bras de la mort. Bien au contraire, la mécanique s'était emballée, ne laissant derrière elle que des charniers sous la lune, à perte de vue, sur la terre incessamment labourée par le fer et par le feu. Quand le silence était revenu, les derniers survivants s'étaient regardés comme une armée d'ombres défilant au pas saccadé d'une grande fatigue, refluant vers l'arrière où se recomposaient devant leurs yeux ébahis des matins ordinaires.

— Je veux partir, murmura Anaïs, blottie contre sa large poitrine. J'ai trop mal.

Léon comprit que, cette fois encore, elle ne rendrait pas visite à Alexandre. Il laissa glisser ses bras le long de son corps.

— Alexandre t'attend, insista-t-il.

— Je ne veux pas poser mon regard sur la terre qui l'emprisonne. Ce n'est plus lui, là. Il est ailleurs. Et viendra le temps, proche sans doute, où j'irai enfin le rejoindre.

— Lorsque tu parles comme ça, tu me fais peur, avoua-t-il en la prenant par la main.

— C'est ma foi vrai. Quel sens donner à ma vie maintenant qu'il n'est plus là ?

— Tu dois surmonter ce chagrin avec courage.

— Quoi ? s'étonna-t-elle. Je ne me plains pas.

— Tu ne te plains jamais. Mais il est des silences qui sont plus forts que les mots. Je sais que ce chagrin-là te dévore de l'intérieur. Peu à peu, tu sembles prendre congé de nous. Et lorsque j'en parle à notre père, il fait semblant de ne rien entendre. Pour lui, tout ce qui doit advenir est juste, le malheur comme le bonheur. Quant à notre mère, elle se met instantanément à pleurer. C'est une manière de me dire : « Vois, qu'y puis-je ? Je ne suis rien qu'une âme morte. »

— C'est ma maladie... soupira Anaïs. Sur ce chapitre, tout a été dit. Il n'y a plus rien à ajouter. Car cela aussi est juste. Ça devait arriver. Mon cœur était déjà bien malade avant cela. Bien malade. De ces maladies de langueur contre lesquelles on ne peut rien. Et personne ne le savait. Clément, peut-être. Puisque nous souffrions de la même sorte de langueur. Et quand je l'ai vu partir à la mobilisation, j'ai su, dans la seconde où la porte s'est refermée sur lui, qu'il ne reviendrait pas. Il n'a rien tenté pour échapper à son destin. Il est allé au-devant de la mort sans se défendre. Je sais cela. Je le sais. C'est à croire que je suis née, moi aussi, pour l'accomplissement de ce destin. Toi, Léon, tu es fort, plein de vie. Le Seigneur t'a élu pour perpétuer notre nom, pour assurer la descendance des Goursat, pour conduire Lavialatte.

Léon ramena vers lui le portail grinçant du cimetière, et fit jouer la clenche sur le butoir avec une infinie précaution, comme pour préserver ce lieu sacré d'un vacarme intempestif. Sa sœur avait déjà pris quelques pas d'avance sur la route quand il émergea du sentier gagné par les orties blanches. « Celles-ci ne font pas mal, murmura-t-il. Celles-ci ne piquent pas. » Combien de fois Pierre lui avait-il répété cela en arrachant du talus des touffes à pleines mains. Et lui, ne sachant s'il disait vrai ou le trompait, hésitait à s'en saisir aussi. Il passa les mains dans l'opulente toison et bouscula quelques gros bourdons occupés à butiner les fleurs comme des éclats nacrés.

— Tu te trompes, Anaïs ! cria Léon. Tu te trompes lourdement.

Elle se retourna avec un petit sourire.

— Quoi donc ?

— Je ne resterai pas à Lavialatte. Notre père ne veut pas de moi. Notre père m'estime indigne de lui succéder.

Anaïs éclata de rire, montrant une belle rangée de dents.

— Notre père, poursuivit Léon, se désespère à l'idée que je puisse travailler sa terre.

— Mais non. Il a pleine confiance en toi. Tu le connais ? C'est un éternel inquiet. N'a-t-il pas fait la même chose avec Pierre ? Au début, lorsque notre frère a planté la cerisaie sous les ruches, il ne lui adressait plus la parole. Ça a duré des mois. Et quand il a vu que Pierre se débrouillait bien, il n'a plus tari d'éloges sur lui. Aie confiance. Ça fera pareil avec toi.

— Tu es toujours disposée à lui pardonner. Pourquoi es-tu si bonne ? Alors que tu devrais le haïr…

— C'est notre père, se défendit Anaïs.

— Il n'a jamais voulu te faire soigner.

A part ces abominables ventouses qui te rendaient encore plus malade.

— Ça serait de l'argent perdu.

— Comment peux-tu dire une chose pareille ? Le docteur Lagier...

— Je n'ai pas assez de vie en moi. Père l'a compris. Bien mieux que vous tous.

Léon sentit la colère monter en lui. Mais le visage serein de sa sœur lui ôta toute envie de discuter davantage.

— Tu as trop de religion en toi, asséna-t-il. C'est stupide de croire que tu pourrais être plus heureuse...

Puis sa voix fut noyée par le silence. Anaïs marchait devant lui, à petits pas.

— Emma m'a décidé à aller travailler à la ville...

— Ta femme ne sait pas ce qu'elle fait, répliqua Anaïs sans même se retourner. Là-bas, tu t'ennuieras comme un rat mort. Les odeurs de Lavialatte te manqueront et tu n'auras plus qu'une idée en tête : revenir au pays. Emma n'a jamais su ce qui était bon pour toi. Elle est égoïste, ta femme, égoïste jusqu'à l'aveuglement. Père avait raison. Cette femme n'est pas faite pour toi.

— Ce n'est pas nouveau. Tu ne l'as jamais aimée.

— Tu es injuste, mon pauvre Léon. J'ai tout fait pour votre mariage quand père s'y opposait. Je l'ai fait parce que c'était ce que tu voulais, toi. Mais je n'en pensais pas moins.

— Tu es une sainte, fit Léon en levant les bras au ciel. Ma sœur est une sainte.

— Allez ! ne me retarde pas. Il faut que je rentre à La Nadalie. On m'attend là-bas. Je ne voudrais pas que l'on s'inquiète.

Alors, Léon s'arrêta sur le bord de la route pour regarder s'éloigner la frêle silhouette. Il comprit que tout était dit pour ce jour-là. Et cela lui fit l'effet ravageur d'un adieu.

Marcellin Bascompt s'attardait à Brive. La trêve dominicale, il en faisait durer le plaisir jusqu'à plus soif, jusqu'à ce que le dégoût le gagnât et que tout son être réclamât la tranquille atmosphère de sa vaste demeure de Galiane.

Par la vitre entrouverte de sa voiture, il

regardait défiler, en rêvassant, les ombres noires des maisons accrochées les unes aux autres. Après minuit, le village dormait dans la chaude torpeur de mai. Seule, montait des ruelles une fétide odeur de bouse et de purin. Il porta son mouchoir à ses narines et y sentit, intact, le parfum d'Olivia. Fermant les yeux, Marcellin se retrouva, pour quelques minutes encore, dans cette chambre douillette capitonnée de vastes tentures en cachemire où la belle Olivia l'avait accueilli.

Au premier cahotement, il comprit que sa berline venait de s'engager dans l'allée pavée qui menait à l'écurie. L'aboiement d'un chien qui accompagnait l'attelage lui donna l'impression d'être un voleur s'introduisant dans une demeure étrangère. A chacun de ses retours au domicile conjugal, il ressentait cette impression coupable. Sensation fugitive, il est vrai, car il lui suffisait que reparaisse devant ses yeux la mine sévère de la Générale pour que ses états d'âme fondent dans la seconde. D'ordinaire, il s'arrangeait pour rentrer en catimini, filant par l'escalier des domestiques jusqu'à son cabinet où il finissait la nuit dans un des grands fauteuils. Le lendemain, on le retrouvait ainsi, encore vêtu, jurant qu'il s'était assoupi en travaillant.

La fureur de ce malheureux chien mit toute la maison en émoi. Prévoyant que la partie était perdue, Marcellin décida d'entrer résolument par la porte du salon. Il alluma les lampes à pétrole une à une, ouvrit l'un des volets de la bibliothèque et prit au hasard un ouvrage pour se donner une contenance. Puis il alla s'étendre sur le divan, guettant sans en avoir l'air la suite des événements.

Apolline parut la première dans sa longue robe de nuit en toile bistre, un chandelier à la main, les six petites flammes jaunes redessinant le contour de son visage.

— Monsieur vient d'arriver, dit-elle en se retournant vers l'escalier qu'elle venait de descendre.

Puis elle hésita à s'avancer dans l'espace du salon, attendant du maître un ordre qui tardait à venir. Lui, il la contemplait toujours en se demandant si Aloïse avait choisi de l'envoyer en émissaire ou si la domestique avait pris d'elle-même l'initiative de paraître devant lui. Dans ce cas, il ne lui restait plus qu'à la renvoyer sans ménagement. Depuis quand, se dit-il, doit-on répondre de ses faits et gestes devant une chambrière ?

— Monsieur souhaite-t-il que je lui serve un dîner ? demanda-t-elle d'une voix timide. Il reste de la daube aux pommes de terre...

— Vous voyez bien que je n'ai besoin de rien. J'aspire à lire un peu avant de me coucher. Après tout, il n'est pas si tard.

Machinalement, il tira sa montre de gousset.

— A peine une heure du matin, marmonna-t-il. J'ai toujours été un oiseau de nuit.

— D'une espèce volage, lança une voix venue du haut de l'escalier.

Marcellin se félicita de ne pas avoir pris la liberté de rudoyer la pauvre Apolline que la Générale avait envoyée en première ligne.

— Vous lisez à cette heure, persifla

Aloïse. Mon ami, vous êtes d'une excentricité qui passe les bornes. A la vérité, vous rentrez juste de Brive. Malheureusement pour vous, la discrétion n'est pas votre fort.

— Faut-il que je me justifie encore ?

— Je le crois, dit la Générale d'une voix coupante.

— Alors, je vous prie, renvoyez votre gouvernante. Ce que nous avons à dire ne la regarde pas.

— Apolline n'ignore rien de vos désordres, ricana-t-elle.

— Convoquez donc votre confesseur sur-le-champ, tant que vous y êtes ! Il n'y a pas d'heure pour l'absolution.

— Avouez, mon ami, que vous en auriez grand besoin.

Marcellin, exaspéré, brassa l'air avec ses grands bras. Puis il jugea que le mieux serait de faire front avec plus de circonspection. Il revint s'asseoir sur son divan après avoir récupéré le livre qui lui servait d'alibi. Aloïse fit signe à sa domestique de remonter à l'étage.

— Mon ami, dit-elle en allant se planter devant lui, vous rentrez de plus en plus tard. Il y a seulement quelques mois, vous reparaissiez devant nous avant la tombée du jour. Bientôt, ce sera le mardi. A moins qu'à l'usage vous ne vous décidiez à ne plus revenir… Qu'est-ce donc qui vous attire à ce point à Brive ?

Bascompt soupira en sortant un cigare de l'étui de cuir noir qui ne le quittait pas. Il cisailla l'embout d'un coup de dents rageur et alla quérir du feu sur le verre de lampe.

— Mes affaires, dit-il entre deux bouffées. Mes petites affaires…

— Vos affaires ? Vos affaires ? Vous feriez mieux de les suivre au plus près, vos affaires, plutôt que d'accorder confiance à cet Alexis. Un homme perfide, celui-là !

Marcellin haussa les épaules.

— Vous n'y entendez rien. Nous sommes en train de faire fructifier nos terres.

— Ah oui, et par quel moyen, je serais bien aise de l'apprendre ?

— L'élevage. L'élevage, c'est l'avenir.

Son intonation était chargée d'ironie, car il éprouvait pour ces choses une aversion naturelle. A sa réaction, Aloïse flaira le mépris dans lequel il tenait cet arrangement. Elle se souvenait qu'il avait souhaité se tenir éloigné des affaires agricoles de Mustapha, préférant en confier la direction à son frère. Ce détachement ne l'empêchait pourtant point d'émettre les avis les plus sévères quand le revenu, pour une raison ou une autre, se trouvait altéré.

— Ces nouvelles affaires suffiront-elles à payer vos dettes ?

— Mes dettes ? Quelles dettes, grand Dieu ?

— Celles de vos turpitudes.

— Je n'ai point de dettes à ce jour. Vos espions vous ont décidément bien mal renseignée. Il faut se garder de la rumeur.

— Me prenez-vous pour une imbécile ?

— Je vous jure, ma chère Aloïse. Je vous jure sur ce que j'ai de plus sacré, mes chères petites filles, que je n'ai point de dettes.

— Vous seriez prêt à faire couper la tête à vos enfants pour justifier vos égarements.

Marcellin Bascompt laissa tomber son livre sur le tapis et, dans un vaste mouvement de tout son être, il s'approcha de sa femme. Ses bras se refermèrent sur elle avec la force d'un étau. Instinctivement, elle se raidit de dégoût, haussant le visage pour échapper à son souffle.

— Vous puez la cocotte, mon ami. Vos habits en sont imprégnés. Ah, s'écria-t-elle en se détachant vivement de l'étreinte qu'il lui imposait, vous transpirez le vice par tous les pores de la peau.

— Me reprochez-vous de chercher ailleurs le plaisir que vous me refusez ?

— Vous êtes la honte de notre famille ! cria-t-elle.

Et, d'un geste emphatique, Aloïse désigna le fameux tableau du général François-Damien.

— Que croyez-vous ? ricana Bascompt. Qu'il a passé tout son temps sur les champs de bataille ? A ce que l'on dit, même si cela ne se trouve point dans votre petit mémoire, notre héros était un fameux bretteur de salon ! Il chargeait la soubrette autrement qu'avec le sabre...

Aloïse se plaça sous le tableau en poussant un cri horrifié.

— Comment osez-vous parler ainsi de

nos ancêtres, de ceux qui ont fait la grandeur de notre nom ? Si l'on vénère partout notre lignée, c'est grâce à ce héros. Notre héros ! ajouta-t-elle la voix coupée par l'émotion.

Et une crise de larmes fondit sur elle comme un de ces orages imprévisibles.

Bascompt partit d'un grand rire.

— Je ne crains point la statue de notre vénérable commandeur.

— Vous êtes un antéchrist ! s'écria-t-elle en s'éloignant de lui.

— Je suis un homme normal qui vous a donné des enfants, une fortune, la vie aisée et tranquille, rétorqua-t-il d'une voix tonitruante. Que désirez-vous de plus ? Un saint homme débitant à longueur de journée des patenôtres ?

Il allait et venait en arpentant le salon, semant au hasard les cendres de son cigare, bousculant les objets, renversant les chaises. Aloïse faisait front sous la bourrasque, repliée sur elle-même, avec ce visage de martyre qui lui allait si bien.

— Il faut vous éloigner de ce curé qui vous gâte l'âme. On ne peut vivre à l'ombre des saints. L'air y est irrespirable. La vie réclame de nous la bonté et le péché tout à la fois. Lisez donc l'Ecclésiaste : « Il y a un temps pour tout, un temps pour pleurer et un temps pour rire, un temps pour se lamenter et un temps pour danser… » Celui qui vous jugera un jour pèsera le bon comme le mauvais. Mais nous ne sommes point à l'heure de notre mort, que diable ! Et cessez de vivre dans la crainte de devoir paraître à tout instant devant Lui. Notre sainte Bible elle-même est remplie des turpitudes de ses héros. Il y a des pages d'inceste, d'adultère et de crimes sous le regard complaisant de notre Dieu.

— Je ne veux plus vous entendre, murmura-t-elle avec un balancement éploré de tout son corps.

— J'aimerais tellement que vous m'ouvriez les portes de votre chambre, ajouta-t-il. Vous me devez des devoirs.

Aloïse poussa un cri en se jetant dans l'escalier.

— Plutôt mourir que subir encore vos lubricités.

— Trouvez-vous normal qu'Apolline

dorme au pied de votre lit, comme un animal de compagnie ?

— Vous m'y obligez ! Elle est un rempart contre vos assauts lorsque vous perdez la tête…

— Mes assauts, mes assauts… Vous me ferez mourir de rire.

Aloïse avait déjà escaladé les marches, dominant la pièce où son mari tournait comme un lion en cage.

— Un jour, je me déciderai à repartir pour Alger, tandis que vous demeurerez dans ce misérable village de bouseux à croupir entre votre gouvernante et ce petit curé de paroisse. Peut-être, ce jour-là, mesurerez-vous l'état pitoyable de votre condition.

Puis, rompu de fatigue, il se laissa choir sur le divan.

Il entendit les pas d'Aloïse décroître à l'étage et la porte se fermer sèchement. Alors, Marcellin Bascompt s'étendit de tout son long sur le sofa en portant à ses narines le petit mouchoir de dentelle qu'il avait dérobé à Olivia.

Lorsque ses chevilles se mettaient à enfler et qu'il ne pouvait plus entrer dans ses sabots, Auguste Goursat se résignait à céder aux préventions de sa femme. Elle courait chercher une de ces larges bassines en fer-blanc qui lui servaient d'ordinaire à laver les légumes pour la soupe de la semaine et, sur les landiers de la cheminée, elle faisait chauffer une eau abondamment pourvue du gros sel qu'elle utilisait dans les saloirs pour produire sa saumure. La préparation enfin à température, elle obligeait Auguste à y plonger les pieds et à demeurer ainsi une bonne heure.

— Regarde donc, mon pauv' Guste, disait-elle en enfonçant le pouce dans la chair. C'est noir comme du foie ! Ça ressemble à la maladie de ton pauvre père.

— Si je tombe en paralysie comme lui, rétorquait le vieux, faudra pas m'soigner. Faudra m'laisser comme un chien passer au plus vite. Ça serait trop de peine pour vous tous.

— Cesse donc de te plaindre, répliquait Jeanne. Tu as une santé robuste. Ça serait bien le diable que tu t'en ailles avant moi.

Ou alors, je te suivrais de près, mon pauv' Guste. Ça serait aussi bien que tout se fasse d'un seul coup.

Léon écoutait ces conversations avec amusement. Cela faisait plus de dix ans que son père annonçait à tout un chacun sa fin prochaine. Depuis les dernières semaines, ces propos pessimistes étaient encore plus fréquents qu'à l'ordinaire. Emma, qui analysait la situation d'un regard froid, répétait à son mari qu'il n'y avait là aucune raison de s'inquiéter : « Tu vois bien que c'est du chantage pour nous faire regretter notre départ à la ville. Le vieux veut te donner du remords. »

Depuis que la nouvelle s'était répandue dans le village – la famille Pauliat avait pris en charge les terres des Vieilles Vignes pour y installer un grand troupeau –, Auguste se montrait encore plus amer.

— C'est pas mon Léon qu'aurait eu cette initiative, déplorait-il.

— La chance va toujours aux mêmes, ajoutait Jeanne.

Tandis qu'Auguste s'agitait dans sa bassine, répandant des gerbes d'eau sur le plancher de la cuisine, Léon, assis en bout de table, le considérait d'un œil vague.

— Tu dis rien ? s'excita Auguste devant ce flegme. Tout ça te laisse indifférent ? Nos voisins agrandissent leur propriété et tu restes là à bayer aux corneilles...

— Puisque je ne suis bon à rien, maugréa-t-il.

— Ah ! si j'avais de la force, je peux te dire que je la ferais tourner, moi, la propriété de Lavialatte.

— Il fallait t'y prendre plus tôt.

— Du temps des de Jandelles, y avait rien à refrire. Tout était pour la vigne. Et c'était pas la peine d'aller trouver un marchand de biens, parce que, sans l'accord du maître, tu pouvais te serrer la ceinture.

— Les de Jandelles, les de Jandelles, répéta Léon agacé, ce nom-là a bercé toute mon enfance. A croire que c'étaient des dieux, ces gens-là. Pourtant, ils ont fini comme les autres, par abandonner leurs terres et leur orgueil.

Emma, occupée à racler la fine pelure des patates nouvelles, se retourna vers son mari. A tout instant, depuis que leur décision était prise, elle craignait qu'il se mît à fléchir. Elle le savait influençable, velléitaire, surtout depuis que le vieux n'arrêtait pas de l'asticoter pour réveiller en lui son instinct de paysan. Déjà, les bagages étaient prêts. Il ne restait plus qu'à demander à Etienne Chadal de les transporter à la gare de Sainte-Rochette où ils prendraient le tacot de six heures pour Brive.

— A ce qu'on dit, ajouta Léon, les Pauliat ne gagneront rien dans cette affaire. Bascompt est un malin qui a plus d'un tour dans son sac. Ça travaillera pour le maître, comme au temps des de Jandelles.

— Allons donc, pauvre niais ! rétorqua Auguste. Tel que je connais Emile, c'est pas le genre à se faire rouler. S'il est entré dans la combine, c'est que ça doit rapporter. Ah ! si j'avais encore le cœur à l'ouvrage, moi, je sais ce que je ferais.

— Et que ferais-tu ? demanda Jeanne.

— J'irais trouver monsieur Alexis pour un arrangement.

Léon se leva de table en ricanant.

— Tu nous as toujours dit qu'y avait

rien à attendre des Bascompt. Pas plus des Bascompt que des de Jandelles. Qu'un honnête paysan ne doit son salut qu'à son seul travail sur sa terre...

— Les temps changent, fit le vieux.

— Vous, intervint Emma, vous avez le cœur à l'ouvrage pour les autres.

— A quoi sert donc d'être jeune et plein de vigueur, nom de Dieu ? s'écria Auguste en se redressant dans la bassine.

Jeanne accourut pour le faire asseoir.

— Te mets pas dans des états pareils, mon pauv' Guste. Ça vaut pas la peine. Laisse donc les Pauliat tranquilles.

— En tout cas, fit le vieux, si je n'avais pas fait ma tête de cochon, j'aurais été voir monsieur Marcellin à la mobilisation. Et j'aurais évité à mon Pierre de partir au front. Aujourd'hui, il serait là, comme leur Edouard, bien vivant, à faire fructifier nos affaires de Lavialatte. Je m'en voudrai toute ma vie. Quand on a trop de fierté, c'est ce qui arrive. Je me disais alors : tu ne lui demanderas rien à ce riche parce que, tout pauvre que tu es, tu le vaux bien. Tu t'abaisseras pas. Alors que j'étais un pauvre miséreux avec mes cinq hectares de terre pentus.

Auguste passa ses gros doigts sur son visage pour chasser les larmes qui lui venaient au bord des paupières.

— Tu n'as de la pitié que pour Pierre, fit Léon. Alors qu'Anaïs est malade, très malade, tu ne fais rien pour l'aider.

— Je ne veux pas que tu parles de ta sœur dans cette maison, s'écria le vieux en le repoussant brutalement. Ta sœur est une traînée ! Quand Alexandre l'a engrossée, j'ai failli la tuer. Ta mère n'aurait pas été là, à ce moment-là, j'aurais fait un mauvais coup. Cet Alexandre Chadal, c'était un vaurien, un petit prétentieux qui rêvait de devenir instituteur. Même qu'il donnait de mauvaises idées à Clément, des idées de socialiste, des manières de voyou.

Jeanne triturait ses torchons près de la cuisinière.

— Notre brave docteur Lagier l'a délivrée de ce polichinelle. Ça nous a coûté une vache, cette affaire-là, ajouta Auguste.

— J'ai appris ça. Quel plaisir as-tu à remuer toute cette…

— Tu étais à la guerre, toi. Tu ne savais pas ce que nous vivions.

— Tu ne dois pas dire ça, protesta Jeanne en s'approchant de son mari. C'est un péché mortel ce que nous avons fait.

Et, instinctivement, elle se rapprocha du crucifix qui trônait au-dessus du buffet avec ses trois brins de buis desséchés.

— Anaïs reste ma sœur. Et tu ne m'empêcheras pas de la voir.

— Emmène-la donc à Brive. Cette vie de patachon la guérira à coup sûr, ajouta le vieux.

— Elle est très bien là où elle est.

— Les Dupeyron, railla Auguste, les Dupeyron ! Qu'est-ce qu'elle peut bien y faire, dans cette maison ? Je serais bien curieux de le savoir. M'est avis que ces gens l'ont prise en pitié. Grand bien leur fasse.

— Si Alexandre n'avait pas été tué à Verdun, dit Léon, il l'aurait épousée. Car ils s'aimaient à en mourir, ces deux-là.

Le vieux baissait la tête, fixant l'eau trouble dans sa bassine.

— L'amour, marmonna-t-il, l'amour. C'est pas une affaire pour des gens comme nous. Elle a découvert ça dans les livres, cette petite rêveuse. Tu t'souviens, Jeanne, elle lisait tout le temps ces aventures qui la rendaient envieuse, orgueilleuse. Ça rêvait de prince charmant. Ça rêvait, la tête dans les nuages.

— Pense plus à toutes ces histoires, dit Jeanne. Ça nous fait trop mal.

Léon sortit dans la cour en claquant la porte derrière lui. Emma le suivit jusque sur le perron, puis revint aussitôt.

— Approche donc, ordonna le vieux.

Emma le considéra avec méfiance.

— Toi, dit Auguste, tu es intelligente. C'est pas comme notre Léon. Il a un petit pois à la place de la cervelle. Il faut que tu le raisonnes, ma petite.

— Pauvre innocent, s'interposa Jeanne avec une vivacité qui surprit Emma. Tu sais bien que c'est elle qui le pousse à partir. Notre fils, il aurait pas imaginé ça tout seul.

Auguste lui jeta un violent regard et d'un signe lui ordonna de s'éloigner. Puis il s'empara du torchon sur le dossier de la chaise et, patiemment, commença à se frictionner les pieds.

— Voici ce qu'il faut que tu fasses, ma petite Emma. Avec les 4 000 francs de ta dot, tu acquiers les bonnes terres du Parjadis. Ça vaut guère plus de 2 000, 2 500 francs. Et avec le restant, vous achetez quatre vaches, de solides limousines. Ça vous donnera 6 à 700 francs l'an.

Le vieux lui avait agrippé le bras avec fermeté. Elle essaya de se dégager, mais il la tenait avec la force du désespoir. Dans son regard, Emma sentit un éclair de détresse.

— Ces 4 000 francs sont à moi, dit-elle.

— Je le sais qu'ils sont à toi.

— J'en ferai ce que bon me semble.

Puis sa main retomba, impuissante à inverser le cours des choses.

— Alors, dit-il, vous irez les bouffer à Brive, ces 4 000 francs. Et ensuite, vous n'aurez plus rien, que vos yeux pour pleurer. Et moi, je crèverai ici tout seul, et la propriété ira aux Pauliat.

D'un coup de talon rageur, il envoya la bassine valser au milieu de la cuisine.

DEUXIÈME PARTIE

Les lustres de la ville

1

Fanchon ouvrit la porte et accueillit le couple qui se présentait avec une moue de dédain. De la position qu'il occupait, légèrement en contrebas des marches, Léon Goursat ne voyait que ses gants blancs en filoselle. Et ça lui parut tellement incongru qu'un domestique pût être ainsi attifé, qu'il ne put s'empêcher de sourire, bien que l'instant ne s'y prêtât guère. Si je dois besogner avec ça aux mains, pensa-t-il, j'abattrai guère d'ouvrage. Emma se tourna vers lui et, d'un froncement de sourcils accompagné d'un geste énergique, lui fit signe d'ôter sa casquette. Il s'exécuta en ployant le buste. Ce mouvement l'irrita : voilà qu'il saluait les employés de maison maintenant. Ah, se dit-elle, il va nous falloir le délurer, ce pauvre Léon, l'éduquer aux bonnes manières de la ville.

— Monsieur vous attendait... annonça simplement Fanchon.

Et, prestement, il s'effaça pour laisser entrer le couple dans le couloir. Tandis que Léon hésitait encore à poser ses gros souliers cloutés sur le carrelage lustré, Emma était déjà à la porte du vestibule où elle savait qu'on allait les faire attendre. La visiteuse s'y installa d'un pas conquérant. Elle retrouvait ses anciennes habitudes intactes, et l'odeur d'encaustique dont elle avait oublié le parfum musqué. Tout cela allait donc recommencer, là même où ses jeunes années l'avaient abandonnée. Je n'aurais jamais dû quitter cette place, songeait-elle en se regardant dans le miroir d'un portemanteau aux angles biseautés. Elle se haussa sur son siège et repiqua dans son chignon quelques mèches de cheveux que le vent avait malmenées.

Léon n'en croyait pas ses yeux. Il découvrait là une Emma aux gestes affectés, semblables à ceux du portier qui venait de les accueillir. Il lui avait suffi de retrouver l'atmosphère de cette maison pour que s'opérât la métamorphose. Au fond de lui-même, il en ressentit une pointe de jalousie, comme s'il venait de prendre conscience, assez confusément, qu'il avait désormais un rival face auquel lui, le petit paysan de Galiane, ne serait jamais à armes égales, c'était l'éclat de l'argent des autres, ce reflet mirifique, insaisissable et dévastateur.

Comme Léon demeurait planté au beau milieu du vestibule, à promener son regard sur tous les objets qui le peuplaient, Emma lui intima l'ordre de venir s'asseoir auprès d'elle.

— Ne reste pas là comme un empoté. Ce n'est absolument pas nécessaire de montrer que tu sors tout droit de ta campagne.

— Et toi, d'où sors-tu ? répliqua-t-il d'une voix cassée, de crainte d'être entendu.

Elle agita la tête en lissant ses cheveux autour du chignon, toujours bien dans l'axe du miroir qu'elle ne quittait guère des yeux, soucieuse de l'image qu'elle allait bientôt offrir à son maître.

— Moi, fit-elle d'un ton pincé, je connais

tous les gens de cette maison. Je sais où je mets les pieds. Toi, tu ne sais rien. Et crois-moi, c'est une autre manière de vivre que celle de Lavialatte.

De mauvaise grâce, Léon se résigna à s'asseoir, la tête inclinée vers ses souliers neufs qui lui meurtrissaient les talons. Ses longues et grosses mains pendaient devant lui. Il n'arrivait pas à les imaginer emprisonnées dans des gants étroits et ridicules. Et, dans cette situation, il fut convaincu qu'il était venu là perdre son temps. Avec dégoût, il pensa que telle serait désormais sa nouvelle existence, une longue saison d'attente, à la disposition du maître et de son bon vouloir. Ce ne sera pas le travail qui m'éreintera, mais je crains fort que l'ennui ne se révèle plus éprouvant que le reste.

Il tourna les yeux vers la fenêtre et son rideau de fin voilage que l'air du dehors enflait. Ces gens-là ne veulent pas être vus. Qu'ont-ils donc à cacher ? Chez nous, on vit au grand jour, fenêtre ouverte sur la campagne. Et son esprit se mit à dresser la liste de tout ce qui allait désormais changer dans sa nouvelle vie de domestique chez maître Madel-Bourgon.

Emma se tenait les pieds joints, son sac à main bien sagement posé sur les genoux. Elle attendait avec l'air de n'avoir toujours fait que cela, à croire même qu'elle n'avait vécu ces mois à Lavialatte que pour ce grand moment où, enfin, elle attaquerait le versant ascendant et glorieux de son existence. Léon regretta soudain d'avoir accepté aussi facilement cette situation. Maintenant que j'ai accédé à son désir, se dit-il, me voici devenu sans importance.

— Nous allons attendre encore longtemps ?

— Le temps qu'il faudra. Crois-tu que maître Madel n'a que nous à s'occuper ?

— Nous sommes ses domestiques. Qu'attend-il pour dicter ses ordres ? A moins qu'il n'ait rien à nous donner à faire. Ça m'étonnerait pas. On serait là que pour le décor. Un bourgeois, ça a besoin de montrer que ça dispose d'employés.

— Cesse de jacasser pour ne rien dire. Maître Madel sait ce qu'il doit faire. Ce n'est pas toi qui vas le lui expliquer. Et, tu as bien compris mes recommandations ? Tu me laisses parler. Tu ne dis rien. A moins qu'il te pose une question. Il ne s'agirait pas de montrer que j'ai épousé un demeuré.

Léon se leva et, les mains dans les poches, se mit à déambuler dans le vestibule. Puis il alla à la porte. Elle avait juste été rabattue sur la clenche, si bien qu'il lui fût aisé de l'entrouvrir, sans bruit. Du fond du couloir, un murmure de conversation lui parvenait, dominé par une voix grave.

— Assois-toi donc ! ordonna Emma.

— Quoi ? fulmina-t-il. Je suis bien libre de regarder.

— Nous ne sommes pas chez nous, ici. Il faut apprendre à rester discret. C'est la première qualité d'un domestique.

— J'ai pas fait la guerre pour rien. Ton Madel, je le crains pas. Les gaz asphyxiants dans les tranchées, c'était autre chose, ma petite.

— Ah, tu ne vas pas recommencer avec tes histoires. La guerre est finie. Désormais, il faut songer à notre avenir. Et maître Madel, il n'en a rien à faire, des héros de 1914.

— Décidément, maugréa Léon en revenant s'asseoir bien sagement, ce Madel te rend toute chose.

— Toute chose ? En voilà une idée !

— Oui, insista-t-il, je ne te reconnais plus.

Elle pouffa d'un petit rire en serrant contre elle son sac de cuir noir. Il contenait tout ce qu'elle possédait de plus précieux : son sachet de louis dont elle ne se séparerait qu'à l'instant où elle aurait trouvé une cachette sûre.

La porte s'ouvrit brutalement sur Fanchon qui, d'un signe de tête, leur fit signe d'approcher. Comme mue par un ressort, Emma bondit dans le couloir. Elle tenait plus que tout à ce que son indiscipliné de mari demeurât derrière elle, à quelques pas. Il ne fallait surtout pas qu'il entre le premier dans le cabinet de maître Madel, car elle avait imaginé à l'avance, au détail près, comment la rencontre se déroulerait, les mots qu'elle emploierait, les arguments qu'elle ferait valoir.

Fanchon frappa deux coups brefs à la porte du cabinet. Une voix grave répondit à ce signal par un « oui » laconique. Aussitôt, Emma se trouva propulsée dans le vaste bureau. Et quand elle fut devant le notaire, elle se retourna pour vérifier que Léon l'avait bien suivie. Il était resté près de la porte, si près que Fanchon dut le bousculer pour la refermer.

— Ma chère Emma Pradelier, fit Madel, grand, sec et raide comme la justice dans son costume trois pièces.

Le distingué notaire arborait un nœud papillon sur une chemise empesée. Si ce n'était la chevelure, blanchie par endroits, Madel-Bourgon n'avait guère changé depuis l'année 1912. Emma releva ce détail avec un incompréhensible ravissement. Les riches, pensa-t-elle, n'ont pas d'âge. L'homme attendit qu'elle se décidât à lui tendre la main pour la toucher, d'un geste plein de mollesse.

— Maître, fit-elle, je ne me nomme plus Pradelier, mais Goursat.

— Où avais-je la tête ? rétorqua le notaire avec un sourire malicieux.

Et il se pencha un peu de côté pour examiner le mari. Il lui parut être un bon bougre de paysan, comme il en côtoyait quelquefois lors de ses déplacements dans la campagne où il traitait des affaires, si ses clercs lui faisaient défaut. Il lui demanda de répéter son nom. Elle l'épela pour qu'il pût le noter sur un calepin proche de son téléphone. Elle voulut parler, mais il lui coupa la parole. Madel n'était pas du genre à s'en laisser imposer. Et il se mit à épiloguer sur le père d'Emma qu'il connaissait de longue date, bien avant qu'elle vînt se placer la première fois chez lui, ce Pradelier, cet homme généreux, intelligent, tellement rusé en affaires. Il n'avait pas de mots assez forts pour louer ses mérites. C'était une manière de lui faire comprendre qu'il ne la tenait en estime, elle, Emma, qu'au travers de son père dont il n'avait plus de nouvelles.

Le notaire demeurait assis derrière son large bureau en noyer, décidé à n'offrir aucun siège à ses obligés. Léon se tenait au milieu de la pièce, derrière sa femme, bras ballants, promenant son regard sur les murs revêtus d'une tapisserie d'Andrinople. Il y avait des cadres en quantité, des diplômes, des photos sépia sous verre, des peintures de paysage.

Quand Madel-Bourgon eut terminé de chanter les louanges du saint homme Pradelier, Emma se décida enfin à débiter le petit discours qu'elle avait préparé dans sa tête. Elle expliqua qu'elle n'avait eu qu'à se féliciter des bons traitements dont elle avait été l'objet en 1912, qu'elle avait appris ici à tenir convenablement une maison et qu'à l'avenir elle s'engageait à se montrer digne de la confiance dont on la gratifierait.

— Je n'en doute pas, fit Madel, les lèvres pincées. C'est pourquoi j'ai répondu favorablement à votre demande, ma chère Emma.

Elle se hasarda alors à présenter son mari. Il tendit la main par-dessus le bureau. Mais le notaire se refusa à la toucher. Confus, Léon la retira en se demandant s'il n'avait pas commis une maladresse. Il chercha dans le regard de sa femme quelque assentiment.

— Alors, fit Madel en hochant la tête, c'est donc là votre mari ?

— Léon, dit-elle. Léon Goursat. Nous habitons à Galiane-sur-Sévère.

— Galiane-sur-Sévère ? répéta le notaire. C'est dans le canton d'Augeat. J'ai un bon ami qui demeure à Galiane-sur-Sévère. Vous le connaissez sans doute. Marcellin Bascompt. Un homme admirable. J'ai eu à m'occuper personnellement de ses affaires, des affaires florissantes. Et un précurseur dans le monde agricole. Ah ! comme la France serait prospère si elle possédait un Marcellin Bascompt dans chacun de ses villages. Ne trouvez-vous pas ?

— Pour sûr, dit Emma.

— Votre mari m'a tout l'air d'un gentil garçon. Robuste, jaugea-t-il en l'examinant d'un air grave. Vous avez fait la guerre ?

— Oui, répondit Emma. Toute la guerre, sur le front.

— J'entends bien, dit Madel, car vous comprenez aisément que je ne saurais employer un de ces salauds d'embusqués. Le devoir reste le devoir. Et qui a bien servi la patrie est apte à bien servir un patron.

Le notaire se dressa sur ses coudes solidement posés sur le bureau, le menton dressé en avant.

— Tant de nos fils se sont sacrifiés.

Léon hocha la tête.

— Oui, monsieur.

— Lorsque l'on parle à un notaire, le reprit Madel, on dit maître. Maître Madel-Bourgon. Mais on ne peut vous en vouloir. On ne peut reprocher l'ignorance lorsqu'il y a, derrière elle, la volonté d'apprendre. Et où donc avez-vous servi, mon brave ?

— Dans le 6e de cavalerie, répondit Léon en sortant de sa poche son livret militaire, si brutalement que les papiers qu'il renfermait s'éparpillèrent sur le tapis.

— Mon mari a une bonne connaissance des chevaux, reprit Emma. Entre ses mains, votre équipage ne sera pas mieux entretenu à cent lieues à la ronde.

— Vous êtes une bonne parleuse, fit Madel tout en la gratifiant d'un sourire narquois. Nous verrons à l'usage.

— J'ai défilé à Paris, sur les Champs-Elysées, ajouta Léon fièrement, c'était lors de la venue d'Edouard VII.

— Ah ! fit le notaire. A mon service, hélas, vous connaîtrez moins d'heures glorieuses. Mais vous y serez récompensé à hauteur de votre dévouement, ce n'est déjà pas si mal.

Madel tendit la main et Léon Goursat crut alors qu'il désirait la lui serrer.

— Vos papiers militaires, je vous prie ! Car ce sont, je présume, les seules références que vous possédez ?

Le notaire examina le petit livret, page après page, et parut satisfait.

— Vous aurez 400 francs de traitement. Et vous serez nourris et logés. Fanchon va vous conduire à votre chambre. Il vous donnera les consignes.

Léon Goursat s'avança pour récupérer son livret militaire qui était resté posé sur le bureau.

— Non, fit Madel sèchement. Je le conserverai tant que vous serez à mon service.

Appuyé sur le piquet de la palissade, le vieil Emile Pauliat observait le troupeau qui batifolait dans l'herbe grasse. Les incessantes pluies de mars avaient fortifié les prés et partout, à perte de vue, ce n'étaient que taches jaunes : fleurs de pissenlits et boutons d'or. Autour de la source qui jaillissait en plein champ, le trèfle montait aux genoux, d'une telle épaisseur que ça promettait une nourriture à foison pour tout l'été.

— Cinquante bêtes, fit Edouard qui jouait du bâton dans l'herbe haute, à quelques pas de son père.

— Cinquante et une avec le taureau, précisa Emile.

— On sait pas encore ce qu'il va donner, ajouta Edouard.

— Ça, c'est comme à la loterie. On tire pas le bon numéro à tous les coups.

— Quand même, soupira le fils, j'aimerais bien le voir à l'ouvrage.

— Il a pas encore besogné. Pourtant, les génisses arrêtent pas de lui tourner autour. Regarde-les ! A cavaler, à se monter dessus comme des furies…

Edouard éclata de rire.

— Il est là seulement depuis hier. On peut pas trop en demander. Pas vrai, p'pa ? Faut lui laisser l'temps de flairer ses promises.

Le fils s'avança vers le taureau qui raclait l'herbe du sabot.

— Pourtant, il a une sacrée paire de couilles, hein, p'pa ?

D'une pichenette, le vieux rejeta son béret en arrière.

— Faut voir c'que donnera la semence, dit Emile. Peut-être que ce sera un bougre. Tout juste bon à se faire hongrer, et qui finira devant une charrue.

Après tout, ça ne serait pas un drame. En cas de panne, on irait en chercher un à la ferme des Lavaud, un cavaleur de première. Alexis s'arrangerait bien pour le louer, le temps de besogner.

Prudemment, Edouard approcha du mâle et lui frôla l'échine de son bâton. Le taureau avança sur une génisse et se mit à meugler comme un diable.

— T'y fie pas, gars ! cria Emile.

Edouard recula pas à pas. Le taureau flaira la génisse qui se dégagea en deux ou trois ruades.

— Ça ira, pronostiqua le vieux. M'est avis que ça ira.

Edouard se glissa sous les barbelés et

récupéra sa trique qu'il avait jetée par-dessus la palissade.

— Alors, ce sera pas du gaspillage, toute cette bonne herbe piétinée ?

— T'as bien réservé les cinq hectares du plateau ?

— Oui. J'ai fait ce que tu m'as dit. J'ai clôturé le plateau.

— Ça donnera assez de foin pour l'hiver.

— Et même pour nous.

— Oui, maugréa le vieux. On se réservera une charrette sur trois.

— C'est pas monsieur Marcellin qui viendra vérifier...

— Tais-toi donc. C'est des choses qu'on fait mais qu'on dit pas. Y a bien assez de médisants autour de nous. Et si ça lui revenait aux oreilles...

— Alexis nous aidera.

— Moi, je me méfie du régisseur. Il sera avec nous tant que ses intérêts commanderont. Rien ne nous dit que ça continuera.

— Allons, p'pa, c'est dans la poche, j'te dis.

Le vieux marchait au milieu du chemin d'un pas alerte. Le retour des beaux jours avait calmé le râle de ses poumons malmenés par les pluies d'avril. De nouveau, il se sentait la force de mordre à pleines dents dans l'avenir. Et dans sa tête en effervescence, il retrouvait goût à entreprendre le travail de la terre. Depuis trois jours, il ne cessait de donner des ordres à Edouard. Celui-ci s'exécutait sans rechigner. Il mesurait enfin la chance d'avoir un fils obéissant. Ce n'était pas comme ce pauvre Goursat qui se retrouvait seul avec la propriété sur le dos. Le sacré bougre était même venu lui demander de l'aide. « Ah ! mon pauvre, avait rétorqué Emile, tu me vois bien ennuyé, mais je sais plus où donner de la tête. Sinon, tu penses bien, ça aurait été avec plaisir. » Et Auguste était reparti comme il était venu, mâchant et remâchant sa rancœur contre cette saloperie de guerre qui lui avait enlevé le seul fils qui vaille. A zieuter son désarroi, le vieux Pauliat s'était même surpris à caresser une idée diabolique. Au train où vont les choses, Lavialatte sera bientôt mis en vente. Et sûr que je serai sur les rangs pour l'acquérir. Certes, de son avis, ça ne valait pas tripette, ces terres pentues. Avec un peu de chance, environ 3 000 francs. Mais sur les prés de la plaine bordant le ruisseau du Roc-Pelé on pouvait cultiver le maïs dont on gaverait les oies.

A la réflexion, surtout depuis ce nouvel arrangement avec Marcellin Bascompt, le vieux se sentait l'énergie de tout avaler. Dans dix ans, pensait-il, la moitié de Galiane sera à moi. Et j'y louerai le labeur de quelques domestiques pour faire fructifier tout ça. Ce rêve lui redonnait goût à la vie, de quoi se maintenir vingt ans de plus, cramponné aux jours en déployant une force insoupçonnée. Ah ! se répétait-il, je ne suis pas encore sous terre ! Diable non !

Et, tendant le bras tantôt à gauche, tantôt à droite, le vieux montrait à son fils qui trottait sur ses pas les ronciers qu'il lui faudrait éliminer, les haies inutiles, les arbres à moitié morts. Emile commandait sur cette terre des Bascompt comme si la propriété était sienne. Edouard riait de le voir ainsi jouer au grand propriétaire terrien, qu'il ne serait sans doute jamais.

Plusieurs générations sont nécessaires pour constituer un vaste domaine, à moins de jouir, comme Marcellin Bascompt, d'argent à discrétion. Et encore, la fortune ne fait pas tout. Faut tomber à pic sur l'opportunité. Une vaste parcelle comme celle des Vieilles Vignes, ça ne se vend pas tous les jours.

Emile observait son fils en pensant, vaguement envieux : Celui-ci, il connaîtra la prospérité, il cueillera les fruits de mon ambition, tandis que je serai six pieds sous terre à bouffer les pissenlits par la racine. Ce sera un paysan respecté, admiré, jalousé. Le plus gros de Galiane. Si ça se trouve, il n'aura même pas conscience de son bonheur. Quand les alouettes tombent toutes rôties dans le bec, on sait plus rien apprécier. Sera-t-il à la hauteur de nos ambitions ? Ai-je su le dresser pour ça ? Le vieux essayait de se rassurer : Il a l'esprit personnel, c'est un bon point. La générosité, chez le paysan, ça sert qu'à amollir l'ardeur au gain. Pour toutes les choses relevant de la terre, faut être d'un égoïsme farouche, comme je l'ai été avec Goursat.

Chacun pour soi. De Jandelles était un homme de la terre, tandis que Marcellin Bascompt, rien d'autre qu'un aventurier, un aventurier qui aura misé son argent là comme il aurait pu le faire dans n'importe quelle autre société. Du reste, il l'apprendra à ses dépens. Les veaux lui passeront sous le nez et il n'y verra que du bleu. Maintenant que le temps des seigneurs est proscrit, vient celui des propriétaires terriens, les pieds dans la glèbe et la tête sur les épaules. Fichtre, oui, y faudra pas avoir peur de se salir les mains. Mais pour ça, mon Edouard sera à la hauteur. L'animal ne recule pas devant le travail. C'est une qualité propre à la race des Pauliat. Encore faut-il savoir ce qui rapporte. Ça sert à rien de s'échiner, si ça doit rapporter des nèfles. L'argent se gagne à la foire. Et là, fichtre, se dit Emile en se coupant une chique, mon gars a encore beaucoup à apprendre sur les ruses du maquignon.

— Tu crois qu'un jour toute cette terre sera à nous ? demanda Edouard.

Et il alla se jucher sur le talus qui dominait le vallon. Il savait de quoi il parlait,

Edouard, pour en avoir toisé le contour, mètre après mètre. Armé de sa masse, il avait planté des tombereaux de piquets, et déroulé des kilomètres de barbelés tendus à la grosse tenaille et fixés aux cavaliers. Durant les deux mois que lui avait demandé l'installation de cette clôture, il avait eu tout le temps d'inspecter chaque arpent.

— Bien sûr, mon petit. Moi, je le verrai pas. Mais ça arrivera tôt ou tard et ça suffira à me réconforter à l'instant de passer.

Edouard se rapprocha de son père qui mordillait nerveusement sa chique pour en expurger le jus amer.

— J'te jure, p'pa, que je ferai tout pour ça. J'te le jure. Ce sera à nous. C'est le plus beau coin de terre que je connaisse.

— Lorsque j'avais vingt ans, fit le vieux, les yeux brouillés de larmes, je trimais sur cette terre pour le compte des de Jandelles. Maintenant, tout ça est presque de moitié à nous. On a mis un pied sur ce terrain. C'est un bon début. Mais c'est l'autre moitié qui demandera le plus de patience.

Si tu ne perds jamais de vue ce but, alors tu y arriveras. Et tu pourras être fier de toi. Tu pourras dire : « Vrai de vrai, moi, Edouard, je suis un digne descendant des Pauliat. » Mais…

— Quoi donc, p'pa ?

— Tu mets trop de confiance dans cet Alexis.

— Mais sans lui, comment on ferait ? C'est-y pas lui qui tient les comptes ?

— Oui, reconnut le vieux, tu as raison. Mais notre marché, c'est un accord de coquins. Et le régisseur, il est pas né de la dernière pluie. Si on n'y prend pas garde, il s'arrangera pour nous couillonner comme il couillonne son maître. Dans une association, il y a toujours un perdant. Alexis va nous amener des maquignons. Ce commerce-là, hors foirail, c'est interdit. Tu le sais bien. Tout doit être déclaré et vendu à la taxe.

— Mais Alexis ne veut pas que les sommes de ces transactions figurent sur un registre. Ça doit se régler de la main à la main.

— Bien entendu, sinon le maître

disposerait d'un moyen de contrôle. Je suis pas bête à ce point-là ! Ce que je voudrais te faire comprendre, c'est que nous devons rester en dehors de tout ça. Après tout, notre arrangement n'est que verbal. Y a rien de signé entre nous. On empoche, mon petit, et on sait rien. Tu comprends ?

Edouard hochait la tête.

— Monsieur Bascompt a le bras long, p'pa. M'est avis que c'est pas les contrôleurs qui viendront zieuter dans ses affaires.

— Oui, mais il se trouvera une occasion où Marcellin Bascompt découvrira le pot aux roses. Et ce jour-là, fichtre, on devra clamer que nous, on savait rien, que tout ça se passait dans notre dos.

Lorsqu'il n'était pas à rêvasser dans son cabinet, lisant *Les Affinités électives* pour lesquelles il se découvrait une tendresse naturelle, ou à rédiger de longues lettres à ses amis du Comité d'hivernage d'Alger, Marcellin Bascompt descendait dans le parc pour somnoler à l'ombre des grands tilleuls.

Auparavant, il vérifiait que le curé Loupiac n'y promenait point sa sinistre soutane. Une telle compagnie le mettait à la minute dans une humeur massacrante. Parfois, il se hasardait à traverser le village d'un pas rapide, fuyant les paysans qu'il croisait avec une défiance hautaine. Ce n'était pas qu'il méprisait ces petites gens, mais il ne savait pas quoi leur dire en dehors des sempiternelles phrases sur la couleur du temps. Aussi préférait-il s'abstenir de leur parler, se bornant à un salut de la tête, à peine appuyé. Pourtant, par son cocher Laroze qui fréquentait assidûment l'estaminet de madame Bournat, il n'ignorait rien de la vie quotidienne de Galiane-sur-Sévère. Les naissances, les décès, les potins, rien ne le laissait indifférent. Quand l'événement prenait un tour particulier, il le notait dans un gros livre de comptes où il tenait en ordre ses affaires. Ainsi, au milieu des colonnes de chiffres, trouvait-on, écrit avec des pleins et des déliés : « *Ce matin, Joseph Duprat, le maire, m'a tapé de cinq cents francs pour ériger un monument à la gloire des enfants de Galiane tombés au champ d'honneur…* » Ou encore, ces traits intimes : « *Aurélien a voulu me faire lire son dernier recueil de poésie. Une vingtaine de sonnets intitulés* L'Horizon de nos jours. *Cela ressemble à du Lamartine, bien que d'un goût inférieur au poète de* Jocelyn. *Ce pauvre enfant ne rêve que de conquérir un cénacle parisien où il pourrait faire partager ses émois. Je m'y oppose farouchement. Ne faut-il pas le préserver de désillusions auxquelles il ne survivrait pas ? O. m'a montré les* Calligrammes *d'un certain Guillaume Apollinaire. Cela est autrement moderne. Est-ce notre faute si nous appartenons à l'ancien monde, si Aurélien est encore empêtré dans la vieille rime symboliste dont l'usage va disparaître au fil du temps ?* »

O., c'était ainsi qu'il désignait Olivia dans ses écrits intimes, par crainte qu'Aloïse ne tombât dessus. Bien qu'elle se doutât que son sacripant de mari entretenait une maîtresse à Brive, elle n'avait pas la moindre idée de ce à quoi ressemblait cette créature. Elle eût été sans doute surprise de découvrir qu'elle possédait une solide instruction classique, bien plus solide que la sienne qui se limitait à un peu de latin et de grec et à une lecture assidue des Saintes Ecritures. Dans sa douleur de femme incomprise, Aloïse subodorait qu'il ne pouvait s'agir que d'une de ces lorettes en capeline qui erraient jadis au café Apollon d'Alger, un voile de gaze dissimulant à peine, sous le taffetas, l'aréole brune de leurs seins diaphanes.

A Galiane, les heures paraissaient interminables. Depuis qu'il s'était éloigné de ses amis d'Alger – des compagnons de beuverie et de débauche, de trique-madame, selon le mot d'Aloïse –, Marcellin Bascompt avait le sentiment d'être entré dans un long hiver. Il n'y avait plus que le regard vert jade d'Olivia qui lui donnât goût à la vie. Aussi, durant ses jours de solitude ponctués par les sermons du curé Loupiac et les remontrances d'Aloïse, il ne songeait qu'à elle. Marcellin prenait grand plaisir à entourer sa personne de secrets. Son esprit, sans cesse éloigné du rivage quotidien, était rivé à cette fille dont l'appétit pour les choses du sexe le torturait. Peu à peu, Olivia était devenue sa religion. Pour elle, il dépensait sans compter. La moindre occasion, quelque faute à se faire pardonner ou un négligeable événement à fêter, était le prétexte de cadeaux qu'il faisait livrer durant ses journées d'absence, avec des mots enflammés. Pourtant il savait que sa chère Olivia avait d'autres amants, sans doute de jeunes étalons dont elle usait et abusait.

Après sa conversation avec Maluzier, Marcellin Bascompt évita quelque temps le cercle de jeu de Brive. Mais cette mise en quarantaine volontaire avait toutes les raisons du monde de le satisfaire, car cela lui laissait plus de temps pour Olivia.

La donzelle habitait un petit appartement coquet perché au dernier étage d'un immeuble proche de la place Saint-Benoît. De sa chambre, on avait une vue splendide sur les clochers de l'église. A chacune de ses visites, Marcellin passait de longues minutes à la fenêtre à suivre les allées et venues des pigeons qui voletaient d'un toit à l'autre.

— Vous ne vous ennuierez donc jamais de moi ? lui demanda un jour Olivia qui était allongée sur le ventre au milieu d'un lit dévasté.

— Tu voudrais donc ne plus me voir ? s'écria Bascompt. Avoue-le ! Tu es comme les autres : tu me rêverais à tes pieds, comme un fauve dompté.

Marcellin se délectait de ce vouvoiement qu'il avait exigé d'elle dès le début de leur liaison, tandis qu'il la tutoyait, ce qu'il n'aurait point fait avec la dernière de ses bonniches. Et dans les gestes du plaisir, il se surprenait souvent à l'injurier comme une catin, usant d'épouvantables grossièretés dont il se serait cru incapable. « Tu fais de moi un autre homme », avouait-il ensuite, l'air repentant. A vrai dire, Olivia s'en moquait éperdument. La fréquentation des hommes l'avait rendue insensible à ces excès de langage. Il lui suffisait d'ouvrir ses longs bras nacrés et d'agiter sa crinière de jais pour redevenir cette impériale princesse du désir devant laquelle tout mâle orgueil fondait comme neige au soleil.

— Pourtant, dit-elle, un jour viendra où vous ne désirerez plus me voir.

Elle ramena juste un pan du drap pour se

couvrir les fesses, par une sorte de pudeur amusante.

— Pourquoi te caches-tu ? s'écria Marcellin en s'emparant de sa canne.

Et, de la pointe, il tenta de repousser le voile, tandis qu'elle se défendait en le coinçant entre ses jambes. Il ferrailla dur contre cette résistance qui avait le pouvoir de le mettre hors de lui et, de rage, il se précipita sur le lit pour s'emparer de ce corps rétif.

— Tu es à moi, protesta-t-il. Toute à moi.

Par quelques petits gestes apaisants, elle tenta d'adoucir sa fureur.

— Vous avez obtenu de moi ce que vous désiriez. Que puis-je vous donner encore ? Avouez que vous êtes épuisant. Du reste, mon ami, vous n'êtes plus en état, à ce que je vois... fit-elle ironiquement.

— Moi, hurla-t-il, vexé, je pourrais te baiser et te rebaiser sans fin ! Donne-moi donc quelque prétexte, ajouta-t-il en s'emparant de sa chevelure désordonnée pour amener sa bouche contre son ventre.

— Allons, soyons sages. Vous avouerai-je que je suis repue ?

— Vous, les femmes, vous n'avez qu'à nous tendre joliment la jambe.

Un long rire emporta Olivia vers sa salle de bains, enveloppée du drap qui lui faisait comme une traîne de fraîche épousée. Elle s'y enferma à double tour.

Marcellin vint appuyer la tête contre la porte. Il entendit l'eau couler et, la mine renfrognée, il se résigna à enfiler son pantalon. Cette fois, ce n'était pas un jeu ! Elle ne s'enfermait pas dans son cabinet de toilette pour le faire enrager, comme cela était arrivé bien des fois, pour reparaître ensuite dans une guêpière de satin noire. Il rajusta les bretelles qui lui pendaient sur les flancs.

— Serais-tu assez aimable pour me laisser entrer ? implora-t-il à travers la porte close.

Comme Olivia ne répondait pas, il se mit à cogner sur le bois, rageusement.

— Soyez gentil, dit-elle. Dans ces moments-là, vous le savez, j'aime être seule. Ce n'est déjà pas si drôle...

— Il faut que je te parle sérieusement, supplia-t-il.

— Sérieusement ? Grand Dieu ! Ce serait bien la première fois que nos conversations s'élèveraient au-dessus de mon nombril.

— Olivia ? Tu sais que je t'aime...

— Vous m'aimez, certes, vous m'aimez pour nos petits jeux excitants. Rien de plus. Croyez-vous que je sois dupe de votre amour ?

Marcellin Bascompt alla se poster près de la fenêtre. Le brouhaha du marché, qui avait envahi la place Saint-Benoît, montait jusqu'à lui. C'était une immense marée de voix et de cris. Il porta les doigts à ses narines pour retrouver l'odeur fauve du sexe d'Olivia. Il en conserverait l'ensorcelant fumet toute la journée, tandis qu'il errerait par la ville où des amis l'attendaient pour de joyeuses agapes au Chêne-Fleuri.

— Je t'aime, Olivia, répéta Marcellin en revenant vers la porte de la salle de bains. Crois-tu que je retournerais te voir chaque samedi s'il n'y avait entre nous que ces simples agaceries ? Ce que tu me donnes, n'importe quelle fille du Passage pourrait me le procurer.

— Je me crois assez douée pour ce sport-là ! rit-elle. Sinon, vous resteriez auprès de votre femme. Alors que vous n'avez de cesse, chaque fin de semaine, de revenir me trouver.

— Ma femme, s'écria Bascompt, ma femme, si tu la connaissais un tant soit peu, tu comprendrais tout. Tu me donnerais l'absolution.

— Je comprendrais quoi ? Que vous lui êtes infidèle ?...

— Ma femme est une grenouille de bénitier. Et cela fait des années que je ne couche plus avec elle. Ma bonne Olivia, je n'ai que toi.

— Seriez-vous prêt, mon cher Marcellin, à quelque sacrifice pour me garder ? souffla-t-elle.

— Demande ! rétorqua Bascompt, assis au bord du lit.

— Seriez-vous disposé à venir vivre avec moi ?

— Cela mérite réflexion, grommela-t-il en branlant doucement la tête.

— Ah ! vous voyez !

— Quoi ? Je n'ai rien dit ! On ne peut

pas prendre une telle décision à la légère. Et toi, serais-tu disposée à un tel arrangement ? Tu serais obligée de renoncer à tous ces petits imbéciles qui tournent autour de tes jupons.

La porte du cabinet de toilette s'ouvrit brutalement. Olivia en sortit, la chevelure soigneusement tirée à l'arrière, la peau luisante de crème. Marcellin se jeta à ses pieds comme un enfant et enserra ses cuisses avec frénésie, le visage écrasé contre ce ventre qui le torturait.

— Tu es décidée à me faire souffrir, murmura-t-il. Alors que je suis à toi, prêt à céder à tous tes caprices pour te satisfaire.

— Oui, fit-elle en se dégageant. Je ne sais plus où mettre les chapeaux, les capelines, les sous-vêtements, les bas de soie que vous m'offrez. Sans parler des bijoux. Il me faudrait dix mains pour porter toutes les bagues que vous m'avez fait livrer.

— Cela prouve l'amour que je te porte.

— Cela prouve que tous ces petits cadeaux ne sont rien pour votre bourse, que de délicieuses petites gâteries. Vous

vous dites : Cela entretiendra le feu entre nous.

— Comme tu es cruelle, Olivia.

— Vous dites que vous m'aimez, mais qu'est-ce qui me le prouve ? Vous ne m'avez donné encore aucun gage à la hauteur de cette passion.

— Il est vrai, dit Bascompt avec amertume, que j'ai trente ans de plus que toi. Trente ans...

— Ne détournez pas la conversation. Vous savez que cette question-là ne compte pas entre nous. Ce serait même assez excitant, murmura-t-elle en caressant de ses doigts fins la chevelure grisonnante. Et la troublante vitalité qui vous anime confirme ce que je dis.

Marcellin Bascompt en ressentit un tressaillement d'orgueil. Il avait besoin de ces mots-là pour vivre, même s'il lui arrivait de douter de leur sincérité. Jamais il n'avait failli devant l'appétit animal d'Olivia. Il est vrai qu'à l'exercice de l'amour, elle témoignait d'un sens inné sans pareil pour exciter le vieil amant qu'il était ; à croire qu'elle n'avait été conçue que pour faire jouir ces vieux beaux blasés et pétris d'égoïsme.

— Mon ami, vous ne mesurez pas, poursuivit-elle, le pouvoir que vous exercez sur moi. Je frémis à l'idée de tout ce que vous pourriez exiger de moi si je n'avais pas parfois quelque lucidité pour échapper à votre emprise. Il y a là quelque chose de maladif.

— Oh, fit-il en se prosternant, le cœur chaviré, laisse-toi donc dévorer. Je jure que tu y trouveras des compensations dont tu ne peux avoir la moindre idée.

Olivia recula, l'air horrifié.

— Non ! Je ne dois pas. Je deviendrais folle. Folle.

Il se traîna jusqu'à elle sur les genoux, les talons empêtrés dans le drap qui gisait à terre.

— Laissez-moi maintenant. Il faut que je reprenne mes esprits.

Le regard d'Olivia se porta sur les larges épaules dénudées et velues. Il lui semblait que le moment était enfin venu de lui donner l'estocade.

— Si vous me désirez tout à vous,

reprit-elle, il nous faudrait un petit nid douillet à la campagne où nous pourrions nous cacher, loin de ces imbéciles, comme vous dites, qui m'assiègent et qui, à la longue, finiront par me gâter l'esprit.

Bascompt releva la tête vers ce regard vert qui l'ensorcelait.

— Aurais-tu déjà songé à quelque chose ? Je vois que l'idée a commencé à mûrir dans la tête de notre petite coquine.

— En effet, rétorqua-t-elle en se détournant. Nous en reparlerons la prochaine fois. Maintenant, il faut que nous nous séparions.

— Encore quelques minutes, supplia Marcellin, qui se jucha sur le lit en faisant tomber ses bretelles sur son pantalon. J'aimerais te prendre ainsi. Tu n'auras qu'à lever ta robe.

Olivia s'était reculée contre la fenêtre ouverte sur les toits bleus de Brive. Dans ce mouvement de retraite, Bascompt comprit qu'elle se refuserait à lui, cette fois, avec la plus farouche des volontés. Pourtant, à la seconde, il lui fallait obtenir un gage en témoignage de sa puissance, sinon cette journée serait irrémédiablement gâchée.

— Montre-le-moi encore une fois ! ordonna-t-il. Montre-le-moi ! Je t'en supplie !

Avec un soupir résigné, Olivia remonta, centimètre par centimètre, la robe sur ses cuisses, jusqu'à parvenir à dévoiler sa culotte en dentelle échancrée. Puis, brutalement, elle laissa retomber le pan de tissu.

— Maintenant, cela suffit ! trancha-t-elle en tournant les talons.

2

La frise cuivrée qui bordait le couvercle de nuages dans le soir mourant donnait le spleen à Aurélien Bascompt. Juché sur le muret du parc, il dominait le village et les vallons environnants. Trois feuilles de papier étaient tombées à ses pieds dans le parterre d'iris que le vent caressait, mais il ne jugeait pas utile de les ramasser, tant les mots qu'il avait griffonnés lui paraissaient négligeables devant cette beauté dont il désespérait d'exprimer la quintessence.

Qu'y a-t-il de plus misérable que le destin d'un poète ? songeait-il en frappant du talon la pierre friable du mur. Toujours à remettre en jeu son art, sans jamais conquérir la certitude d'atteindre le sublime. Les mots frappent à sa porte et le poète les grave dans la chair sensible du papier avec le sentiment d'écrire pour l'éternité. Mais une seconde de doute, d'hésitation, suffit à le faire choir du piédestal sur lequel il se croyait installé à jamais.

Que lentement passent les heures
Comme passe un enterrement
Tu pleureras l'heure où tu pleures
Qui passera trop vitement
Comme passent toutes les heures

La découverte de ces vers de Guillaume Apollinaire lui avait fait tomber la plume des mains. Je ne serai jamais qu'un taquineur de muse, se disait-il.

« Lis donc ça, mon pauvre Aurélien ! » s'était écrié son père en lui tendant *Alcools*.

Et, comme il tardait à s'en emparer, Marcellin Bascompt lui avait jeté le livre en plein visage, d'un geste vif qui signifiait : « Prends-en de la graine ! Jamais tu ne parviendras à gagner ces hauteurs. »

Aurélien désespérait d'avoir un jour une conversation sérieuse avec son père. Quand il en ressentait le désir, il ne trouvait pas les mots pour l'atteindre. Et le fossé entre eux s'était douloureusement creusé au fil des années par la faute d'Aloïse. Elle n'avait eu de cesse de dresser Aurélien contre son père, en évoquant constamment la vie dissolue qu'il menait, une existence irresponsable et coupable. Marcellin n'avait pas jugé bon de se défendre. Au contraire, par un orgueil démesuré qui était le propre de cette famille bourgeoise, il en tirait quelque fierté. Après tout, il ne désirait rien d'autre que ces occasions où il lui était enfin permis de mépriser ce fils, dont le caractère était si proche de celui de sa mère.

Lorsqu'il avait fallu éviter à Aurélien les désastres de la guerre, on avait inventé un dossier médical qui l'avait sauvé de justesse. Pourtant, au départ, Marcellin s'était refusé à jouer de ses relations pour dispenser son fils du devoir qui l'attendait.

« La guerre, mon petit, te sera des plus profitables, avait-il déclaré. Tu y apprendras le sens de la vie. Et ensuite, avec cette glaise-là, faite de boue et de sang, tu deviendras sans doute un grand poète. Qu'est-ce qu'un homme qui n'a rien vécu ? Que peut-il dire à ses contemporains ? Je me suis caché sous l'aile de la mère Patrie, pendant que ses enfants exposaient leur poitrine à la mitraille... ? »

Mais Aloïse veillait. Et, encore une fois, le sentiment maternel l'avait emporté sur toute autre considération.

— Nous avons bonne mine avec ce fils embusqué, répétait Bascompt. Le général doit se retourner dans sa tombe.

— Croyez-vous, s'emportait Aloïse, que notre famille n'a pas déjà assez donné pour la patrie ?

— Ma pauvre Aloïse, rétorquait-il, il ne suffit pas d'avoir un héros dans la lignée pour être lavé à jamais de toute bassesse et de toute lâcheté. Ce serait trop facile.

Et Aurélien avait douillettement évité l'épreuve du feu, caché au fond d'un petit village de Corrèze.

Pour apprécier ses vers, il n'y avait guère dans la maison qu'Aloïse. Elle battait des mains de ravissement, puis se tournait vers sa gouvernante.

— Oh ! Madame, répliquait Apolline, je n'entends rien à ces choses-là. Mais ça me paraît bien beau.

— Taisez-vous donc, bécasse, c'est admirable ! Mon Aurélien est tout simplement sublime.

Aurélien n'ignorait pas que ces louanges étaient dictées par l'incommensurable amour d'une mère. Il ne leur conférait donc qu'une valeur toute relative, bien qu'il s'en satisfît sournoisement. La haute considération dans laquelle on le tenait le préservait un peu des sarcasmes d'un père qui eût préféré le voir s'adonner à d'autres occupations. Le curé Loupiac, lui, était plus réservé dans ses jugements. Il voyait dans ces poèmes un savant exercice à la gloire du dieu Dionysos, un hymne ébouriffé à la nature, rien qui fût chargé de spiritualité comme le Cantique des cantiques, soumis à la seule loi de Dieu. Aurélien ne prenait guère part aux débats que suscitait son œuvre. Il préférait se réfugier dans ses rêves, l'âme emplie d'illusions, et la carriole toujours attelée pour des errances dans la campagne où il puisait son inspiration.

Ce soir-là, il se rapprocha de sa mère, le visage baigné de larmes. Elle errait dans le salon entre le portrait du général et la tunique de cavalerie raidie sur son cintre. Apolline était assise à côté de la lampe à pétrole. Les odeurs du parc entraient par les fenêtres largement ouvertes, les rideaux flottant au zéphyr, et les premiers papillons de nuit promenaient sur les murs leurs ombres enivrées.

— Je suis venu vous dire que je ne serai jamais le poète que vous espérez de moi, s'écria Aurélien d'une voix cassée.

Aloïse fit signe à sa domestique de disparaître. La gouvernante eut un mouvement d'hésitation avant de gagner l'étage.

— Qui donc vous a mis ça dans la tête ? demanda Aloïse. Votre sacripant de père, je parie ? Celui-là ne rêve qu'à détruire autour de lui.

— Père n'a rien à voir avec cela, soupira Aurélien. J'en ai acquis par moi-même la certitude en lisant un de ces recueils que l'on publie à Paris en ce moment. A la vérité, tout ce que je compose est vieillot. Maintenant, savez-vous, la rime est libérée.

Vous rendez-vous compte, j'en suis encore à compter et recompter le nombre de pieds, à me torturer l'esprit pour faire rimer mes vers, alors que tout cela est dépassé. Ce qui importe, c'est de dire la profondeur d'une émotion, d'un sentiment. Le fatras autour de la forme ancienne dessert l'expression. Tout y perd, en force et en beauté, la sensualité brute des mots doit suffire à la poésie.

— Mon petit, mon pauvre petit, fit Aloïse en lui prenant le visage dans ses larges mains blanches.

Elle l'attira contre sa poitrine, comme elle le faisait autrefois lorsque, enfant, il s'en revenait en pleurs, parce que ses petits camarades de jeux n'avaient pas voulu le laisser gagner, malgré les recommandations maternelles pour ne point froisser sa susceptibilité d'enfant chéri des dieux.

Aurélien tenta de se dégager de l'étreinte de sa mère qui l'étouffait.

— Mon pauvre petit, répétait-elle en le serrant encore plus fort contre son cœur. Vous ne devez pas vous laisser influencer par ces mauvaises modes qui nous viennent de Paris. Suivez donc votre chemin sans vous soucier de cela. Oh ! mais montrez-moi donc.

Et elle lui tira de la poche le recueil dont la lecture l'avait bouleversé.

— Apollinaire, lut-elle. Guillaume Apollinaire. Qu'est-ce donc ? Je n'ai jamais entendu parler de lui. Ce doit être un de ces écrivains auxquels le scandale tient lieu de génie. Oh ! mon pauvre enfant, gardez-vous de cela ! Ce n'est point là votre voie. Qui vous a donc donné cette ordure ?

— Père, avoua-t-il.

— Je le savais. Aurélien Bascompt, s'écria-t-elle, vous serez l'honneur de notre famille. Et ce ne sera pas un petit écrivassier, sans doute un ami de votre père, un de ses compagnons de beuverie et de débauche, qui vous détournera de votre vocation.

Aurélien l'observait, désemparé. Cette comédie lui soulevait le cœur. Il savait que cette incantation ne suffirait pas à lui redonner foi en lui. Alors, il se dirigea vers la nuit du parc. Aloïse trottina derrière lui jusqu'à ce qu'elle le vît disparaître derrière la haie de seringats.

— Quoi de plus naturel, qu'un employé veuille gagner plus en travaillant moins ! lança Durmoy.

Cette réflexion tomba comme un cheveu sur la soupe. Autour de la table, tous les hommes se regardèrent. Et Joseph Maluzier, qui présidait l'assemblée, dressa la tête.

— Cela est fort judicieux, ricana le vieux banquier. C'est même un argument imparable. Je ne doute pas que nos salariés finissent par vous contacter. Avec un peu de chance, ils vous nommeront à la tête de leur syndicat du Commerce.

Le rire gagna tous les participants, un rire contagieux que plus rien ne pouvait arrêter. Durmoy observait ses voisins avec un air ahuri, ne sachant trop comment il lui fallait prendre la chose.

Le fils Maluzier, Roland, entra à ce moment-là, les bras chargés. Il apportait le protocole d'accord conclu et paraphé par les diverses corporations, commerçants, artisans, industriels de Brive. Ce document scellait la fondation de la chambre de commerce.

— Voilà, dit-il en déposant le dossier devant son père. Tout est en ordre. Le président du tribunal de commerce vient de signer les pièces.

Roland Maluzier hésitait à s'asseoir à la place que lui avait réservée Vialle.

— Qu'y a-t-il donc de si drôle ?

— Il y a, dit Mézard, le président-directeur général de l'usine à gaz de Brive, que nous nous sommes découvert un traître dans notre assemblée.

Et les rires redoublèrent.

— Je n'ai pas voulu dire ça... bredouilla Durmoy.

— Bon ! trancha Joseph Maluzier, irrité par cette foire. Nous ne sommes pas venus ici pour nous amuser. Notre nouvelle organisation, ce n'est pas la compagnie des bons enfants.

Il reprit son souffle en agitant les papiers à en-tête de la banque dont il dirigeait les destinées depuis plus de vingt ans.

— Maintenant que notre chambre de commerce et de l'industrie a un caractère officiel, il nous faut y inscrire un ordre du jour. Je propose que nous discutions d'une question qui nous tient tous à cœur ici. La fameuse loi des huit heures.

Une clameur d'approbation parcourut l'assistance.

— Les deux Assemblées, poursuivit le banquier, viennent d'instaurer la loi des huit heures de travail par jour, faisant fi, du reste, de toutes nos recommandations, surtout celles du président-gouverneur Pallain de la Banque de France. Cette loi est une catastrophe. Son application risque de mettre à mal toutes nos entreprises. Mais nos politiciens, qui en savent davantage que tout le monde sur ce chapitre, ont voulu par cette mesure s'attirer quelque popularité avant les élections législatives de novembre.

— Qui nous oblige à l'appliquer ? intervint Giraud. Moi, je n'ai guère l'intention de m'y conformer. Et ce n'est pas un syndicat qui viendra me dicter ma conduite. D'ailleurs, tout le monde sait ici comment j'ai évité l'installation d'une telle organisation subversive dans mon usine. Au vu des événements, j'ai été bien inspiré.

— A propos, nous avons déjà reçu des demandes d'entrevue avec le syndicat du Commerce et l'Association des employés de Brive, dit Roland Maluzier en roulant les manches de sa chemise de soie jusqu'aux coudes.

— Ça ne s'est pas fait attendre, commenta son voisin, Vialle. C'est ce qui arrive quand on a un gouvernement irresponsable.

— Ces groupements de salariés ont nommé des délégations, ajouta le fils Maluzier. Ces dernières entendent conclure au plus vite avec nous un accord d'application. Notre chambre de commerce a été instituée à point nommé. C'est le lieu idéal pour débattre de cette question. Aussi, je vous encourage à ne rien négocier avec vos employés, précisa-t-il en tapant du poing sur la table. Une discussion en rangs séparés serait préjudiciable à nos intérêts communs. Tout doit être discuté ici même, dans cette instance.

— Moi, je dis que rien ne doit être discuté. Rien, répéta Giraud, le rouge aux joues. Parce qu'à vous entendre, on dirait que l'on s'achemine vers un accord avec le gagne-petit. Abaisser les horaires de dix à huit heures par jour, ça équivaut à perdre un quart de notre productivité. Déjà qu'on n'arrive plus à fournir ! Certes, on nous dira qu'il n'y a qu'à embaucher de nouveaux compagnons. Mais où trouverons-nous la main-d'œuvre ?

— On ne pourra pas nous obliger, ajouta Julien Lapeyre. Chambre de commerce ou pas, moi, je cesserai d'être solidaire, dès que cela nuira à mes intérêts.

Une salve d'applaudissements ponctua ce cri du cœur. Joseph Maluzier parcourut un à un les visages avec un air amusé.

— Pourtant, fit-il, ses lunettes d'écaille posées au bout du nez, on devra se conformer à la loi. Ce nouveau règlement est à adopter par corporation. Article 7, précisa-t-il.

— Vos amis ont-ils conscience de la merde dans laquelle ils nous mettent ? demanda Lapeyre en fixant le banquier.

— Mes amis ? sursauta Joseph Maluzier.

— Oui, ajouta Julien Lapeyre, vos amis radicaux. Vos amis qui siègent à la Chambre et qui sont les artisans de cette loi stupide.

Le banquier se dressa sur son siège, décidé à faire front avec la plus vive énergie. Cette perfide critique, il l'attendait depuis longtemps, depuis qu'on cherchait, dans le petit cercle de Brive, à lui faire payer ses engagements au parti radical, ses vieux engagements d'avant-guerre.

— Mes amis, commença-t-il, je ne suis pas venu ici pour défendre la politique radicale de monsieur Clemenceau. Mon seul souci est d'œuvrer pour nos intérêts…

— C'est ça, l'interrompit Lapeyre, excédé depuis que le poste de secrétaire général de la nouvelle chambre de commerce lui était passé sous le nez. La main droite ignore ce que fait la gauche. On nous a déjà fait le coup.

D'un signe de la main, Roland Maluzier, qui possédait encore sur son ami quelque autorité, lui intima l'ordre de modérer ses propos.

— La politique n'a rien à voir là-dedans, reprit le banquier, visiblement ému par cette attaque soudaine. Une réunion consulaire, ce n'est pas la tribune de l'Assemblée. Nos problèmes sont autrement plus sérieux.

— Je vais vous faire rire, dit Vialle, qui, dans l'excitation du moment, avait tombé la veste et exhibait fièrement ses larges bretelles sur un poitrail où se lisait le menu du dîner. Connaissez-vous la proposition faite par un de nos distingués sénateurs, le sieur Delahaye, pour ne pas le nommer, dans le cadre du débat sur la réforme de la loi électorale ? Faire voter les morts ! Cet imbécile a demandé que l'on inscrive sur les listes électorales les morts et les disparus de la Grande Guerre pour donner le droit de vote aux membres de leur famille désignés pour les représenter au scrutin. Vous rendez-vous compte… Mes amis, mes amis, poursuivit Vialle dans l'hilarité générale, nous sommes tombés bien bas. Je veux croire que l'on doit à nos fiers poilus une chère victoire, mais quant à faire voter les morts, les morts et les disparus, il y a de quoi se taper le cul par terre. Quel parti osera les représenter ?

Joseph Maluzier était resté debout, appuyé contre la table, attendant patiemment que les rires retombent dans les raclements de gorge et les jurons.

— Messieurs, reprit-il enfin, je voudrais que vous sachiez que jamais je n'aurais voté la loi des huit heures parce que le financier que je suis mesure l'ampleur de ses conséquences sur nos entreprises.

Et il se vautra enfin dans le seul sujet qui lui tenait à cœur, celui pour lequel il se sentait le plus de dispositions dans l'adversité : l'état des finances de la Banque de France.

— Nos réserves d'or sont passées depuis le début de la guerre de 4 141 millions à 5 477 millions dont, expliqua-t-il d'un ton doctoral, 1 955 millions prêtés par l'Angleterre. Or, nous devrons les rembourser. Mais qui paiera nos dettes de guerre ? L'Allemagne, bien sûr, l'Allemagne...

Ce discours eut un effet soporifique sur l'assemblée. Les paupières se mirent à cligner dans les lourdes volutes de cigare qui embrumaient la salle. Chacun se réveilla pourtant, lorsque le banquier en vint à parler des désordres qui s'annonçaient :

— Comment se relever après les dommages de la guerre ? Même si l'on nous assure que l'Allemagne paiera. A-t-elle les moyens d'assumer ses responsabilités ? D'après une première estimation de nos experts du ministère de la Guerre, nos dommages se monteraient à plus de 120 milliards de francs-or. A ces dépenses, il faut ajouter les rentes et les pensions de nos poilus. Je vous le dis, mes amis, la fortune française enregistre une perte brute de 25 %. Cela va se traduire par la vie chère. Les taxations, le blocage des salaires, le rationnement sont des mesures limitées dans le temps. Les prix des denrées ont doublé depuis l'armistice. Cela va nous conduire vers de grands désordres sociaux.

— Faudra faire payer les Boches, lança Vialle. Tout est consigné dans le futur traité de Versailles.

— Et si les Boches refusent, que

pourra-t-on faire ? Reprendre les hostilités ? ironisa Lapeyre.

— C'est un fait que la Conférence de la paix a servi à faire le constat que l'Allemagne ne pourra pas honorer ses dettes, dit Roland Maluzier. Nos frais de guerre s'élèvent à 209 milliards de francs-or. Et l'Allemagne, dans le meilleur des cas, ne pourra débourser que 73 milliards. Voilà la réalité. Le reste, les belles déclarations de principe, ça ne sert qu'à calmer l'opinion publique.

Le banquier ramassa à la hâte les feuillets dispersés devant lui, ce qui signifiait pour tout le monde que la réunion était terminée. Vialle invita l'assistance à gagner le salon voisin où l'on avait aligné des coupes de champagne.

— Que tout ça ne vous désespère pas, lança le vieux Maluzier à la cantonade. Il n'y a que le sacro-saint travail et le fruit de l'épargne qui nous tireront d'affaire. Ne comptons pas trop sur nos politiciens. Quoi que vous puissiez penser de moi, vous prêcheriez un convaincu…

Lapeyre lança un clin d'œil à Giraud en l'attirant vers le buffet.

— Le vieux Malu a mal encaissé mes coups de griffe.

Giraud hochait la tête.

— Cette réunion a démontré ce que nous savions déjà : le clan Maluzier revient en force. As-tu remarqué comment le fils s'est moulé dans le discours du père ? C'est fini l'époque où il raillait le vieux, ses options radicales.

— Il y a un sacré héritage en jeu. Connais-tu argument plus convaincant ? persifla Lapeyre.

— Qu'est-ce que ça prépare ?

— Ta question est judicieuse, rétorqua Julien Lapeyre en l'éloignant d'un groupe qui s'était formé à côté d'eux.

Il lui fit signe d'approcher l'oreille.

— On parle de plus en plus de lui pour les élections.

— La députation ?

— Evidemment. Et ici, dans notre bonne ville, il trouvera une majorité pour le soutenir. Avec l'influence de papa, il y a de quoi rameuter du beau linge.

— L'influence et la poigne du vieux, au cas où ça voudrait ruer dans les brancards, souffla Giraud.

Le vieux Maluzier se promenait en distribuant les coupes. Au passage, ça lui donnait l'occasion de faire ses dévotions mondaines. Puis le fils décida de s'en mêler, imitant les manières du père avec une affectation non dépourvue de maladresse. Ces mondanités n'étaient pas dans sa nature. Le fils à papa jouissait plutôt à Brive d'une réputation de cynique s'adonnant sans vergogne aux plaisirs offerts par sa bonne fortune avec des airs hautains de petit seigneur. Ce changement ne faisait que confirmer l'indiscrétion livrée par Lapeyre. Le garçon se préparait à entrer en campagne. Et ce rôle-là, songeait Giraud en le couvant des yeux avec un sourire en coin, finira par lui aller comme un gant. C'est un avantage indéniable d'être fils de banquier. On est reçu, écouté, adulé. Il ne reste plus qu'à promettre pour rallier les partisans.

— Personne ne lui résistera, pronostiqua Giraud.

— Il n'y a eu que Marcellin pour lui tenir tête.

— Bascompt est un gros poisson, à ce qu'on dit. Je ne le pensais pas, hier encore.

— Un colon, fit Lapeyre, un colon avec l'esprit colon. Un colon qui joue au gentleman-farmer dans sa brousse.

— Finalement, ajouta Giraud, il ne paiera pas ses dettes de jeu.

— Comment tu sais cela ?

— On ne parle plus que de ça au Cercle. Je voudrais bien connaître les arguments qui ont décidé le vieux Malu à passer l'éponge.

— A mon avis, suggéra Lapeyre, les Maluzier n'ont pas dit leur dernier mot. Ce ne sont pas des gens à lâcher aussi aisément le morceau.

— Tu en as trop dit, sourit Giraud, ou pas assez.

— Le seul point faible de Marcellin, c'est Olivia, dit Lapeyre. Le colon en est entiché comme un malade.

— J'ai compris, fit Giraud en dodelinant de la tête.

L'installation chez Madel se fit dans la hâte et la précipitation. Juste le temps de prendre les bagages, et Fanchon les conduisit au dernier étage de l'immense hôtel particulier. Au fond d'un obscur couloir, le domestique ouvrit une porte basse qui donnait sur une petite chambre mansardée. Une odeur de punaise leur monta aux narines. Léon resta interdit dans l'encadrement de l'entrée. Il fixait l'œil-de-bœuf qui s'ouvrait sur le ciel. Un rayon de soleil traversait la pièce et venait illuminer un coin du dessus-de-lit en coton blanc. Emma se laissa tomber comme une masse sur le matelas dans un grincement de ressorts. Puis, d'un geste las, elle fit basculer son chapeau de paille tressée. Léon avança, engourdi par les deux grosses valises qui lui pendaient aux bras. Il alla les déposer près de la tablette sur laquelle était installé un nécessaire de toilette en grosse faïence bleue.

— Ça pue ! fit-il en ouvrant le loquet du vasistas.

En se penchant au-dehors, sur le rebord de zinc, il distingua le toit des immeubles voisins et le sommet des platanes qui bordaient le boulevard Anatole-France.

— Ça sent le renfermé, ajouta-t-il en reculant. Il y a un siècle au moins que cette chambre attend notre visite.

— Tu n'es jamais content de ton sort, marmonna Emma. On ne dirait pas que tu as fait la guerre.

— Justement, je n'ai pas vécu tout ça pour supporter d'être traité comme un chien. Où était-il, ton Madel, pendant que je tremblais de froid et de peur dans les tranchées ? As-tu remarqué avec quelle arrogance il s'est approprié mon livret militaire ? Je voudrais bien voir le sien avec ses états de service. M'est avis que c'devait être de la graine d'embusqué.

Emma rentra la tête dans les épaules. Elle connaissait son mari. Si elle l'asticotait, elle risquait de le voir reprendre le tacot pour Sainte-Rochette.

— Ne me dis pas que nous allons vivre dans ce sarcophage, reprit-il en promenant le regard sur les murs gris. Regarde, fit-il en touchant de la pointe des doigts le plafond. Il y a de quoi devenir neurasthénique.

— Ça vaut bien ton Lavialatte, rétorqua-t-elle en s'emparant d'une des deux valises. J'en avais assez des bougonnements de ton père.

— Bon ! c'est pas tout ça, mais je dois me rendre aux écuries. A tout bien réfléchir, lança-t-il en refermant la porte derrière lui, j'aime encore mieux l'odeur du crottin. Ça me rappellera mes classes à Fontainebleau.

Au bout d'une large allée pavée qui traversait le jardin, se dressaient les écuries. La bâtisse était maçonnée en petites briques roses. Une glycine s'était développée jusqu'au faîtage et retombait par-delà la toiture. Fanchon tira la porte sur son rail dans un raclement de tonnerre. Puis il recula pour laisser entrer Goursat. Dans la pénombre et la chaude odeur de crin, deux bais bruns piaffaient d'impatience. D'instinct, Léon alla leur flatter l'encolure, aspirant à pleins poumons la bonne odeur d'étable et de litière. Fanchon se tenait sur le palier, écœuré par les amas de crottin.

— Il vous faudra préparer la voiture

pour dix heures. Notre maître, précisa-t-il d'un ton pincé, se rend au palais.

Et, en effet, à dix heures précises, Madel-Bourgon se présenta devant son cabriolet. Comme son nouveau cocher ne lui ouvrait pas la portière, le notaire le piqua de la pointe de sa canne. Goursat se retourna vivement. Un tressaillement de colère lui fouetta le sang. Dans ce rapide échange de regards, Madel surprit un éclair de défi.

— Alors, mon brave, on manque à tous ses devoirs. Apprenez que je suis le meilleur maître du monde, à condition, toutefois, que l'on fasse bien tout ce que j'ordonne. Allons ! conduisez-moi donc à la place Saint-Benoît.

En voyant l'air confus de son domestique, Madel se mit à rire. Il jeta sur le siège son porte-documents.

— Je vous indiquerai le chemin. Mais, mettez vous ça une bonne fois pour toutes dans la cervelle !

Léon rangea le cabriolet derrière l'église, sur l'espace réservé aux voitures à cheval, et attacha les brides à l'anneau scellé dans le mur. Le notaire ajusta son chapeau melon dans le reflet de la vitre, puis se tourna vers son cocher qui attendait, appuyé à la croupe du bai.

— Je serai là à midi. D'ici là, vous avez quartier libre, fit-il dans ce langage de caserne qu'il affectionnait pour s'adresser à ses employés. Profitez donc de l'aubaine pour visiter le quartier, ça vous instruira un peu.

Sur l'avenue, face au parvis de l'église, Léon Goursat fut attiré par un attroupement autour d'une voiture à moteur. Le chauffeur, casquette enfoncée à ras du nez, toisait les badauds qui l'encerclaient. Quand une main se hasardait à frôler la carrosserie rutilante de l'engin, il l'éloignait d'un geste comme il l'eût fait d'une mouche.

— J'en ai déjà vu, des automobiles, fit Léon à un jeune gars qui couvait ce bijou du regard. Mais des comme ça, jamais. Oh oui que j'en ai vu, même plein les routes, de ces voitures, vers Bar-le-Duc. Ça allait vers le front en pétaradant. Et des fois, elles finissaient dans le fossé, abandonnées comme des vieux tas de ferraille.

— Celle-ci, mon gars, dit le badaud au visage dévoré par une barbe de trois jours, elle est pas montée au front. Celle-ci, c'est la voiture d'un richard. Et les richards, ça n'allait pas souvent au casse-pipe. Pas vrai, l'ami ?

Léon Goursat acquiesça timidement de la tête. Il avait conservé des années de guerre la crainte du propos défaitiste, comme l'on disait, ce « mauvais esprit » que les officiers réprimaient avec férocité. La guerre était finie, bien finie, et il ne portait plus l'uniforme, mais il avait toujours la peur chevillée au corps.

— C'est une Hispano-Suiza, une H6, précisa le bonhomme. Et je peux même te dire à qui elle appartient. C'est la voiture d'un banquier. Maluzier.

D'un geste, il désigna en se retournant un grand immeuble avec une façade de cinquante mètres de large au moins.

— C'est à lui tout ça. Tu connais pas Maluzier ?

— Non, avoua Léon.

— Alors, t'es pas d'ici, toi, t'es d'où, au juste ?

Goursat le toisa d'un œil méfiant. Emma lui avait conseillé de surveiller ses fréquentations. « Maintenant qu'on est chez Madel, avait-elle dit, tu ne t'appartiens plus tout à fait. Tu es de la maison. Et chacun de tes gestes, chacune de tes paroles doivent lui faire honneur. » Elle ne faisait que réciter ce que le notaire lui avait seriné en 1912, lorsqu'elle avait commencé sa carrière de petite bonne chez lui. Toutes ces paroles lui étaient revenues en mémoire. A la différence que, cette fois, elle en usait envers son propre mari, comme si le fait d'avoir été déjà employée dans cette maison lui donnait quelque supériorité sur lui.

Avec ce mouchoir noué au ras du cou, ça ne peut être qu'un apache, se dit Léon, un de ces vauriens qui traînent tout le jour en quête d'un mauvais coup.

— T'as l'air de sortir de ta cambrousse. Pas vrai, l'ami ?

— J'suis au service de maître Madel.

— Madelon ! s'écria le bonhomme en ouvrant de grands yeux amusés. T'es le cocher de Madelon ! Bourgon, c'est comme ça qu'on l'appelle ici. C'est un gars qu'en a, du pèze. A te bigler, on voit bien que tu peux être que ce micheton-là. Ses loufiats, il les choisit toujours chez les pedzouilles. Pour pas trop les payer. Ce riflard, c'est un rapiat de première. Mais peut-être qu'après tout, t'es pas trop difficile question biffetons. C'est le lot de chacun de se faire entuber. Allez ! vieux, je te paye un canon.

Goursat eut d'abord envie de refuser. Il lui semblait entendre les remontrances d'Emma : « Tu as été t'acoquiner avec le premier venu, au bistrot. C'est comme ça qu'on prend de vilaines habitudes. » Le voisin sentit à son regard qu'il hésitait.

— T'es un cave ou quoi ? Un canon, ça se refuse pas.

Après tout, pensa Léon, elle le saura pas.

Au Passage, la patronne promenait sur le zinc de gros seins arrogants qui étaient sa fierté. Elle allait et venait en dosant les Picon et en servant du pinard aux clients ordinaires.

— Tu vois, fit-il, c'est Mimi, cette donzelle. Mais, ajouta-t-il en baissant la voix, c'est pas la peine de te pencher pour reluquer derrière le bar, elle a des cuisses comme des poteaux. Tout est là, dans le nichon. Tiens, regarde, tu vois, là, à la petite table du coin, ces deux typesses ? Pour vingt balles, elles te font monter.

Goursat les zieuta, l'œil en biais : une brune et une blonde. La jupe négligemment retroussée montrait les bottines lacées à mi-jambe. Une sacrée invite, pensa-t-il, mais jamais il n'oserait monter, comme jamais il n'avait pu s'y résoudre lors de ses courtes permissions à l'arrière.

— C'en est des rudes... Ah ! j'parie qu'il y en a pas des comme ça dans ta cambrousse.

— Je suis marié, dit Léon.

— Qu'est-ce que ça fait ! L'jour où tu monteras, t'appelleras pas ta régulière, pas vrai ?

Mimi s'approcha pour prendre la commande.

— Faut pas l'écouter, beau ténébreux, fit-elle. Notre Emile, c'est un argousin de première. Dis donc, t'es nouveau, toi ?

Goursat fixait les roploplos qui valsaient dans le bustier effrontément échancré.

— Tu peux toucher, dit Emile, c'est du vrai.

Et il lui plaqua, par surprise, une main sur un sein. Elle lui flanqua une tape. Il se recula avec l'air de quelqu'un qui se brûle.

— P'tit voyou, tu penses qu'à ça !

— Avec toi, minauda Emile, je ferai que des cravates de notaire. Tu sais pas ce que c'est, des cravates de notaire, je parie ?

Léon Goursat haussa les sourcils et vida son verre.

— Tu demanderas à Madelon de t'expliquer.

— Madelon ? fit-elle. Quelle drôle d'idée. C'est pas du linge qui vient traîner au Passage. Ça serait plutôt pour la porte d'à côté.

— A côté, expliqua Emile, c'est le cercle des bourges. Ça vient s'encanailler au poker. En une soirée, ils craquent autant de flouze que tu pourrais en gagner en dix ans. Et leurs putes, à eux, c'est en chambre. Ça traîne pas sur le pavé.

Après le service, Goursat remonta d'une démarche lasse vers sa chambrette. Il y trouva Emma occupée à vider les valises et à installer les affaires dans la petite armoire aux portes grinçantes. En redécouvrant l'étroit espace dans la pâle lumière du jour déclinant, une angoisse l'étreignit, pareille à celle qu'il éprouvait, le soir, au fond des casemates, terré comme un rat. A son retour à Lavialatte, sous le ciel généreux de son enfance et la verte étendue familière des champs et des bois, la peur s'était peu à peu dissipée, comme on oublie un cauchemar. Il lui suffisait d'aller respirer dehors pour redécouvrir les traces d'un bonheur ancien. Mais dans cette chambre à Brive, les bras ballants, il lui parut n'être rien qu'un chien de maître obéissant au coup de sifflet, tendant la patte pour sa récompense. Et cette gratification, ça ne serait rien d'autre que ces misérables 400 francs qu'on lui tendrait du bout des doigts pour le remercier de sa docilité. Tandis qu'Emma s'agitait, le rose aux joues, comblée par cette nouvelle installation à laquelle elle avait tant rêvé, Léon allait et venait de la table de nuit à l'armoire, glissant devant le vasistas où se mourait la lumière du jour. Là-bas, pensa-t-il, c'est l'heure de la traite. Et il eut la nostalgie de ce lait chaud et crémeux coulant entre ses doigts.

— Je ne sais pas si je m'y ferai, soufflat-il. Après tout, je suis qu'un pedzouille.

Emma sursauta.

— Où as-tu attrapé ce mot-là ?

Léon détourna le regard.

— Ce n'est pas dans tes habitudes.

— A la ville, on en apprend, des mots nouveaux. Ça parle pas comme par chez nous.

— Moi, fit-elle en pointant le doigt sur la poitrine de son mari, je ne suis pas une paysanne. D'ailleurs, ton père l'a bien senti. C'est pour ça qu'il me hait.

— Mon père te hait ? C'est bien la dernière. Mon père n'avait qu'un seul désir : qu'on fasse tourner la propriété ensemble.

— Selon son bon vouloir.

— Et que faisons-nous là, chez Madel, sinon obéir à ses ordres ? Me le diras-tu ?

Qui est plus libre qu'un homme qui foule sa terre ? Même s'il doit travailler ses dix heures par jour pour la cultiver. Cet argent que nous gagnons, ces misérables 16 francs par jour, j'ai l'impression de les voler. Je les vole quand je reste là sans rien faire à me tourner les pouces au pied de la voiture, pendant que Madel vaque à ses occupations. Attendre, c'est pas du travail ! Attendre, c'est de la fainéantise. Et c'est un bien grand déshonneur pour un domestique que de servir un patron qui le paye à rien faire. A l'usage, j'y gagnerai quoi ? Le goût de l'oisiveté. Et si ça se trouve, dans quelques années, je n'aurai plus qu'une envie, voler le temps à mon maître. Je saurai plus travailler, plus rien faire. Et je serai tellement dépendant de mon patron que j'arriverai même plus à me nourrir par moi-même. Avec un lopin de terre, un homme peut toujours survivre, quoi qu'il arrive. Mais sans terre, que lui reste-t-il, sinon l'obéissance à son maître ?

Emma referma la valise en osier et glissa la tringle dans les œillets. Puis, du pied, elle la fit disparaître sous le lit.

— A ce que je vois, tu rumines ça toute la sainte journée.

— Oui, fit-il en se lissant les moustaches. J'ai rien d'autre à faire que penser. Et c'est mauvais pour un homme comme moi de penser. Ça me gâte de l'intérieur. Ça me donne des idées de violence. Sur le front, c'était la même chose. Nos chefs s'inquiétaient quand ils voyaient leurs hommes errer le long des boyaux. Alors, ils préparaient des assauts, même si ça servait à rien. Seulement pour nous occuper. A Lavialatte, quand je travaillais la terre, je pensais à rien. Les jours s'en allaient dans l'effort et la peine. A la démobilisation, je me suis aperçu que j'avais perdu le goût du travail. La guerre a fait de nous des oisifs désespérés de tout.

Goursat se laissa tomber sur le coin du lit, pris soudain d'une grande lassitude. Et, d'un petit geste, Emma vint lui toucher la nuque, un de ces mouvements affectueux dont elle était avare, si avare que Léon en sursauta d'étonnement.

3

Emma Goursat, qui avait en charge le dépoussiérage du bureau et des pièces attenantes, ce bel ensemble formant l'étude de maître Madel-Bourgon, commençait son service à dix heures, au moment où le notaire quittait sa demeure pour se rendre au palais de justice. Un matin, Alexandre Madel fit savoir à son cocher qu'il n'irait pas au tribunal, contrairement à l'habitude. Et lorsque Emma entra dans le cabinet de travail, elle tomba nez à nez avec son maître qui classait des fiches. Surprise, Emma reflua vers le couloir en tirant la porte sur elle, puis demeura ainsi, interdite, ne sachant quelle attitude adopter. Au bout de quelques secondes, elle se décida enfin à s'annoncer par plusieurs petits coups brefs.

— Entrez ! fit Madel.

Le notaire était encore juché sur l'échelle de la bibliothèque, des dossiers éparpillés sur le tapis.

— Maître, commença-t-elle d'une petite voix timide, faut-il que je fasse le ménage aujourd'hui ?

— Non. Je me suis attelé au rangement. Et, ce faisant, comme vous le voyez, je déplace beaucoup de poussière.

Polie, Emma Goursat s'inclina en reculant vers la sortie.

— Attendez ! ordonna-t-il. Je voudrais profiter de l'occasion pour vous parler. Depuis que vous avez repris votre service dans notre maison, je n'en ai guère eu le loisir.

Comme Emma demeurait plantée au milieu de la pièce, les mains sur son plumeau qui pendait jusque sur ses chaussures, Madel lui fit signe de s'asseoir devant son bureau. A son tour, il prit place en rajustant ses manches qu'il avait relevées pour monter les dossiers sur les étagères. Comme il n'arrivait pas à agrafer ses boutons de manchette nacrés comme des touches d'accordéon, elle proposa de l'aider. Madel accepta et, tandis qu'elle œuvrait, il fixa l'échancrure de son corsage. Sous le tissu léger, se dessinaient les fines bretelles d'un sous-vêtement. Emma ressentit une troublante impression et se dégagea aussitôt.

— Emma Goursat, dit-il en la regardant de ses petits yeux de fouine. Goursat. Goursat, c'est un nom d'ici. Savez-vous que cela me fait tout drôle de vous appeler ainsi ? Pour moi, vous serez toujours Emma Pradelier, ajouta-t-il en découvrant une rangée de dents jaunes sous des lèvres minces, aussi minces qu'un fil, ce qui lui prêtait en général une moue austère qui s'accordait bien avec sa fonction d'homme de loi intraitable et hautain.

Elle s'était rassise, le buste droit et tendu vers l'avant. Et Alexandre Madel s'était légèrement écarté du bureau pour se ménager ses aises. Le gilet de soie écrue était à demi déboutonné et sa cravate bâillait sur la poitrine. Ils demeurèrent ainsi, l'une rigide et l'autre détendu, à s'observer en silence.

— Vous vous êtes donc mariée, ma chère, se décida le notaire. Vous qui me souteniez, jadis, que vous ne vous marieriez jamais.

Le feu aux joues, Emma fronça les sourcils.

— J'ai épousé un brave garçon, fit-elle avec l'air de s'en excuser.

— Un bien bel homme, ajouta le notaire. Je n'en suis guère surpris. Vous avez toujours manifesté le meilleur goût.

Elle fixait les grands rideaux que l'air chaud du dehors gonflait comme une voile, pour ne pas rencontrer son regard. Madel croisa les jambes, le fauteuil légèrement incliné en arrière. Chez cet homme d'ordinaire froid, elle savait qu'une telle pose signifiait une volonté manifeste d'afficher de la désinvolture.

— Vous avez choisi un gentil petit paysan, reprit-il.

Emma Goursat perçut un soupçon de moquerie. Elle le savait cynique, comme tous ces gens de bonne fortune, indifférent aussi, quand il s'agissait de juger les affaires ordinaires. Et vu la manière dont la conversation s'engageait, elle comprit avec une certaine appréhension où il voulait en venir. Cela la rendit mal à l'aise.

— Et pourquoi ne vous êtes-vous point résignée à œuvrer à ses côtés, sur cette petite propriété de Galiane ? Votre homme me semble plus disposé au travail de la terre qu'à la domesticité.

— Oh ! auriez-vous quelque grief à formuler à son encontre ?

Madel éclata de rire en accélérant le balancement de son fauteuil.

— Ne changez pas de sujet, je vous prie.

La sentant embarrassée, le notaire se rendit compte qu'il était allé un peu loin. Il se ravisa.

— Après tout, me direz-vous, ma question est inconvenante, aussi rien ne vous oblige à me répondre. Mais, compte tenu de la nature de nos anciennes relations, je me crois autorisé à une telle indiscrétion. Vous n'ignorez pas l'opinion que je conserve de vous. Cela remonte à...

— 1912, dit-elle.

Alexandre Madel, qui s'était emparé d'un crayon, griffonna la date. C'était une de ses manies d'écrire pendant les conversations des mots qui synthétisaient une situation. Et ce « 1912 » prenait là tous les reliefs d'une histoire ancienne que la réapparition du visage d'Emma avait ravivée.

— Si je ne m'abuse, fit-il en noircissant la boucle du 9 à petits coups appliqués, vous détestiez la terre en ce temps-là ?

— Après notre mariage, nous devions reprendre Lavialatte. Mais ce n'était pas facile avec le père...

Elle hésitait à étaler cette histoire intime, de peur de devenir plus dépendante de ce maître. Après tout, se dit-elle, est-ce que je lui demande, moi, s'il s'entend bien avec sa femme ?

— Le père Goursat, ajouta le notaire. Ma pauvre, je connais la mentalité de nos paysans comme le fond de ma poche. Ce sont des gens durs, acharnés au travail. Bourrus, sans doute. Et que représente une bru pour ces sauvages ? Moins qu'une vache. Une esclave à bon marché. La vie dans nos campagnes, c'est du marche ou crève, n'est-ce pas ?

Emma ne répondit pas. Mais son silence

était éloquent et laissait le champ libre au notaire.

— Votre cher mari n'a pas su faire preuve d'une autorité suffisante, reprit-il. C'est bien cela ? J'imagine ce que vous pouvez ressentir, ajouta-t-il d'un ton mielleux. Cet homme a sans doute de grandes qualités, mais que peut-il comprendre à la jeune femme intelligente et sensible que vous êtes ?

Ces derniers mots troublèrent Emma Goursat, et son regard se mouilla de larmes. Madel alla alors vers elle. Et, quand elle voulut se lever aussi, du plat de la main appliqué sur son épaule, il la força à demeurer assise, là, à sa merci.

— Vous savez, fit-il d'une petite voix émue, je ne vous avais pas oubliée. Comment l'aurais-je pu, grand Dieu, après tout ce qui s'est passé entre nous ?

— Je vous en supplie, il ne faut plus parler de ça. Désormais, je suis mariée et...

— Cela ne change rien, dit-il en glissant derrière elle à pas de chat.

— Ce serait un péché mortel !

Madel fit le tour de son bureau plusieurs

fois, hésitant à s'asseoir. Il se souvenait de la visite du vieux Pradelier comme si c'était hier. Il avait écouté son long discours sans broncher, sans sourciller. Puis, d'un grand geste, le jeune homme qu'il était encore à cette époque avait sorti d'un tiroir une liasse de billets et l'avait tendue, sans un mot. Tout peut-il s'acheter ? s'interrogea Madel.

Il alla se placer devant elle pour mieux contempler le désarroi sur son visage. Car cela le faisait jouir, cette petite soubrette à ses pieds, tremblante de peur et de désir. Il tendit la main vers son visage.

— Vous ne pouvez pas, murmura-t-elle. Cela me ferait mourir.

— Si cela pouvait nous faire mourir ensemble, souffla-t-il, enfin cette chienne de vie aurait un sens.

Emma Goursat cachait son visage derrière des mains blanches et potelées qu'il avait envie de saisir. Serai-je encore une fois la honte de ma mère ? s'interrogeait-elle. Elle entendait toujours ce cri terrible : « Arrivera-t-on à te trouver un mari, désormais ? Un homme qui voudrait encore de toi ! »

— Si vous vouliez, murmura le notaire, l'existence à Brive vous serait aisée. Je vous comblerais, ma chère Emma. Je vous comblerais comme je n'ai pas su le faire autrefois. Je me suis conduit en goujat. Le jeune imbécile que j'étais alors n'a pas mesuré sa chance…

Elle se leva précipitamment. Devant elle, il y avait le visage du pauvre Léon. Je ne l'aurais décidé à venir à la ville que dans ce seul but, se disait-elle en reculant pas à pas vers le couloir.

Le notaire la regarda s'éloigner, la mort dans l'âme. Quand la porte fut refermée, il retourna à son bureau et, d'un revers de la main, en balaya les objets. J'ai agi trop vite, se reprocha-t-il, alors qu'elle était là, à ma merci. Et ses poings se serrèrent, impuissants, sur une proie imaginaire.

Pour se rendre à La Coutance, à une dizaine de kilomètres au sud de Brive, Marcellin Bascompt emprunta à Julien

Lapeyre sa Fiat Zéro, un petit bijou de quinze chevaux qui faisait ses soixante à l'heure. Il loua aussi pour la journée le chauffeur, car Marcellin ne s'était pas encore résigné à s'asseoir derrière un volant. Pour tout ce qui touchait, de près ou de loin, à ces engins modernes, il manifestait un grand mépris. Mais Olivia avait exigé qu'il emprunte cette voiture pour visiter le petit nid d'amoureux qu'elle projetait d'acquérir.

C'était une belle journée ensoleillée de juin. Olivia et Marcellin étaient assis à l'arrière, un foulard noué autour du cou flottant au vent. Le chauffeur avait rabattu la capote et le pare-brise. « Ça fait plus sportif », avait dit la jeune femme en enfermant sa jolie frimousse dans un casque de cuir.

Pendant la traversée de la forêt de La Coutance, plusieurs centaines d'hectares de chênes et de sapins, la fraîcheur du sous-bois incita le chauffeur à ralentir. La chaussée, à peine carrossable après qu'ils eurent quitté la route principale en direction de Souillac et Toulouse, les projetait d'un côté à l'autre de l'habitacle. Bascompt en profitait pour envelopper de ses bras robustes sa frêle maîtresse qui s'amusait, main tendue au-dehors, à caresser le vent ou, quand l'étroitesse de la voie le permettait, à grappiller quelques toupets de feuilles aux branches basses des arbres. Le pilote zigzaguait entre les ornières, soulevant un nuage de poussière. Marcellin, qui était habitué à la marche lente de sa voiture à cheval, assez confortable pour y lire à son aise les journaux qu'il se faisait envoyer de Paris, fut pris d'un mal de mer. Cela lui rappelait les douloureuses traversées à bord de *La Marsa* entre Alger et Marseille, du temps où il fréquentait assidûment les steamers. D'une tape sur l'épaule du chauffeur, il fit arrêter la voiture et prétexta une envie pressante pour se soulager l'estomac dans le sous-bois, tout en veillant à ce que la belle Olivia ne le surprît point dans ce piteux état. Avant de reprendre place dans la Fiat Zéro, il lampa une gorgée d'un petit remontant à même sa flasque marouflée de croco dont il ne se séparait jamais.

La route traversait la forêt en suivant la ligne de crête. Entre les bouquets d'arbres ténus, on distinguait les vallonnements qui se perdaient vers le sud. Olivia avait ôté ses grosses lunettes pour observer tout à loisir. Elle battait des mains de jubilation. Ces enfantillages amusaient Marcellin. Un rien subjugue ma petite bécasse, se disait-il. Car il trouvait ce paysage-là, avec le mélange du vert des bois et du jaune des champs, assez quelconque. Il avait trop voyagé de par le monde pour trouver de l'intérêt à un seul coin de terre. Les émotions qu'il conservait de ses pérégrinations étaient immanquablement rattachées à des aventures galantes. Sans elles, sa mémoire n'eût sans doute rien retenu de ces mille paysages qu'il avait traversés, sans prendre même la peine de se pencher au-dehors d'une portière de train ou de voiture.

Bascompt dévorait Olivia des yeux. Il n'y avait pas un centimètre de son corps qu'il ignorât, la courbe de ses hanches, le dessin de son sexe, la saillie nerveuse du mollet, le croissant d'un muscle sur le genou, la molle rondeur des seins, ce troublant déhanchement félin lorsqu'elle sautait du lit après l'amour, et ce cri qu'elle jetait, un râle de mort avant que ne retombe un silence qui semblait lourd de reproches, comme si elle lui en voulait de cette tempête qu'il avait allumée.

— C'est là ! cria-t-elle. Là !

D'un bras tendu par-dessus l'épaule du chauffeur, elle désignait une allée entre deux piles branlantes dévorées par le lierre. Bascompt se dressa pour tenter de voir ce qu'il y avait au bout de ce chemin ombragé par une luxuriante végétation.

— Vous allez voir, fit-elle, c'est un bijou. Un bijou dans son écrin de verdure. Ça vous saute aux yeux. Et après, vous ferez comme moi, mon ami, vous ne pourrez plus vous en passer.

Marcellin demanda au pilote d'arrêter le moteur. Olivia fit pivoter la portière pour se précipiter sur le chemin poudreux. Elle courait déjà sur l'herbe, éloignant les petites branches qui encombraient le passage. Je possède cinquante hectares de cette sorte de terre, pensa Bascompt. Et je n'ai jamais pu me décider à en faire le tour.

Tout ça, je l'ai acquis les yeux fermés, un doigt posé sur les figures géométriques du plan cadastral. Ça se résume en numéros de parcelles. Le monde matériel a-t-il un autre sens que ce savant arpentage ? On achète, on vend. La terre passe de main en main, au gré de la fortune. Les yeux fermés... Tout ce que j'ai négocié en ce bas monde, je l'ai conclu ainsi, sur le papier, dans l'atmosphère tamisée d'une étude de notaire.

Il se débarrassa de son casque de cuir qu'il jeta sur le siège. La sueur lui collait les cheveux aux tempes. Et cette sensation lui parut si désagréable qu'il chercha un mouchoir pour s'éponger, mais il ne trouva au fond de ses poches que sa flasque de cordial. Il s'en versa un godet, comme un dé à coudre, puis deux, puis trois, et respira profondément pour faire taire la brûlure tapie au creux de son estomac.

Les plaisirs de la vie, songea-t-il, se résument au corps des femmes, aux cigares tétés dans l'univers confiné d'une salle de jeu, aux livres qui décryptent la comédie humaine. Tout le reste est négligeable :

la couleur de la terre, le souffle du vent, la tiédeur de la nuit. Cela m'est indifférent. Sans doute est-ce la raison pour laquelle je ne prise guère la poésie d'Aurélien. Rien n'est plus émouvant que les orages qui se déchaînent dans nos âmes, par l'amour ou la haine, par le mépris, aussi parfois, qui nous prêtent cette hauteur par laquelle on se donne la force de juger le monde. Sinon, on devient son esclave, à battre des mains de béatitude, comme Olivia, à se satisfaire de ces instants vides où l'œil croit pénétrer la beauté des choses et ne fait que l'effleurer.

Bascompt portait sa veste par-dessus l'épaule, un doigt crocheté dans l'encolure. Il suivit l'allée jusqu'à l'écran de tilleuls. Olivia était déjà installée sur la terrasse formée de grandes dalles de pierre. Le repaire s'étendait devant elle, immense, avec ses deux tourelles crépies de rose aux extrémités. Une glycine courait sur la façade, enjambait la porte d'entrée, se faufilait entre les croisées des fenêtres. Marcellin Bascompt mesura l'ensemble d'un regard expert. Au moins trente mille francs, estima-t-il. Cette petite garce veut ma ruine avec son nid d'amour. Peut-être vingt-cinq mille, se rassura-t-il en jugeant du désordre alentour, un mur d'enceinte effondré, une lézarde en diagonale sur la façade.

Olivia se retourna vers son amant, hésita, puis, dans un mouvement d'exultation, vint se jeter dans ses bras. Marcellin, pour la recevoir contre lui, laissa tomber sa veste et une violente envie de la posséder, là, dans l'instant, lui fouetta le sang. Car, pensa-t-il, je n'aurai plus jamais une telle occasion de la sentir ainsi offerte. Sa main fébrile délivra le corsage glissé dans la jupe et remonta jusqu'à l'attache du soutien-gorge, palpa du bout des doigts la chair comprimée par le tissu.

— Tu es ma petite chienne adorée, chuchota-t-il à son oreille. Et je te veux, là, maintenant.

— Vous seriez prêt à me l'offrir ?

— Ne sois pas vulgaire. L'amour ne serait-il qu'une misérable affaire monnayable ? Je ne te savais pas vénale à ce point. Tu me déçois beaucoup.

Elle se détacha de lui ostensiblement.

— Qu'y a-t-il de vulgaire dans ce désir de posséder ce repaire ? Vous ne pouvez pas comprendre, parce que vous avez tout, tout ce qu'un homme peut désirer : l'argent, la puissance, le temps. Le temps lui-même ne vous est point compté.

Puis Olivia courut ouvrir la porte, sans même lui laisser le temps de répondre. Le couloir donnait sur une grande pièce, qui semblait occuper toute la surface de cette demeure. Le vent avait roulé des paquets de feuilles mortes vers la cheminée de marbre.

— Regardez ces belles peintures au plafond.

— Du stuc, fit-il d'un air dégoûté. Rien que du trompe-l'œil de mauvais goût.

— Et je parierais même, poursuivait Olivia indifférente à son humeur, que ces tapisseries délavées cachent autant de trésors.

Elle éclata de rire, un rire étrange, amplifié par le vide de la pièce.

— Ce serait pour moi un grand bonheur que de vivre ici, souffla-t-elle.

— Tu t'y ennuieras, ma petite.

— Je recevrai.

— Moi, bien sûr ?

— Et quelques amis. Vous m'autoriserez bien la visite de quelques amis ? En tout bien, tout honneur. Vous verrez, nous y donnerons des bals, des fêtes, des fêtes somptueuses dont vous serez le héros.

— Je ne songe qu'à nous deux, dit Bascompt, la mine boudeuse. Tes amis, je ne crois pas que je pourrais en supporter la compagnie. A mon âge, on devient hypocondriaque en diable. Et cela, surtout, augmentera la distance entre nous. Je préférerais un choix plus modeste, à deux pas de Galiane, par exemple. Ainsi pourrais-je te voir plus souvent.

— C'est impossible, répliqua Olivia. A moins que vous puissiez faire déplacer ce joyau sur votre domaine, pierre par pierre...

Marcellin Bascompt se mit à arpenter la pièce, chagriné qu'il était de ne pouvoir imposer son point de vue. Le bonhomme était habitué à ce que tout cédât devant lui sur une simple injonction. De rage, il jeta des coups de pied dans les amas de feuilles de tilleuls qui couvraient la marqueterie.

— C'est entendu, fit-il.

Olivia se laissa glisser sur le lit de feuilles mortes, tandis qu'il bataillait avec sa jupe.

— Si l'on venait... murmura-t-elle.

— Qui donc ?

— Le chauffeur ?

Bascompt songeait : Tu ne la posséderas jamais autant qu'à cette minute. Si tu rates cette occasion, elle sera perdue. Le temps s'évaporera, inexorable. Et ensuite, tu regretteras cet instant toute ta vie.

— Attendez au moins que j'ôte cela, dit-elle en cherchant du bout des doigts le crochet d'une jarretelle.

— Non. Je te veux ainsi.

— Vous êtes fou. Fou comme un jeune soupirant.

— Je veux que tu cries ! ordonna-t-il.

A l'instant de s'abandonner en elle, il saisit son regard de petit animal étouffé par le plaisir. Puis ses paupières chavirèrent sur ce vert jade qui le rendait malade. Et ils demeurèrent ainsi, dans cet accouplement sauvage, plusieurs minutes, sans risquer le moindre geste. Elle avait renversé la tête parmi le feuillage, pour ne pas le regarder.

A la saillie du cou, sa peau palpitait encore. Il vint y coller les lèvres, cherchant les fines gouttelettes que cet orage avait laissées sur sa peau.

Désemparée, Emma Goursat courut se réfugier dans la petite chambre mansardée. Puis elle tourna par deux fois la clé dans la serrure. Désormais, elle se sentait en sécurité, protégée par cette porte que son maître n'oserait franchir. Les bruits du dehors envahissaient la pièce, les rumeurs de la ville auxquelles elle avait tant rêvé. Peu à peu, elle retrouva un rythme de respiration normal. S'il recommence, songeait-elle, les yeux rivés sur le vasistas ouvert sur le bleu du ciel, serai-je assez forte pour lui résister ?

Car elle était certaine qu'il recommencerait à la première occasion. Elle le connaissait, Alexandre Madel. Sur ce chapitre, il n'avait pas changé, malgré les années. Il était toujours entiché d'elle, alors que naïvement elle avait cru cette histoire définitivement enterrée. Autrefois, il avait réussi dans son entreprise. Ça ne lui avait pas été difficile de plumer cette petite volaille sans expérience. Il lui avait suffi de montrer l'éclat de son argent et de sortir quelques belles phrases. Désormais, se promit-elle, ce ne sont pas ses boniments qui me feront céder. Mais ce qu'elle craignait le plus, à refuser ses avances, c'était qu'il lui fît perdre sa place, rien que par dépit, uniquement pour se venger.

Le soir, en retrouvant Léon dans les communs où ils prenaient leurs repas avec Fanchon et la cuisinière, elle poussa un profond soupir de soulagement. Pendant tout le dîner, elle ne quitta pas des yeux son grand diable de mari. Comment aurais-je pu le tromper ? Un garçon si gentil, se disait-elle. Après le repas, elle ne cessa de l'interroger sur sa journée, les gens qu'il avait rencontrés, les lieux qu'il avait traversés. Léon répondait de façon laconique. Depuis leur installation à Brive, il cultivait le goût du secret. Pas un mot surtout sur ses virées au Passage. Comme elle insistait, le bonhomme en vint à se demander si elle n'avait pas flairé quelque chose, alors qu'elle ne faisait, par cet interrogatoire, que conjurer sa peur qu'il se mît en tête, lui aussi, de la questionner sur sa journée. Du reste, elle n'eût pas été assurée de lui cacher son trouble.

Emma proposa une sortie en ville. C'était la dernière chose à laquelle Léon s'attendait. D'ordinaire, ils regagnaient les hauteurs suffocantes de leur chambre et se mettaient au lit, bien avant que la nuit fût tombée. Et en silence, chacun dans son coin ruminait ses petites affaires personnelles, jusqu'à ce que le sommeil finisse par les emporter. Emma se rêvait une existence dorée et somptueuse de riche héritière, se promenant sur la terrasse d'un grand hôtel au pied duquel venaient battre les rouleaux de l'océan, et Léon arpentait l'étage du Passage, l'œil rivé sur les bottines d'une de ces filles qui hantaient le bistrot de la rue Saint-Dominique.

Leurs pas les conduisirent vers la place du Théâtre illuminée par les réverbères à gaz qui emprisonnaient des myriades de papillons de nuit dans leur pâle halo. Ils s'assirent sur un banc, histoire de prendre le frais, imitant les flâneurs qui profitaient de ce bel été. Par-delà les hauteurs de Brive, des éclairs de chaleur embrasaient un fragment de ciel.

— Ce sera de l'orage pour demain, dit Léon. Je sais pas si notre foin sera rentré.

Emma soupira.

— Tu ne peux décidément pas oublier Lavialatte. Tu dis : « notre foin », mais ce n'est plus à nous. Tout ça, c'est du passé.

— Tu m'empêcheras pas d'y penser, ajouta-t-il, amer.

L'avenue de Paris concentrait sur une centaine de mètres tout ce que Brive comptait de cafés et de bars. Les terrasses débordaient sur les trottoirs. Autour de petites tables rondes, enfoncés dans des fauteuils en osier, les couples endimanchés goûtaient la tiédeur du soir en sirotant des limonades. Emma tenait son mari par le bras. Elle le sentait perdu dans ses pensées, loin, très loin de la ville. Ils se dirigèrent vers une grande terrasse pleine de monde.

— C'est la Boule-d'Or, fit-elle. Il y a de la musique.

Un trio à cordes jouait une valse de Vienne. Des militaires dansaient sur le trottoir en bousculant les badauds. Emma lâcha son mari pour jeter un coup d'œil aux tarifs des consommations.

— Vingt centimes la limonade, dit-elle.

Ils trouvèrent une place dans un coin de la salle. Autour d'eux, on s'apostrophait, on se haranguait, le verbe haut. Emma regardait avec des yeux brillants ce spectacle et songeait avec amertume à toutes ces années perdues à la terre. Voilà la vraie vie ! se disait-elle. Tout le reste n'est qu'ennui. Bien sûr, il y a le prix à payer. Et le visage d'Alexandre Madel parut devant elle.

Léon se sentait mal à l'aise à cause de cette foule indifférente qui s'agitait autour de lui. Ça n'avait rien à voir avec les jours de foire à Augeat. Là, chacun se connaissait, parlait le même langage. Ici, les yeux glissaient sans voir, comme si l'on n'existait pas. Parfois, il croyait surprendre un regard de mépris. Je ne suis qu'un paysan, songeait-il, un pedzouille. Cela se voit donc à ce point ? Avec Emile, au Passage où il allait presque chaque jour, l'ambiance était plus cordiale, plus avenante. Du reste, on avait admis assez vite sa présence. L'endroit le fascinait et lui répugnait à la fois. Mais il savait que jamais il n'oserait monter à l'étage sur les pas d'une de ces créatures. Son seul plaisir était d'imaginer ces longues filles alanguies, livrées au plaisir, et ce perpétuel va-et-vient autour de leur corps.

En se rapprochant à cause du brouhaha, Emma expliqua que la Boule-d'Or n'avait guère changé depuis 1912, et la courte période où elle l'avait fréquentée.

— Seule ? s'étonna Léon.

— J'y venais avec une amie, une cousette de chez Nadaud, avec laquelle je m'étais liée d'amitié. Elle allait souvent chez Madel pour y confectionner des vêtements sur mesure.

Léon découvrait un pan caché de son existence. Bien sûr, il n'ignorait pas qu'elle avait déjà été placée chez le notaire. Mais il ne s'était encore jamais interrogé sur cette période de sa vie. Peut-être parce qu'il ne savait rien jusqu'alors de la ville et de ses mœurs. Il essaya d'imaginer ce qu'avait pu être le séjour d'Emma à Brive, alors qu'elle n'avait que dix-neuf ans et qu'elle sortait tout juste de sa campagne. Un séjour, du reste, assez bref.

— Tu m'as jamais beaucoup parlé de ce temps-là, dit Léon.

— Que veux-tu que je t'en dise ?

— Pourquoi t'es pas restée chez Madel ?

Le visage d'Emma s'assombrit.

— Je faisais juste un remplacement.

— Un essai, fit Léon, qui n'a pas été concluant.

Elle se recula sur sa chaise et promena son regard sur les couples rieurs, sur la valse incessante des garçons de café zigzaguant entre les tables. Confusément, Léon sentit qu'elle lui cachait quelque chose. Et, à la seconde, il se rappela ce que lui avait dit le vieux Pradelier sur sa fille lorsqu'il avait fait sa demande en mariage.

— Ton père m'a expliqué, lança Léon, que tu avais trop d'orgueil en toi. Je m'en souviens comme si c'était hier.

Le regard d'Emma revint se poser sur la table. Elle conservait la tête baissée et un peu de rouge lui était monté aux joues. Cette canaille de Pradelier lui aurait donc tout raconté ? se demanda-t-elle. Pour se venger, pour souiller encore un peu plus sa malheureuse fille... Après un instant de panique, la raison reprit le dessus. Non, se persuada-t-elle, cela ne peut pas être. Où Léon aurait-il puisé la force de ne jamais m'en parler ? Elle le regarda dans les yeux, intensément, et à le voir ainsi, placide, elle comprit qu'il ne savait rien sur ces mois de 1912 à Brive et qu'il n'en saurait jamais rien, quoi que lui coûtât ce silence.

— Trop d'orgueil ! soupira-t-elle. Trop d'orgueil. Mon père en manquait, lui, singulièrement. Sinon, il se serait un peu moins adonné à la boisson. Il était ivre du matin au soir, même le jour de l'enterrement de ma mère. Sur le bord de la fosse, il ricanait comme un diable. Même que tout le monde était gêné pour nous.

— L'orgueil, fit Léon qui poursuivait son idée, l'orgueil t'a coûté ta place chez Madel en 1912. Il s'est passé quelque chose que tu ne veux pas m'avouer.

— Qu'est-ce que tu racontes ! s'écria Emma.

— On t'a remerciée. Voilà la vérité ! Mais cette fois, t'as compris la leçon. T'as compris qu'il faut courber l'échine devant le maître. Et nous la courbons, diable oui, nous la courbons !

Devant ce genre de sentence, Emma Goursat s'avouait désarçonnée. Il n'y avait rien à ajouter, sinon recommencer, sempiternellement, à battre en brèche ce pessimisme qui le possédait depuis que l'horizon de Lavialatte n'était plus devant ses yeux. Aussi, elle se sentit prise d'une grande fatigue et souhaita rentrer. Léon la suivit, résigné, alors qu'il commençait tout juste à s'habituer à l'animation du café.

Dans la rue, chemin faisant, elle s'accrocha à son bras. Depuis que Madel lui avait fait des avances appuyées, elle se sentait plus proche de son mari. Encouragé par ce mouvement de tendresse, Léon lui passa le bras autour de la taille. Un frisson les parcourut et ils s'enlacèrent, comme cela ne leur était sans doute jamais arrivé, aussi spontanément. Cette étreinte les laissa sans voix durant de longues minutes. Il y avait dans leur geste un mélange de désir et d'angoisse.

Avant de franchir la porte de derrière qui s'ouvrait sur les écuries et l'allée conduisant à l'hôtel particulier des Madel, Léon vint lui chuchoter quelques mots à l'oreille. Comme elle n'était pas certaine d'avoir bien compris, elle lui demanda de répéter ce qu'il venait de murmurer.

— Oui, marmonna Léon, je voudrais un enfant de toi. Un garçon. Et nous l'appellerons Clément. Clément, comme mon malheureux frère.

4

La mort dans l'âme, Marcellin Bascompt prit rendez-vous avec le notaire qui avait en charge la vente du repaire de La Coutance. En vérité, l'homme n'aimait point qu'on lui force la main. Mais il savait qu'il ne pourrait pas résister longtemps à Olivia, sans risquer de la perdre.

Pourtant, après l'avoir quittée au retour de la fameuse visite à La Coutance, tandis qu'il s'en retournait à Galiane-sur-Sévère, il avait presque eu envie de renoncer à elle. Pour la première fois. La coquine veut te plumer avec son petit bijou, se répétait-il. Mais le vieux Marcellin ne se laissera pas berner. Cette fille a trente ans de moins que toi. Que pourra-t-elle t'apporter à long terme ? D'autant que les jours de cette folle passion, aussi forte soit-elle, te sont comptés. N'est-il pas temps d'y mettre fin ? Mais, à l'instant de reparaître devant Aloïse, il fut pris de doute. La perspective de ne jamais revoir Olivia lui parut être la plus cruelle des solutions.

Le jeudi, rompu et brisé, à bout de nerfs, il commanda à son cocher de le conduire à Brive.

Pour Alexandre Madel-Bourgon, l'homme de Galiane n'était pas un inconnu. Il avait eu à traiter ses affaires avant guerre, à l'époque où son père dirigeait encore l'étude, lorsque la famille Bascompt avait décidé de placer son argent dans la terre. Il se souvenait encore avec quelle rapacité ce jeune loup qui rentrait d'Algérie, les poches garnies d'argent frais, avait dépouillé de Jandelles.

Aussi, lorsqu'il franchit la porte de son étude, un rictus s'afficha sur son visage. Marcellin Bascompt portait un large chapeau de feutre gris et un foulard de soie blanc passé autour du col. Madel contourna son bureau, hésitant à venir lui serrer la main. Puis il se décida à lui offrir un fauteuil. Le visiteur s'assit du bout des fesses.

— Je suis venu pour acquérir le lot sis à La Coutance, lança-t-il d'un ton abrupt.

La demande parut si directe que Madel en resta décontenancé. Il s'attendait plutôt à quelque entrée en matière polie et floue. D'ordinaire, ses clients restaient un certain temps dans le vague. Par ce moyen, ils croyaient mettre un peu d'huile dans le rouage des négociations. Pour reprendre l'avantage, le notaire feignit de ne plus se rappeler de quoi il s'agissait.

— La Coutance, ajouta Bascompt que cette hésitation agaçait déjà, cette bicoque perdue dans la cambrousse, au sud de notre bonne ville, parmi les bois de pins et de chênes.

— Une bicoque ? répéta Madel. Je ne vois pas.

— Mon amie, qui veut y demeurer par un de ces caprices que l'on pardonne volontiers, m'a chargé de conduire les transactions. Elle m'a indiqué votre cabinet. Je ne crois point faire erreur, assura Marcellin du ton supérieur qui lui avait valu tant d'ennemis dans le passé.

— La Coutance ? interrogea Madel. Vous voulez parler de cette ancienne demeure XVIIIe où naquirent les de Fanlhac, une illustre famille de négociants en vins de Bordeaux ? Mais ce n'est point une bicoque, comme vous dites. Pensez donc, douze hectares de terre alentour, d'un seul tenant. Les propriétaires actuels, ne demeurant plus en Corrèze, ont décidé de la vendre, à contrecœur, je vous le dis tout de suite. On ne se sépare pas d'une telle propriété sans regret.

— J'espère que nous parlons de la même chose, car ce que j'ai visité avec mon amie m'a tout l'air d'être abandonné depuis fort longtemps. Les lézardes, larges comme le poing, endommagent les murs de haut en bas. Les escaliers des étages sont vermoulus. Sans parler de la toiture. Il pleut à seaux dans les combles. En un mot, trancha-t-il d'un moulinet de canne en direction du notaire, je vous en donne huit mille francs.

— Avec les douze hectares de terre ! s'écria Madel. Vous êtes fou, mon ami.

— La terre, la terre, on n'entend parler que de ça de nos jours. Vous pouvez la garder. Laissez cela à nos braves paysans. Encore que je ne sache point ce qu'ils pourraient faire pousser sur un sol si pauvre. La vigne, me direz-vous ? La vigne ! Nous nous en relevons à peine de cette calamiteuse affaire. Peut-être n'est-ce bon que pour la jachère.

Le notaire, appuyé sur le bois de son bureau, se sentait prêt à livrer bataille.

— Nous nous connaissons, fit-il. Notre cabinet a eu à régler, dans le passé, les ventes des de Jandelles.

— Vraiment ? Je n'ai point gardé souvenir de votre visage. Ah oui, ajouta-t-il en parcourant du regard la pièce, je suis déjà venu ici. Peut-être ai-je eu affaire à votre père ?

— Sans aucun doute. Désormais, c'est moi qui dirige cette étude.

— Vous m'en voyez bien heureux, soupira-t-il en inclinant la tête.

— Pour en revenir à notre affaire, votre

offre de huit mille francs relève de la pure fantaisie.

— Pourtant, je n'ai guère plus à y mettre. Avec les réparations, cela me doublera le coût.

— Votre amie, si je ne me trompe, a grand désir de ce joyau ?

Marcellin Bascompt dressa la tête.

— Vous la connaissez ? Par quelle sorte de hasard ?

— A Brive, tout se sait. Mademoiselle Olivia Lacamp, il s'agit bien d'elle, n'est-ce pas ?... Un beau brin de femme...

— Fort jolie femme, acquiesça Marcellin, fier comme un coq.

— Mademoiselle Lacamp, reprit Madel, est passée récemment à notre étude pour s'informer du prix de cette propriété. Cette personne si charmante m'a paru sans le moindre sou. Est-ce que je me trompe ? Il s'agirait là d'une sorte de cadeau que vous lui feriez...

— Il y a les gens fortunés et les autres, s'impatienta Marcellin Bascompt en croisant et décroisant les jambes. Tel va le monde. Le désir est du côté des autres, savez-vous. Car les gens fortunés ont déjà tout, ou presque tout ce qu'ils désirent. Mais au-delà de la fortune, il y a les passions. Et les passions, les véritables, sont hors de prix.

— Et votre amie, compléta le notaire, appartient à la catégorie des gens pour qui les passions ne sont que désirs insatisfaits.

— Bravo. Vous avez tout compris.

— Alors, l'interrompit Madel, ce ne sera pour vous qu'une simple formalité d'aligner trente mille francs pour cette misérable bicoque.

Il y eut dans les yeux du notaire un éclair de gourmandise. Car il lui sembla, à la seconde, avoir ferré son poisson et tenir enfin cet orgueilleux au bout de sa ligne. Bascompt se leva d'un seul mouvement.

— Je vous mets dix mille francs sur la table et nous signons l'acte de propriété.

Le visiteur tenait une grosse enveloppe de toile bistre dans laquelle était fourrée une liasse de billets.

— Non ! Ce sera trente mille ou rien.

Bascompt se laissa retomber sur son siège.

— Soyons sérieux.

— Je le suis. Du reste, je possède ici, dans un tiroir de mon bureau, une promesse de vente signée par un de vos concurrents. Une promesse pour trente mille francs.

— Pour cette bicoque ?

— Comme vous dites.

— De qui est-elle donc ?

Madel dodelina de la tête. C'était une attitude de pure forme, car il avait déjà entrouvert son tiroir. Et il ne lui fallut qu'un petit mouvement de la main pour que le papier atterrisse sur le cuir du bureau.

Bascompt pointa sa canne vers le notaire.

— Vous bluffez ! accusa-t-il. Nous ne sommes point au Cercle ici.

— Ah, monsieur, comme vous me connaissez mal. Je ne fréquente pas ce milieu. Je déteste le jeu.

— Vous avez tort. C'est grisant. Cela fouette le sang. Je veux voir votre jeu, comme l'on dit au poker. Voir si vous bluffez !

— Vous voulez savoir de qui est cette

promesse. J'accepte de vous le révéler, car je sais que vous emporterez la décision. Vous ne consentirez point à vous laisser prendre l'avantage. Ai-je raison ?

— Oui, admit Bascompt.

Le notaire déplia délicatement la feuille et parut chercher des yeux la large signature qui barrait le bas de la page.

— Roland Maluzier, murmura-t-il.

Il répéta le nom devant son client éberlué, médusé. Cette révélation lui faisait l'effet d'un coup de poignard.

A peine sorti de chez Madel, Marcellin courut vers la place Saint-Benoît. Il grimpa quatre à quatre les marches et vint heurter, haletant comme une bête traquée, la porte d'Olivia. Il attira ainsi l'attention de la concierge, qui surgit dans la cage d'escalier. La grosse femme le biglait derrière ses épais lorgnons de myope.

— Mademoiselle Lacamp est sortie, lança-t-elle en faisant osciller ses cent vingt kilos.

Et elle le gratifia d'un tel sourire que Bascompt frissonna.

— Elle était seule ?

La bonne femme répondit par une moue énigmatique. Il s'approcha en lui tendant une pièce.

— Cela aidera-t-il à vous délier la langue ?

— Elle était seule, en effet. Mais cette chère petite Olivia est toujours seule, ajouta-t-elle d'une voix mielleuse.

Bascompt haussa les épaules. Même en lui donnant ma fortune, je n'en tirerais guère plus. Punaise ! Punaise de sacristie, maugréa-t-il en regardant la petite croix dorée qui roulait sur ses gros seins moirés de sueur.

La jalousie lui vrillait l'estomac et les propos pour le moins ambigus de la concierge n'arrangeaient rien. Au pas de charge, il gagna la rue Lamartine et sonna à l'immeuble Barboutie. Le gardien eut à peine le temps d'entrouvrir la porte que déjà le visiteur s'engouffrait dans l'entrée, sans même s'annoncer, ce qui était un comble d'insolence et contraire aux règles du Cercle.

Dans la salle de jeu, il y avait juste Julien Lapeyre qui sirotait un cognac au comptoir.

Quand il aperçut son ami dans tous ses états, la mise défaite et l'air hirsute, il s'approcha de lui. Et ensemble, bras dessus bras dessous, ils glissèrent dans le fumoir où ils seraient plus à l'aise pour discuter.

— Que se passe-t-il, vieux ? Tu en fais une tête, dit Lapeyre en desserrant sa cravate de soie à chevrons.

— Je cherche Olivia.

— Mais ce n'est pas ton jour. Nous sommes jeudi.

— Il n'y a pas de jour qui tienne.

Julien Lapeyre rajusta l'écharpe de soie de son ami, car il était ainsi fait, cet homme de bonne compagnie, attentif à la coquetterie, toutes les coquetteries, les siennes comme celles des autres. Il lui arrivait souvent, du reste, de s'appliquer à formuler des réflexions sur la tenue vestimentaire de ses proches. C'était sa manière d'aimer son prochain, cette attention maniaque.

— Marcellin, fit-il en levant la voix sur un ton de reproche, tu n'es pas né d'hier. Tu te doutes bien que ta chère Olivia possède son jardin secret.

— Son jardin secret ? ricana Bascompt.

Qu'est-ce que ça signifie ? Olivia est comme une fleur. Et la nature lui a donné les plus belles parures. Voilà tout. Elle est façonnée pour l'amour, comme les fleurs sont faites pour orner les vases de nos somptueuses demeures.

— Justement, ajouta Lapeyre. Tu n'es pas le seul homme dans sa vie. Mais je ne t'apprends rien. Du vendredi au lundi, chaque semaine, tu règnes sur son existence. Elle est tout entière à toi. Et le reste du temps, d'autres princes jouissent de ses faveurs.

Marcellin Bascompt baissa la tête. C'était le genre de vérité qu'il n'avait pas envie d'entendre. Il avait les mâchoires tellement crispées qu'il n'arrivait pas à prononcer un mot.

Son ami n'en croyait pas ses yeux. D'où lui venait, soudain, cette jalousie qui le submergeait ? Alors, il se mit en tête de l'interroger. Sans succès. Marcellin gardait le silence. Je le croyais au-dessus de ça ! se dit Julien Lapeyre, il m'a toujours paru bien assis sur ses hauteurs, hors de portée de ces misérables coups au cœur. Comme quoi, on ne connaît jamais assez le fond de l'âme humaine.

— Sais-tu où je peux la voir ? Là, sur-le-champ…

— Je ne te le dirai pas, répondit Lapeyre. Du moins, pas tant que tu es dans cet état.

— Olivia a un amant, fit-il la voix cassée. Sais-tu de qui il s'agit ?

Julien Lapeyre hocha la tête.

— Ça ne te fera pas plaisir. Pourtant, ça devrait t'amuser. Du moins, jusqu'à cet instant, je pensais que cela aurait pu te faire rire de la partager avec ce…

Il s'interrompit devant le mouvement de douleur de Bascompt. Puis il poursuivit :

— Il est des apparentements qui ne s'inventent pas. Et je crois qu'on peut tirer quelque fierté d'être l'amant d'Olivia. Du moins, à Brive, ça se porte plutôt bien cette saison. Il serait même singulier d'ajouter ça sur une carte de visite. Marcellin-Aimé Bascompt, ancien gouverneur adjoint des Affaires algériennes, administrateur de la Compagnie générale transatlantique, chevalier de la Légion d'honneur, amant d'Olivia Lacamp…

C'était là un trait d'humour que Marcellin eût sans doute apprécié en d'autres circonstances. Mais là, il se détourna avec cette fureur dans l'œil que Lapeyre connaissait bien. La porte-fenêtre entrouverte donnait sur un balcon qui dominait l'avenue Lamartine, très fréquentée à ce moment de la journée. Marcellin, les coudes sur le rebord de la balustrade, observa l'agitation qui régnait dans la rue. Julien vint se poster derrière lui, les mains dans les poches de son veston de toile.

— Tu ne veux même pas savoir où en sont nos tractations avec le gagne-petit ? Les huit heures, les conventions collectives, on n'en sort plus. Clemenceau nous a foutus dans la mistoufle. Le vieux mène le pays à la cravache et conduit un Parlement qui n'a plus de légitimité depuis le printemps 1918.

— J'appartiens à l'ancien monde, fit Bascompt d'un ton amer. Toutes ces questions m'indiffèrent. Ce siècle sera celui des bureaucrates. Et le nouveau catéchisme, le pacte social. Chaque corporation aura son syndicat. Ça nous donnera des négociations à n'en plus finir entre le patron et ses employés. La paye, les heures chômées, les rythmes de travail, on ne parlera plus que de ça. L'esprit social contaminera tous les corps de l'Etat. Avec les échéances électorales et la peur du suffrage universel, on est assuré que la démagogie sera le plus noble exercice de nos futurs politiciens.

Il se retourna, l'air accablé.

— Qu'ai-je à faire, moi, Marcellin Bascompt, de tout ça ? J'ai vu naître tous les rêves coloniaux : le Tonkin, le Congo avec Brazza, le destin tragique de la mission Flatters, la prise de Lang Son, le scandale de Panamá, Joffre à Tombouctou, la crise de Fachoda, Madagascar, énuméra-t-il, et le Tchad, et la conférence d'Algésiras, et la crise d'Agadir... Tout ça va partir en quenouille, peu à peu, parce que la France est contaminée par l'esprit social. Bientôt, le Français ne rêvera plus que de donner des leçons de philosophie au monde sur l'égalité, la fraternité entre les peuples et la Déclaration des droits de l'homme, tandis que nos intérêts passeront dans d'autres mains.

Puis, d'un pas décidé, il traversa les salons du Cercle. Julien l'accompagna dans le couloir.

— Marcellin ! On se retrouve ce soir au Chêne-Fleuri ?

Bascompt rajusta son chapeau devant la glace.

— Tu n'es plus l'ami que je croyais.

Lapeyre tenta de le retenir par la manche. Mais il s'était déjà jeté dans l'escalier qu'il dégringola à toute allure.

A la tombée du jour, Marcellin trouva enfin Olivia, alors qu'elle rentrait chez elle. Il bondit sur elle, par surprise, ses grands bras l'enfermant comme dans un étau. Puis, de force, il la traîna au pied de l'escalier, sous l'œil amusé de la concierge.

A peine la porte du petit appartement refermée, une gifle l'atteignit en plein visage. Olivia se laissa tomber sur le lit, les jambes repliées sous elle, pelotonnée comme un animal blessé.

— Tu as un amant ! cria-t-il. Et je sais de qui il s'agit.

Elle souleva son visage à moitié caché par sa chevelure en désordre.

— Maluzier ! hurla-t-il. Roland Maluzier.

Olivia ne répondit pas.

— C'est cette raclure, cet embusqué, qui a monté l'affaire de La Coutance. Tout ça, parce que j'avais une dette de jeu envers lui. Il s'est vengé de cette façon. Quelle jolie pute tu fais, ma belle ! Comment ai-je pu croire que tu voulais acquérir cette bicoque ? Une fille de ton espèce n'a pas ce genre de goût. Tu n'es qu'une de ces jolies plantes qui poussent dans le fumier. Quand la saison des fleurs aura passé, que tes atours se seront étiolés, alors, ma jolie, tu retourneras là d'où tu n'aurais jamais dû sortir.

D'un geste, il défit la ceinture de cuir qui lui ceignait la taille. Et il se mit aussitôt à la fouetter avec une application maniaque, visant jambes et cuisses. Alors qu'elle tentait de lui échapper, il bondissait sur elle comme un fauve, ajustant ses tirs avec une précision démoniaque. Quand Olivia, épuisée de douleur, alla se recroqueviller dans l'angle de la chambre, il la retourna de la pointe de la botte pour mieux voir son visage baigné de larmes.

— Vieux salaud ! lança-t-elle.

— Tiens ! fit-il en lui glissant entre les dents le titre de propriété. Voici la récompense de ta trahison. Un Bascompt, ma petite, n'a qu'une parole.

Le mardi était jour de grande lessive. Emma Goursat chargeait sa charrette à bras et s'en allait vers la Corrèze par le pont Gambetta. Du parapet, on distinguait sur la rive droite une interminable enfilade d'auvents accolés les uns aux autres, comme un village miniature. Vues d'en haut, les toitures basses, soutenues par des pilotis, semblaient flotter sur la rivière comme ces cités asiatiques dont elle avait vu des photos dans son livre de géographie. C'était un assemblage marron et gris en tuiles et ardoises, parfois ponctué de tôles rouillées, qui s'étendait tout le long de la rivière jusqu'au Verdant, paradis des pêcheurs et des baigneurs. Dès son retour à

Brive, elle avait flâné avec Léon le long de cette berge ombragée qui descendait en pente douce vers la Corrèze, où les familles pique-niquaient sur des carrés de toile multicolore.

Par le petit sentier jouxtant le tablier du pont Gambetta, Emma aborda la rue des Lavoirs. Une foule de matrones s'affairait devant une montagne de mousse. Cette écume glissait peu à peu dans la rivière et le courant l'emportait en formant comme des îles flottantes. D'une poigne vigoureuse, les lavandières envoyaient leurs paquets de linge vers l'eau claire, pour les ramener une fois rincés. Cris et rires se répondaient d'un lavoir à l'autre. Parfois, les femmes se mettaient à deux pour torsader des chandelles de draps. Emma gagna un des emplacements encore libres à cette heure matinale. Depuis qu'elle venait ici faire la lessive des Madel, elle avait fini par imposer sa présence à ses rudes voisines qui avaient tendance à se considérer en territoire conquis. Ce droit, elle l'avait gagné de haute lutte par des prises de bec féroces. On observait avec méfiance cette étrangère aux manières de campagnarde et au langage châtié, qu'on avait surnommée « la Madelonne », dérivé de Madelon, le surnom du notaire de Brive. Ces trivialités laissaient Emma indifférente. Elle ne se sentait rien de commun avec ces matrones excitées qui déambulaient d'un lavoir à l'autre pour bavarder.

La patronne avait bien recommandé de séparer son linge de celui des domestiques, ils ne devaient en aucun cas entrer en contact, comme si, disait Léon, les riches et les pauvres n'étaient pas faits de la même chair. Sans doute, leur crasse n'avait-elle pas la même odeur. La sueur d'un riche exhalait un fumet plus subtil, un relent aigrelet de cosmétique, alors que celle du domestique était d'un tout autre calibre, une suée lourde et âcre, une suée de grande fatigue. Quand elle eut déversé le gros linge dans le bac, elle dispersa dans l'eau cette poudre blanche que lui avait donnée sa maîtresse en lui recommandant d'en user avec économie. Une mousse abondante se répandit. Il suffisait d'attendre que cette chimie imprégnât le tissu. Ensuite, il n'y avait plus qu'à frotter le linge pour en faire exsuder la crasse. Cette potion miracle avait la vertu de rendre le linge blanc. On était bien loin de l'eau de cendres que l'on utilisait à la campagne. Cela donnait aux draps de lin une teinte vieil ivoire et une odeur d'âtre bien caractéristique. Emma se souvenait encore des longues préparations avant le grand jour. Dans le voisinage, il n'y avait pas une seule famille qui ne conservât au cellier un lourd cuvier de cette solution laiteuse. En garnissant de cendres un sac de jute que l'on faisait macérer on obtenait cette eau troublée. Bien souvent, elle avait vu sa mère en larmes devant les montagnes de linge sale, traînant les panières au lavoir de la fontaine, éreintée par la charge, les mains gercées par le froid.

A peine Emma revenue à la buanderie de l'hôtel Madel-Bourgon, Fanchon vint l'avertir qu'une personne voulait la voir. Elle se rendit directement dans la salle d'attente où sa visiteuse patientait. C'était Marie-Louise Dupeyron, la propriétaire du château de La Nadalie où était employée la fille Goursat.

— Je viens vous parler d'Anaïs, fit-elle à brûle-pourpoint.

— Léon est en ville, l'interrompit Emma. Il n'a pas encore fini son service.

— Pour ce que j'ai à vous dire, c'est mieux ainsi.

Madame Dupeyron portait un ample chapeau de paille sur lequel étaient accrochées des cerises de fantaisie. Comme elle avait abusé de la poudre de riz, ses pommettes roses ressortaient au milieu de son visage blême et un mince trait de rouge à lèvres contrastait étrangement avec la gravité générale qui émanait de sa figure.

Emma l'invita à s'asseoir. Elle posa près d'elle son ombrelle à fleurs faite du même tissu que son corsage. Marie-Louise Dupeyron, pour ce qu'en savait Emma ou ce qu'elle en avait entendu dire, ne sortait que très rarement de son domaine retiré au milieu de la forêt de La Gane. Elle y vivait la plupart du temps en négligé, comme une paysanne, s'occupant de son armée de lapins, allant elle-même couper dans les champs les carottes sauvages dont ils étaient friands. Ses rares sorties étaient l'occasion, comme ce jour-là, de montrer ses antiques vêtements d'une excentricité totale. C'était un trait d'originalité dont on parlait avec ironie à Galiane-sur-Sévère. Marie-Louise s'habillait comme à l'âge de vingt ans. Les années avaient si peu déformé son corps qu'elle n'avait pas éprouvé le besoin de renouveler sa garde-robe.

— Ce que j'ai à vous dire est assez grave, ajouta-t-elle en baissant les yeux. Anaïs est au plus mal.

Emma porta les mains à son visage. Dès qu'il s'agissait de sa belle-sœur, elle nourrissait les plus vives inquiétudes. Pourtant, dans la famille, on avait fini par s'habituer à sa maladie qui, au fil du temps, était devenue comme une seconde nature. Le vieux Goursat avait interdit qu'on en parle. Pour les gens de la campagne, la maladie relevait plus de la tare que de la malchance. C'était un opprobre jeté sur la famille, une tache honteuse qu'on devait cacher.

— Au plus mal ? répéta Emma. Vous voulez dire…

— D'après le docteur Lagier, quelques jours. Une semaine au plus.

Emma poussa un cri qui traversa le couloir.

— Anaïs crache de plus en plus de sang. Ses poumons sont dévorés. Il ne lui reste plus qu'un malheureux petit souffle qu'elle va chercher tout au fond de sa poitrine. Notre médecin dit que c'est comme une chandelle à la flamme vacillante. Dans les dernières heures, il y aura un mieux. Et ce sera fini.

Un long silence s'installa entre les deux femmes qui n'osaient se regarder. Emma pleurait doucement dans ses mains.

— Nous le savions, dit-elle en reniflant, nous savions qu'elle était prise. Mais nous n'imaginions pas que ça irait aussi vite. Nous nous disions : Elle est heureuse dans cette place. Elle a trouvé de bons maîtres qui acceptent de l'employer malgré sa santé fragile. Nous pensions que ça durerait longtemps ainsi, dans une sorte d'état stationnaire.

Marie-Louise Dupeyron lui lança un regard si dur qu'Emma détourna les yeux.

— Cela fait des années que cette pauvre enfant est malade. Des années durant lesquelles rien n'a été tenté pour la soigner. On a laissé le mal tracer son chemin. Lorsque nous l'avons prise à notre service, par pitié, vous avouerai-je, madame, par pure pitié, car nous n'attendions rien de cette malheureuse petite, si souffreteuse, si faible, c'était déjà trop tard. Nous avons juste essayé d'adoucir les deux dernières années de son existence.

— Mon beau-père connaissait depuis 1913 le mal dont sa fille est atteinte. Le docteur Lagier lui avait expliqué de quoi il retournait. Mais, lorsque les quintes de toux la prenaient et qu'elle criblait son mouchoir de taches rosâtres, tout le monde à Lavialatte détournait les yeux. Pour la soigner, il aurait fallu vendre les vaches, la terre peut-être, beaucoup de terre. Auguste ne l'aurait jamais accepté. C'était là tout ce qu'il avait amassé durant son existence. Devant ça, la vie de sa fille ne comptait pas. Dans cette famille, il n'y avait que Pierre qui comptait, celui qui a été tué en 1918, huit mois avant l'armistice. Le vieux

Goursat voyait en lui le digne héritier de Lavialatte.

— C'est une honte, des chrétiens pareils ! s'écria madame Dupeyron.

— Vous ne pouvez pas les juger aussi durement, répliqua Emma. Voyez-vous, madame, il est plus facile d'être généreux quand on est riche comme vous l'êtes. Les petites gens n'ont que leur cœur à donner. Et c'est peu de chose devant une telle maladie. Le vieux Goursat devait choisir entre préserver le peu qu'il avait et s'en dessaisir pour une guérison hypothétique. Peut-être qu'il a eu raison. Peut-être que toute cette dépense n'aurait servi à rien. Et qu'à la fin Lavialatte aurait été sacrifié en pure perte. Ce sont les marchands de biens qui se seraient amusés. Où se trouve leur cœur, à ceux-là ? Plutôt du côté du portefeuille. Le vieux Goursat n'y aurait gagné que la tranquillité de sa conscience. Oh, madame, chez nous, les gens de la campagne, c'est un luxe qu'on ne peut pas s'offrir. Du reste, Anaïs n'aurait jamais accepté qu'on sacrifie le moindre sou pour elle. Je la connais tout autant que vous.

A douze ans, d'après mon mari, elle rêvait d'entrer dans les ordres.

Emma fut elle-même surprise de la virulence avec laquelle elle prenait la défense du vieux Goursat. Cette passion pour une terre qui ne lui inspirait que du dégoût l'étonna. Après tout, se dit-elle, qu'ai-je besoin de défendre le propriétaire de Lavialatte ? Il en ferait bien moins pour moi. De surcroît, c'est apporter de l'eau au moulin de Léon que la nostalgie de Galiane torture jusque dans son sommeil. Mais ce sont les miens, songea-t-elle en regardant ses mains abîmées par la lessive. Et je ne peux que les soutenir, faute de les aimer.

Madame Dupeyron, qui n'avait aucune idée de son bonheur, se garda bien d'ajouter le moindre mot. La petite bru est des leurs, pensa-t-elle, alors que je la croyais de mon côté. Les barbares de Lavialatte ont fini par lui dévorer la raison.

— Emma, reprit-elle d'un ton pincé, il faudrait que vous avertissiez votre beau-père Auguste. Car je ne parle point à cet homme depuis belle lurette. La dernière fois que j'ai eu l'occasion de m'entretenir avec lui, il m'a agonie d'injures et m'a accusée de me mêler d'affaires qui ne me regardaient pas.

— Je vais en parler à mon mari.

— Bien sûr. Et vous m'aviserez de ce qu'il convient de faire.

Madame Dupeyron laissa s'installer un long silence, car elle ne savait pas comment aborder la suite.

— D'après ce que j'ai pu comprendre, dit-elle enfin, notre petite Anaïs ne souhaite pas mourir à Lavialatte...

Le mot terrible déclencha de nouveau les pleurs d'Emma.

— Du reste, ajouta madame Dupeyron, là-bas, il n'y a même pas une chambre décente pour la recevoir, si d'aventure son misérable père consentait à l'accueillir. Quand notre petite aura rendu l'âme, il serait pourtant préférable de faire conduire son corps là-bas. Les gens de notre village ne comprendraient point qu'il en fût autrement. Si son père lui a refusé les portes de Lavialatte de son vivant, peut-être les lui ouvrira-t-il, une fois qu'elle sera morte ?

Emma se tourna vers la fenêtre qui

donnait sur le parc. Les tilleuls bruissaient sous le souffle brûlant de juin. Et le ciel, par-dessus les toits des maisons, était immensément bleu, vide de tout nuage. Elle n'avait plus la force de pleurer. Tout était dit maintenant. Madame Dupeyron se leva de son siège et agita son ombrelle qu'elle ouvrirait en atteignant la zone de lumière près du portail.

Sur le pas de la porte, elle ajouta avant de partir :

— Nous paierons les frais. Nous devons bien ça à notre petite Anaïs.

TROISIÈME PARTIE

Retour à Lavialatte

1

Le 10 juillet au matin, Joseph Duprat, maire de Galiane-sur-Sévère, invita la population du village à la pose de la première pierre du futur monument consacré à la mémoire des morts de 1914-1918.

On avait longuement hésité, tergiversé, sur le choix de l'emplacement. Cette question avait même divisé le bourg. Certains membres du conseil municipal avaient défendu l'idée qu'on l'inclût dans l'enceinte du cimetière. Mais la majorité de cette assemblée, rangée du reste derrière son maire, estimait que ce monument devait être placé au cœur du village, en un lieu qui permettrait à la population de l'avoir constamment sous les yeux pour que chacun se rappelle le sacrifice des enfants de Galiane tombés au champ d'honneur. On décida donc de l'ériger au beau milieu de la place. Mais la nouvelle souleva des tempêtes et le curé Loupiac prit la tête de cette croisade. En bordure de la place, il y avait déjà un calvaire. Aussi, le bonhomme d'Eglise vit-il là un mauvais coup des antéchrists. Mettre côte à côte ces deux monuments, l'un sacré et l'autre forcément païen, était à ses yeux un crime contre Dieu. « Où irons-nous ensuite, mes chers frères et sœurs, faire bénir notre buis aux Rameaux quand cette place sera envahie par ce monument ? » Le maire, qui assistait à l'office, demanda la parole. Et il eut un mot de génie pour vilipender l'attitude du prêtre, un mot qui jeta l'assistance dans l'embarras : « Les enfants de la République ne sont-ils pas les enfants de Dieu ? »

Après la messe, le curé demanda une entrevue à Duprat au cours de laquelle il expliqua d'un ton passionné qu'un tel ouvrage ne se justifiait en rien, qu'il serait à n'en pas douter une sorte de temple païen pour les républicains anticléricaux, semblable à ceux que l'on avait érigés au lendemain de la Révolution française pour célébrer la naissance de la République.

Pour mettre un terme à ces palabres, Louise Bournat, la propriétaire de l'épicerie-café, proposa de céder gracieusement un emplacement situé près de son commerce. Il s'agissait d'un jardinet donnant directement sur la place, que son mari avait cultivé avant d'aller se faire tuer dans la Marne en 1917. Ce don calma les esprits. Désormais, calvaire et monument aux morts se feraient face, certes, mais à une distance jugée respectable par chaque camp. Le curé Loupiac accepta, de mauvaise grâce, cette solution, surtout lorsqu'il se fit rappeler à l'ordre par l'évêque de Tulle, en visite chez les Bascompt quelques jours avant la fameuse cérémonie. Ce dernier lui suggéra même de bénir la première pierre.

— Ainsi, protesta l'ecclésiastique à la fin du repas, on me fait des histoires pour un malheureux monument aux morts. De quoi s'agit-il, à votre avis ? D'une mode propre aux indigènes de cet estimable village ? Partout en France, on va dresser ces stèles qui porteront, gravés dans la pierre ou dans le marbre, les noms de tous ces malheureux tombés pour la France.

Marcellin Bascompt, tout en tirant sur son gros cigare, s'amusait de ce débat, lui qui avait donné jusqu'à cinq mille francs pour ce fameux monument. Il s'accota au dossier du fauteuil et ajouta :

— Votre petit curé, monseigneur, est un sacré dur. Pourtant, nous ne sommes plus à l'époque des inventaires où il fallait dresser les paroissiens contre les mairies.

Puis, se tournant vers Loupiac, il poursuivit :

— Je sens là, mon père, quelque pointe de nostalgie. On ne se résigne pas à abandonner les bonnes vieilles querelles, persifla-t-il en jetant un regard appuyé en direction de sa femme, car il était visible que c'était elle qu'il voulait atteindre par cette saillie.

L'évêque tirait sur son cigare, s'auréolant d'une fumée bleue qui flottait doucement dans le paisible salon dont on avait ouvert les fenêtres en grand pour faire entrer l'air frais du soir.

— Vous feriez grand plaisir à Notre-Seigneur Jésus-Christ, intervint l'évêque du ton calme et patelin des jésuites qui l'avaient formé, si vous bénissiez cette première pierre, ainsi que les drapeaux que l'on vous présentera.

Aussi quel ne fut pas l'étonnement des gens de Galiane quand ils virent près du nouveau chantier, ce 10 juillet au matin, leur curé en chasuble et le goupillon à la main. Quelques ricanements fusèrent de droite et de gauche, vite étouffés par la solennité du moment. Toutes les mères et les veuves en deuil étaient alignées devant la première pierre perdue au milieu de monticules de terre retournée. L'Union des anciens combattants, qui venait d'être créée à Augeat en toute hâte, avait dépêché ses porte-drapeaux, qu'on avait disposés face à l'assistance. Et bien sûr, toutes les familles de Galiane-sur-Sévère étaient représentées. Marcellin Bascompt était au premier rang. Joseph Duprat, le maire de la commune, commença par énumérer la longue liste des morts. Le seul rappel de ces patronymes raviva les douleurs et déclencha des crises de larmes et des jurons étouffés. Chacun revoyait les visages emportés dans la tourmente, tout le monde avait encore en mémoire les silhouettes qui avaient joué à cache-cache ou aux gendarmes et aux voleurs dans les ruelles du village.

Joseph Duprat se tourna ensuite vers son voisin pour le remercier. Marcellin-Aimé Bascompt, c'était lui le bienfaiteur de la commune, sans lui la stèle n'eût jamais vu le jour. Car les cinq mille francs qu'il avait généreusement offerts, expliqua le maire, avaient été l'étincelle qui avait décidé les élus à agir. Marcellin, dressé comme un coq sur ses ergots, toisait l'assistance d'un air de suffisance. On voyait bien, à l'observer, qu'il n'y aurait jamais de mots assez forts pour flatter son orgueil, ni trop de compliments pour rassasier son appétit de gloriole. A force d'entendre les flatteries de Joseph Duprat, les participants finirent par oublier la raison de ce rassemblement.

— C'est un hommage rendu à nos morts ou à Marcellin Bascompt ? interrogea Etienne Chadal en se tournant vers son voisin, Maximin Pestour.

— Oui, rétorqua le bonhomme, son large béret enfoncé jusqu'aux oreilles, on n'est pas ici pour entendre chanter les louanges de la noble famille.

— Y reste plus qu'à lui dresser sa statue ! ajouta Chadal. Notre bon Duprat a toujours été un lèche-cul. Pourtant, Galiane lui doit pas grand-chose, à Bascompt. On se débrouillait aussi bien avant. Pas vrai ?

— Manque plus que le fiston pour nous réciter une ode. Ça serait l'bouquet, ironisa Jules Franchet.

— L'embusqué, marmonna Chadal. On a deux embusqués dans la commune, le rimailleur et le fils Pauliat. Tout ça grâce au vieux Bascompt qui est ami avec le général Sarrail. C'est en Algérie qu'il l'a connu, à l'époque de Randon. Le vieux s'occupait des Affaires algériennes.

Quand Duprat eut achevé son discours, Marcellin inclina légèrement la tête et avança de quelques pas pour venir se placer, face à l'assistance, au pied des fondations du futur monument. D'une voix forte, il se mit à débiter quelques généralités sur le sacrifice des soldats pour que survive la patrie. Puis il s'attarda sur la figure de son ancêtre, le valeureux général de Napoléon. « Après tout, conclut-il, les jeunes de notre village ont eu au moins l'honneur de mourir pour une victoire, tandis que mon valeureux ancêtre ne tomba à Waterloo que pour une défaite. »

Trouvant que la cérémonie durait trop longtemps, Etienne Chadal s'éloigna de l'assistance en catimini. Maximin Pestour et Jules Franchet lui emboîtèrent le pas. Ce mouvement créa un effet perturbateur. En voyant partir ainsi les gens de Galiane, Bascompt comprit qu'il lui fallait abréger sa prestation. Le curé Loupiac vint le remplacer sur le petit môle de terre remuée et, en quatre coups d'aspergès, il expédia la bénédiction des drapeaux et de la première pierre, ainsi que l'avait exigé son évêque. Puis il marmonna une prière que les dames en noir accompagnèrent d'un murmure des lèvres.

Etienne Chadal se rendit directement dans la cuisine du café Bournat.

— Le petit Maurice va nous servir un gorgeon, fit Maximin Pestour en touchant l'épaule du gamin qui était en train de jouer avec les jetons en bois des beloteurs.

— Un rouge, mon gars. Et vite fait, dit Jules Franchet. J'ai encore tout le blé de Chantemerle à rentrer. Sinon, les oiseaux vont tout me bouffer.

— Tu veux que je t'aide ? proposa Chadal.

— Non. Ça ira. Va donc plutôt donner un coup de main à Auguste. Il est dans un sacré pétrin.

Etienne Chadal porta le verre à ses lèvres et aspira une bonne lampée.

— Tu sais bien que Goursat me parle pas.

— A cause de ton malheureux Alexandre ? demanda Maximin.

— C'est un têtu, fit Etienne. Je comprends que Léon soit allé se placer à la ville.

Louise Bournat entra à ce moment-là, et la porte émit un grognement en raclant le sol.

— Vous savez pas la dernière ? s'écria-t-elle, essoufflée.

Les visages se tournèrent dans sa

direction. Mais le petit Maurice continua à jouer avec ses lamelles de bois qu'il empilait les unes sur les autres.

— Anaïs, la petite des Goursat, est morte !

Etienne Chadal se cramponna à la barre cuivrée de la cuisinière et sentit une douleur lui traverser la poitrine. Puis les larmes lui vinrent aux yeux.

— Maintenant, marmonna-t-il, ils sont bien ensemble, tous les deux.

— Tu veux dire Anaïs et Alexandre ? murmura Maximin.

— Oui, souffla Chadal. La mort les aura pas séparés longtemps.

— C'est Dieu qui l'a voulu, dit Louise Bournat. Dieu seul sait comment est écrit notre destin. Et Dieu a voulu qu'ils soient réunis ainsi. Voilà.

Léon arriva trop tard au château de La Nadalie. Anaïs venait de rendre son dernier souffle. Elle l'avait attendu aussi longtemps qu'elle avait pu, puis elle s'était résignée à partir, comme après un rendez-vous raté, en tournant son visage vers la fenêtre entrouverte.

D'un petit geste de la tête, Marie-Louise Dupeyron fit signe à Léon Goursat que ce n'était plus la peine de se presser, qu'il avait désormais tout le temps.

— Elle vous a réclamé, dit-elle.

Léon hochait la tête d'un air coupable.

— J'ai fait tout ce que j'ai pu.

— Elle avait quelque chose de grave à vous dire. Je lui ai proposé de l'écrire mais, vous savez, elle était sans force.

— Je sais tout ce que vous avez fait pour elle, murmura-t-il.

Il avait honte pour son père, honte pour lui, honte de sa lâcheté. Il serra les poings au fond des poches de son veston, jusqu'à ce que ses ongles lui marquent le creux de la main. Cette douleur lui faisait le plus grand bien, après l'espèce d'engourdissement qui avait suivi l'annonce de la mort. Anaïs, sa chère petite sœur, n'était plus et aucune larme ne coulait de ses paupières. La guerre l'avait-il rendu à ce point insensible ? Marie-Louise, les yeux rouges, son petit mouchoir humide roulé entre les doigts, le dévisageait comme un étranger. Etait-ce bien lui, ce Léon Goursat, ce frère tant aimé dont lui avait parlé Anaïs durant son agonie ? se demandait-elle, tandis qu'il restait planté là, sans un geste, sans un mot, au milieu de son salon. Léon regardait le monde alentour avec curiosité. Pour la première fois de sa vie, il entrait dans le château de La Nadalie. Voici donc l'endroit où Anaïs a fini ses jours, se disait-il, au milieu de ces gens qu'elle ne connaissait pas. Comme elle a dû se sentir seule et abandonnée aux portes de la mort.

— Où est donc ma pauvre petite sœur ? marmonna-t-il.

Un hoquet secoua madame Dupeyron. Puis elle se décida à le conduire à la chambre où reposait Anaïs. A l'instant d'ouvrir, elle s'effaça devant lui. Léon hésita. Ses mains s'insinuèrent dans la fente étroite de la porte et il poussa légèrement. Une odeur d'éther flottait dans la pénombre. Les volets avaient été tirés. Seules, deux bougies disposées sur les chevets de part et d'autre du lit éclairaient le visage blanc de la morte. Elle lui sembla minuscule, tant la maigreur avait marqué ses traits. Sa belle chevelure dorée déployée sur le traversin lui faisait une auréole de lumière. Ses mains étaient posées l'une sur l'autre, et un chapelet de nacre était entortillé autour de ses doigts. Léon s'approcha lentement et vint toucher son visage, qu'éclairait un léger sourire étonné. Souvent, il l'avait surprise dans son sommeil, avec ce petit rictus qu'il retrouvait là, intact. Mais cette fois, il était figé sur elle pour toujours.

Léon se retourna pour vérifier qu'il était bien seul avec elle et tira une chaise qui, au pied du lit, supportait un crucifix en étain, que Marie-Louise avait jugé bon d'installer pour la prière. Assis enfin près d'elle, il la contempla longuement dans le silence de la chambre où l'on entendait quelques mouches aller et venir.

— Je sais ce que tu voulais me dire, chuchota-t-il près de son oreille. Tu peux dormir en paix, puisque je l'ai deviné, ton petit secret. J'ai toujours su ce que tu pensais avant même que tu parles. On n'était pas frère et sœur pour rien. Il y avait une complicité entre nous, une complicité qui traversait le mur du silence. Par exemple, je devinais quand tu étais malheureuse rien qu'à te regarder. Et je sais maintenant que t'as plus rien à te reprocher. La mort efface tout. Je voulais t'en parler, mais j'en ai pas eu le courage. Pourquoi ce courage m'a-t-il manqué ? La faute en vient-elle à notre père ? Je le crois. Alexandre et toi, vous vous êtes aimés comme des fous. Et vous allez enfin être réunis dans la mort, puisque vous n'avez pas pu l'être dans la vie. C'est une idée que tu vas peut-être trouver stupide, mais je crois que cela vous aurait plu à tous les deux, si on avait pu en parler avant. Je vais demander au père d'Alexandre, à ce bon Etienne Chadal, l'autorisation de te mettre en terre près de lui. Tu y seras aussi bien que dans la tombe de notre famille. Tu reposeras à ses côtés, et pour toujours, dans cette terre qui vous a vus grandir. Et je ferai graver vos noms dans la pierre. Ci-gisent Anaïs Goursat et Alexandre Chadal, réunis par l'amour et par la mort… Etrange mariage que celui-ci, mais je crois que ce sera juste. Et personne pourra rien y redire.

D'un geste de la main, Léon chassa une mouche qui venait de se poser sur le visage de la morte.

— Je sais ce que tu voulais me dire avant de partir, répéta-t-il, sa main sur celles d'Anaïs. Tu voulais que je me réconcilie avec notre père pour que revive notre propriété. Tu lui as tout pardonné, tout le mal qu'il t'a fait. C'est pas un mauvais père que nous avons. Auguste a durement trimé pour obtenir le peu qu'il a. Cette lutte lui a endurci le cœur. C'est juré, ajouta-t-il après un court silence, je reviendrai à Lavialatte, même si je dois y perdre l'amour d'Emma. Je reviendrai pour que le nom de notre famille demeure à Galiane, pour la mémoire de nos malheureux frères. Dis-leur donc qu'ils peuvent dormir en paix, eux aussi. Dis-leur donc !

Léon pleurait doucement. Les larmes tombaient en grosses gouttes sur le linceul blanc. Alors, il s'approcha pour l'embrasser, frôla sa joue froide. Et des larmes glissèrent sur sa peau. Il semblait qu'elle s'était mise à pleurer, elle aussi. Puis il se laissa retomber sur sa chaise lourdement.

— Avant d'être tué le 9 mai 1915 sur la crête de Vimy, Clément m'a écrit. Je t'ai jamais parlé de cette lettre. J'ai pas osé. Je sais que j'aurais dû le faire. Mais je l'ai pas fait. Et je m'en voudrai toute ma vie. Maintenant, il est trop tard. Pourtant, je voudrais que tu saches ce qu'il m'a écrit. Sinon, je n'aurai plus jamais la conscience en paix.

Il déplia soigneusement le rectangle de papier caché dans la pochette de son veston. C'était là qu'il avait mis cette lettre avant de quitter Brive en catastrophe, dans l'espoir d'arriver à La Nadalie assez tôt pour la lire à sa sœur.

Mon cher Léon,

Notre petite sœur est enceinte d'Alexandre. Elle vient de me l'annoncer. C'est un enfant de l'amour qui va naître prochainement. Si le destin le veut, nous célébrerons tout en même temps, le mariage et le baptême. Nos pauvres parents ne le voient pas de cet œil, comme tu peux l'imaginer. Ils ont demandé au médecin de famille de le faire « passer ». Ce serait un crime odieux. Aussi, tu dois user de ton influence sur notre père pour éviter cette horreur. Anaïs est un cœur pur. Elle ne survivrait pas à cette barbarie. Je compte sur toi.

Ton frère, Clément.

— La vérité, soupira Léon, la triste vérité, c'est que j'ai rien tenté. J'ai pas osé lever le petit doigt pour m'opposer à la décision de notre père. Alors, on a assassiné en toi cet enfant d'Alexandre. On t'a tuée en même temps… J'ai été lâche au-delà de tout ce qu'on peut imaginer. Me pardonneras-tu ? supplia-t-il en posant son front contre ce visage indifférent.

Léon se redressa soudain dans un mouvement de stupeur et recula contre le mur de la chambre où dansaient les ombres.

— Trop tard, marmonna-t-il. Trop tard.

Lentement, il approcha la lettre de la

flamme vacillante de la bougie et attendit qu'elle se consume entièrement.

Léon trouva sa mère prostrée au fond de la cuisine. Quand il vint l'embrasser, elle redressa à peine la tête, tant elle paraissait absente.

— C'est moi, Léon ! Ton fils, dit-il en la secouant légèrement.

— Mon petit Clément, ça fait si longtemps que je t'ai pas vu !

— Ma pauvre maman, ressaisis-toi ! Tu sais bien que notre Clément est au cimetière.

— Oh que non ! Je perds pas la tête.

L'annonce de la triste nouvelle lui aura tourneboulé l'esprit, songea Léon. Il recula sur la pointe des pieds jusqu'à l'entrée.

— Je reviens, cria-t-il. Je reviens tout d'suite.

Jeanne s'était levée et regardait l'espace ensoleillé au-delà du perron. Un sourire se figea sur son visage et elle se rassit. Les cris des enfants au-dehors, les cris et les rires qu'elle croyait avoir entendus la rassuraient.

— Ils sont bien là, murmura-t-elle. Tous là. Mon Pierre et mon petit Clément, et mon Léon, et ma jolie petite fille…

Elle s'empara d'un torchon qui séchait sur la barre du four et se mit à le triturer entre ses doigts telle une poupée de chiffon en se balançant doucement, comme autrefois elle le faisait pour endormir les enfants. Jeanne avait envie de leur fredonner une de ces chansons qui les faisaient rire aux éclats, mais elle ne s'en souvenait plus bien. Le temps avait dévoré les paroles. Il ne lui restait plus dans la tête que la sourde et lointaine musique des mots.

Auguste était assis au soleil contre le mur de l'étable. Le regard vague, il fixait dans le lointain le village de Chèvreroche et les puys de Merliac découpés sur l'azur. Léon s'arrêta à l'angle de la bâtisse, interdit. Le vieux était comme statufié, indifférent au monde. Il guettait la fuite du jour. Dans une heure ou deux, l'ombre commencerait à descendre par le creux des vallons en lentes coulées et le paysage deviendrait indécis. Alors, Auguste se lèverait pour aller traire ses vaches, gestes ancestraux éternellement recommencés.

Léon se décida enfin à avancer vers son père. Le vieux tourna juste la tête, puis son regard se perdit à nouveau vers le lointain, comme si de rien n'était et qu'il s'agissait d'un jour ordinaire.

— Tu sais, pour Anaïs ? dit Léon.

Goursat hocha la tête. Il n'avait jamais su parler de ses sentiments. A la mort de son père, le vieux Pierre-Joseph, il avait continué à vaquer à ses occupations. « La roue tourne », répétait-il souvent. Cela voulait dire qu'il ne sert à rien de se lamenter.

— Anaïs doit reposer chez nous, lança Léon.

— Tu es revenu pour me dire ça ? Je sais ce que j'ai à faire. Je suis le maître de Lavialatte. T'as pas encore piétiné mon corps.

— On va atteler le cheval à la carriole et aller chercher notre petite, poursuivit Léon. Elle reposera dans ma chambre.

Le vieux faisait non de la tête.

— Anaïs est morte et enterrée depuis longtemps. Morte et enterrée, répéta-t-il. C'est aussi l'avis de ta mère. Morte et enterrée depuis la faute. Et toi aussi, t'es mort et enterré. Mort et enterré, le jour où t'as quitté cette maison comme un voleur. T'as déserté la terre de tes ancêtres, la terre que mon père et moi, on a eu tant de mal à acquérir. Tout ça, maintenant, va partir chez des étrangers. Les autres commencent à bigler dessus. Il y a Lavaud, et Pauliat, Pauliat qui en a jamais assez. Et même Lafon, ce salopard. Y m'regardent me traîner comme un pauvre diable. Et y s'disent : Le vieux Goursat, il va bientôt crever. Et comme son imbécile de fils est un incapable, tout ça va nous revenir, les bonnes terres à maïs et à blé de la plaine, tous les Cousteaux, et les plantations de pruniers de la pente. Tout ça, hop, dans leur poche, à tous ces salauds. Voilà c'qui me mine. Bien plus que la mort de ta sœur. On le savait qu'elle allait mourir. C'est l'destin qui veut ça. La tuberculose, ça frappe au hasard. Dieu a voulu que ça tombe sur elle. Peut-être que Dieu l'a pas choisie par hasard. Peut-être ben… Et plus tard, on dira de nous, quand on sera tous crevés : « Les Goursat, c'étaient des gens de rien, des gens tombés dans la débine. » Voilà ce qu'on dira partout, à Galiane, en passant devant notre tombe.

— Et si on va pas à cette heure chercher notre petite Anaïs, on dira que les Goursat sont des sauvages, des barbares, sans la moindre morale, ajouta Léon. On dira partout, jusqu'à Augeat, que c'est des gens qui n'ont même pas su enterrer leur fille dignement.

Le vieux ôta son béret qu'il fit tourner sur son pouce.

— M'est avis qu'il n'y a que la terre qui compte. Un homme est enviable ou non. Voilà la vérité. On n'envie personne qui est au cimetière.

— Avant de se faire tuer, dit Léon, Clément m'a écrit pour m'annoncer la faute d'Anaïs. Et il m'a demandé d'intervenir pour sauver l'enfant. Mais j'ai pas eu la force de m'opposer à ta décision. S'il y a une faute, elle est là. J'ai été lâche. Ton autorité a fait de moi un lâche. Personne n'osait rien te dire. Tu n'avais qu'à clamer : « Je suis le maître de Lavialatte », et tout le monde s'inclinait.

— Y avait rien d'autre à faire que de donner ce polichinelle à bouffer aux cochons. Jamais ce vaurien de Chadal l'aurait reconnu. Et ta sœur, elle se serait retrouvée fille mère.

— Ces deux-là se sont aimés comme des fous.

— Ta sœur, elle s'est fait engrosser par ce vaurien à cause de Clément. Ils étaient de la même race, la race des rebelles. Ton frère les poussait à se rencontrer. Et l'autre, le Chadal, il voyait que son plaisir. Cette imbécile d'Anaïs, elle se voyait déjà mariée en train de jouer la grande dame avec son futur instituteur. A l'école normale, tu penses bien que Chadal en aurait trouvé des filles, et autrement plus intéressantes qu'Anaïs.

— Ils s'aimaient comme des fous, dit Léon. T'as rien compris. T'es tellement arriéré que t'as rien compris. Et tu as entraîné notre mère dans ces idées-là, ces idées pitoyables. Et maintenant, notre mère est malade, malade de tout ce que tu as dû lui faire endurer. C'est tellement terrible ce que t'as fait de nous tous qu'elle en a perdu la mémoire.

— En dehors de mon Pierre, jura le vieux, vous valiez rien. Clément était comme Alexandre, un rebelle. Et toi, un fainéant. T'es un fainéant. Un bon à rien. Et Anaïs, une traînée…

— T'as pas le droit de parler de nos morts sur ce ton, s'écria Léon en serrant les poings. Tu dois le respect à nos morts.

— J'en parle comme je veux.

Léon se détourna vers le chemin qui conduisait au lavoir. Il avait envie de marcher, marcher jusqu'à l'épuisement, pour ne plus rien ressentir que la fatigue abrutissante. Puis il fit demi-tour, décidé cette fois. Il ne sera pas dit que tu renonceras encore, pensa-t-il en revoyant le visage blanc d'Anaïs.

— Je ne céderai pas ! cria Léon. Je vais aller chercher Anaïs pour la conduire dans notre maison.

— Tu le feras pas ! hurla Auguste en jetant son béret d'un geste rageur.

Il alla dans son étable d'un pas décidé, puis revint, un fouet à la main. La fine lanière de cuir cingla l'air et vint toucher le bras de son fils, laissant une estafilade rouge. Léon ne bougea pas d'un pouce. Et dans la flamme du regard, le vieux sentit qu'il ne renoncerait pas.

— J'ai pas peur de toi, lança Léon. Je ne suis plus un enfant. Je vais atteler notre cheval à la carriole pour aller chercher Anaïs.

Léon avança sur son père. Le vieux leva le fouet. Et cette fois, la lanière battit le vide avec un claquement sec. En deux mouvements, Léon ressortit de l'étable en menant le cheval par la bride. Auguste s'était rassis, le regard éperdu.

— Je me pendrai, marmonna-t-il. Quand tu reviendras, je serai pendu.

Léon s'arrêta à sa hauteur.

— Tu te pendras si tu veux, mais je ne renoncerai pas.

Marie-Louise Dupeyron se signa trois fois, lentement, quand elle vit surgir dans l'encadrement de la porte d'entrée la frêle silhouette blanche d'Anaïs. Léon la portait dans ses bras, comme s'il se fût agi d'une jeune mariée. Les longs cheveux roux de la jeune fille se déployaient dans la lumière vive de l'été.

Marie-Louise fit un pas vers Léon, puis renonça. Une fois qu'il eut allongé le corps de sa sœur sur la plate-forme de la charrette, il redescendit d'un bond.

Madame Dupeyron s'avança alors pour proposer qu'on recouvrît la jeune femme d'un drap.

— Ça serait plus correct, dit-elle.

Léon cligna les yeux vers le ciel, vers l'espace déjà chauffé à blanc à cette heure matinale.

— Non, dit-il. Ce sera aussi bien ainsi. Pour son dernier voyage, je ne veux pas lui cacher toute cette beauté autour de nous.

Un petit sourire crispé se dessina sur le visage de madame Dupeyron.

— Hier encore, elle a demandé qu'on l'installe devant la fenêtre ouverte.

Léon se tourna vers le parc filant en pente douce jusqu'au bois de La Gane. Son regard s'attarda à la lisière de la forêt brouillée de brume. C'était ce qu'elle voyait, songea-t-il. A la différence qu'aujourd'hui, y a plus un seul nuage. Hier, y en avait comme des montagnes, bourgeonnant en hauteur, de si beaux nuages rampant vers l'est. Peut-être qu'Anaïs les a suivis des yeux de longues heures, jusqu'à ce qu'elle se sente à bout de forces.

Marie-Louise Dupeyron regardait dans la même direction. Près de la charrette où reposait la morte, face au ciel, dans l'immensité du silence qui s'était installé autour d'eux, une prière muette coula de leurs lèvres.

Le cheval, excité par les piqûres des taons, frappa du sabot à plusieurs reprises. Le choc sourd contre le pavé de la cour les fit sursauter.

— Allez ! dit Marie-Louise. Emmenez-la donc. Votre père aura été bien inspiré de la laisser revenir à Lavialatte. Comme quoi, voyez-vous, il ne faut jamais désespérer. Dommage que ça arrive aussi tard, murmura-t-elle en touchant la main du jeune homme.

Du fond de sa cuisine, Jeanne vit passer une ombre blanche. Elle la suivit d'un regard absent jusqu'à ce qu'elle eût disparu en haut du palier. Léon déposa Anaïs sur son lit et arrangea ses cheveux que le vent avait emmêlés. Ensuite, il redescendit vers le parterre où proliféraient, à l'ombre des tilleuls, des lis blancs. Il en faucha de la main une bonne poignée et en garnit un vase en pâte de verre qu'il plaça à côté d'Anaïs, sur la table de nuit. Puis il prit une chaise et alla s'installer au pied du lit en se jurant d'y demeurer jusqu'à la montée du soir.

C'est à peine s'il entendit sa mère approcher. Elle contempla sa fille longuement. Léon se leva et vint la prendre par les épaules.

— Oh ! fit-elle, c'est notre petite que je vois là, notre belle petite. Elle est donc revenue, ajouta-t-elle en se tournant vers Léon, qu'elle semblait, lui aussi, dévisager.

Tu es Clément, toi ? Mon petit Clément, jubila-t-elle en lui caressant le visage.

Léon hocha la tête doucement. Il savait que ça ne servirait à rien de la contredire. Elle était heureuse de retrouver ses deux préférés, Anaïs et Clément, de leur parler comme lorsqu'ils étaient encore enfants.

Jeanne alla caresser les mains de sa fille.

— Oh, comme tu as froid, ma petite. Il faut réchauffer ces menottes.

Et elle se mit à pétrir entre ses doigts cette chair indifférente. Puis elle approcha son visage de la chevelure d'Anaïs et commença à chantonner en sourdine, près de son oreille : *« Dodo, l'enfant Do dormira bientôt !… »*

Léon pleurait dans ses mains plaquées contre sa figure. Sur le pas de porte, Auguste aussi regardait la scène. Il avait juste ôté son béret avant d'entrer, puis il était resté planté là, incapable du moindre geste, ne sachant ce qu'il convenait de dire ou de faire. Léon sentit cette présence et ne tourna pas le regard. Auguste enfin s'approcha de la couche d'un pas hésitant, chancelant. Maintenant, il la voyait distinctement, si petite et si pâle, le visage blanc comme de la porcelaine, minuscule dans ce grand lit. Ses mains vinrent prendre appui contre le bois, puis le corps se laissa choir sur la chaise. Ses doigts effleuraient les pieds d'Anaïs cachés sous le drap.

— Pourquoi on est des sauvages ? hurla-t-il. Qu'est-ce qui a fait ça de nous ? Peux-tu me le dire ? fit-il en se tournant vers son fils.

— La terre, dit Léon. Cette misérable terre ingrate.

Après qu'il eut veillé le corps de sa sœur à Lavialatte, Léon se rendit chez Etienne Chadal. La nuit était tombée, une belle nuit de juillet chargée d'odeurs de foin et résonnant du cri-cri des grillons. Il trouva l'homme sous sa tonnelle, assis sur un banc. Ainsi passait-il de longues heures à se parler à lui-même à mi-voix. C'était sa manière de conjurer la solitude depuis que ses deux fils l'avaient quitté. Il poursuivait avec eux de longues conversations, les entretenant régulièrement de l'état du monde depuis leur départ. Ce n'était qu'interminables lamentations.

Au crissement du pas sur le gravier de l'allée, Etienne se dressa vivement. Il reconnut aussitôt la haute stature de Goursat. Et, ne pouvant se retenir, il se jeta dans ses bras et vint pleurer contre son épaule. Leurs chagrins se mêlèrent quelques minutes dans le silence de la nuit qui les recouvrait.

— J'ai juré à Anaïs que nous l'enterrerions avec Alexandre, murmura Léon.

Etienne Chadal se laissa retomber sur son banc.

— T'as raison, mon petit, fit-il, la voix étranglée par l'émotion. T'as raison. Y a pas autre chose à faire.

— Ces deux-là se sont tellement aimés, dit Goursat. Nous leur devons bien ça.

Chadal hochait la tête. Il avait sa chopine à portée de main. Il se servit un verre qu'il avala d'un coup, puis en versa un pour Léon.

— Ce sera une manière de les réunir, fit Chadal, dans la même terre.

— Ils sont déjà réunis, dit Goursat, qui vida son verre cul sec.

— Je sais pas, marmonna Chadal en tenant la bouteille appuyée contre sa poitrine.

— Vous ne croyez pas ?

— Non, fit Etienne Chadal. Foutre non. Je crois en rien. Nos amoureux sont tombés dans le néant. C'est une sorte de lieu où on doit guère parler d'amour.

Il se resservit et quelques gouttes tombèrent à côté du verre, à cause de la nuit épaisse.

— Cette décision que tu viens de prendre, mon gars, elle rassure que nous. Que nous, nom d'une merde ! Que nous !

Et il but plusieurs coups à la suite, avant de tendre le verre à Léon.

— On va la vider, cette bouteille, en leur souvenir. Et si ça ne suffit pas, j'irai au cellier en chercher une autre.

— Pourtant, cette décision est juste, fit Léon.

— C'est une décision désespérée, rectifia Chadal. Car mon pauvre Alexandre est pourri déjà, pourri dans cette terre. Et ton

Anaïs va suivre le même chemin. Y a rien que du désespoir là-dedans. Notre façon de faire, c'est comme si on leur offrait une chambre nuptiale. Alors que, nom d'une merde, on les...

Il jeta la bouteille vide dans l'allée.

— Moi, fit Léon, je crois qu'y a quelque chose.

— Tais-toi donc. Y a rien du tout. On n'est qu'une saison sur la terre. On naît, on vit, on tombe. Le poids du monde est là, mon petit, dans ce mouvement perpétuel.

Et, d'un pas chancelant, Chadal entraîna son visiteur dans le cellier.

2

Le maquignon tournait autour de la bête qu'Edouard Pauliat lui avait amenée au licol. Sa main courut sur l'échine, puis s'attarda sur la culotte.

— 150, fit-il en relevant la tête.

— Non, répondit Edouard. 180. Peut-être même 200.

Le bonhomme ricana en reculant sur le tapis de paille qui recouvrait la terre battue de la grange.

— Y a deux manières de tromper son monde, dit le maquignon : le poids et le prix. Le poids, mon jeune ami, vous m'aurez pas. J'ai l'œil exercé depuis le temps. Sinon, j'aurais plié boutique depuis longtemps. Quant au prix, ce sera la deuxième étape de notre négociation.

— Alors, parlons du poids, insista Edouard. Ce veau de lait fait 180 kilos. Regardez ! C'est caillé, j'vous l'dis. Avec tout ce qu'il a tété...

— Jacombe, je le crois assez juste, intervint Alexis, qui s'était rangé à l'écart pour ne pas donner l'air de participer au marchandage.

Dans son petit costume trois-pièces en fine toile bistrée et son col en celluloïd, il semblait venir d'un autre univers.

Le vieux Pauliat, lui, était assis sur une grosse balle de paille. Il suivait les allées et venues d'un œil froid. Laisser venir, telle était sa devise.

— Je dis 150 et rien de plus.

— Vous savez que je peux rien contester, se plaignit Edouard, parce que j'ai rien ici pour le peser. Sinon, on verrait où est la vérité.

— Tout ça, c'est clandestin, dit Jacombe. Je prends ma part de risques dans vos combines. C'est du net, mon petit, sans la taxe. Si on s'fait gauler par les gabelous, c'est moi qui prends le maximum.

— C'est pas une raison pour se faire voler le travail, protesta Edouard.

Jacombe sortit de sa blouse un gros portefeuille de cuir d'où dépassaient des liasses de billets écornés.

— Allez ! On va pas passer le réveillon là-dessus. Je vous donne 680 et ça fait la rue Michel.

Sur ce, le maquignon étala les billets de cinquante francs en éventail, comme une donne de jeu de cartes.

— Ça fait dans les combien ? questionna Edouard en se tournant vers son père.

Alexis adressa un clin d'œil discret à Jacombe.

— Ça fait... ça fait dans les... hésita le maquignon, pour qui, dans un marchandage, l'annonce d'un prix constituait toujours un obstacle. 226 francs les 50 kilos, mon gars !

— C'est pas comme ça que j'compte, moi, dit Edouard, qui avait besoin d'un papier pour calculer.

Emile se leva et fit le tour de l'animal.

— 4,50 francs le kilo, dit-il.

Si le vieux Pauliat maîtrisait mal le

français, il savait compter à merveille, au point que sur les foirails on allait souvent l'appeler à la rescousse, quand les maquignons concluaient un marché à la hâte.

— Nom de Dieu, fulmina Edouard, un veau de cette qualité, c'est du 5,50 francs le kilo. Je suis pas idiot. Je connais les cours.

— Peut-être sur un champ de foire, rétorqua Alexis, mais à l'étable, sans contrôle, c'est pas le prix. On prend de gros risques.

— Oui, mais ça m'a donné autant de peine, se défendit Edouard, que cette discussion décourageait.

— Dois-je rappeler, intervint le régisseur, que cet animal appartient à la ferme des Bascompt ? On est en train de discuter le prix d'une bête qui ne nous appartient pas. Notre arrangement tient-il toujours ?

— Parfaitement ! dit Edouard.

— Notre arrangement, rappela-t-il, un doigt pointé en avant, c'était cinquante-cinquante.

— N'empêche qu'à ce prix-là, c'est du vol, grommela Edouard.

Alexis éclata de rire.

— A votre place, je n'emploierais pas ce mot-là. Nous sommes tous dans la combine pour rouler Bascompt. Voilà tout.

— Moi, dit Jacombe, j'ai rien entendu. Vos manigances me regardent pas. J'achète au prix que ça vaut, un point c'est tout.

— Cette bête, reprit Emile en posant la main sur l'échine de l'animal, elle vaut près de 1 000 francs.

— 1 000 francs ? répéta le maquignon. Comment vous comptez, vous ?

— 180 kilos à 5,60 francs. C'est le cours pour un extra. A Augeat, mardi, ils se sont vendus à ce prix.

— Si c'est comme ça, je plie bagage, fit le maquignon en s'emparant du falot qu'il avait accroché à une solive.

— Attendez ! s'écria le régisseur. Je vais arranger ça.

Tandis que Jacombe reculait vers sa charrette bâchée, Alexis attira les paysans au fond de la grange. C'était une nuit de pleine lune. La lumière pâle qui entrait par une ouverture à claire-voie éclairait les visages.

— Avec la combine qu'on a mise sur pied, on ne peut pas faire les difficiles, argumenta Alexis. Il nous en donne 680. 340 pour vous et 340 pour moi. C'est ce qui a été entendu.

— Le prix, c'est le prix, s'entêta Edouard. Combine ou pas, on doit nous en donner ce qu'il vaut. Et puis, ajouta-t-il en repoussant d'une bourrade le régisseur, peut-être que vous êtes en cheville tous les deux, peut-être que vous vous êtes arrangés sur notre dos pour nous rouler...

Le régisseur alla se placer près de Jacombe, comme s'il voulait montrer à Edouard Pauliat que le marché conclu par-dessus Marcellin Bascompt pouvait être remis en cause à tout instant. Combien de fois n'avait-il pas laissé entendre qu'avec une telle combine, si fructueuse, il n'aurait pas la moindre difficulté à dégoter un remplaçant ?

— Je ne sais pas si vous vous rendez compte de la situation, dit Alexis, ce n'est pas tous les jours qu'on trouve un acheteur qui accepte, aussi complaisamment, de toucher un veau à l'étable. Le risque, ça se paye aussi. Et la moindre difficulté peut nous être fatale.

— Qu'est-ce que vous voulez dire ? demanda Emile, que cette conversation commençait à échauffer.

— Je veux dire que si Jacombe n'obtient pas le marché, rétorqua Alexis, il ne reviendra plus. Je ne garantis rien ensuite. A mon avis, ça ne sera pas aussi aisé de trouver un autre marchand de vaches.

— Mon œil ! s'exclama Edouard. C'est pas le premier maquignon qui vient se servir à l'étable pour pas payer la taxe.

— Laisse donc ! coupa Emile, soudain sur la défensive. Laisse donc faire pour cette fois. Ça sert à rien de discuter.

Il avança la main sur celle de Jacombe et la claqua vigoureusement.

— On y va comme ça. 680.

— P'pa, protesta Edouard, décontenancé, tu peux pas laisser faire ça. On perd au moins 300 francs sur ce veau.

— Laisse donc, petit, dit Emile d'un ton autoritaire.

Alexis hochait la tête de contentement.

— Vous êtes devenu raisonnable, monsieur Pauliat. A ce que je vois, votre fils a encore beaucoup à apprendre. Dans le négoce, des fois, il faut savoir lâcher du lest.

— Je donne pas tort à mon fils, fit Emile. Pour sûr que non que je lui donne pas tort. Mais je vois qu'on use de chantage. Et moi, dans le chantage, je me sens pas de taille.

Tandis que Jacombe tirait le licol pour faire monter la bête dans sa charrette, le régisseur observait les deux paysans, l'air ravi. Il était content à chaque fois qu'il réussissait à rouler l'un d'eux. C'est l'enfance de l'art, pensait-il. Ces gens sont tellement crédules qu'on peut leur raconter n'importe quoi.

Au fur et à mesure que se traitaient les achats, la marge du bénéfice tendait à se réduire pour les Pauliat. Et chaque fois, c'était la même comédie. Au dernier moment, le vieil Emile, tout fier qu'il était, baissait pavillon de peur que l'arrangement tombe à l'eau. Au début, il avait persuadé son fils de céder aussi. « Il faut point être trop gourmand, disait-il. Si ça rapporte trop à la fois, ça attirera l'attention de Bascompt. » A vrai dire, le vieux Pauliat ruminait sa rancœur de subir ainsi le diktat d'Alexis et les humiliations d'un Jacombe dont la mauvaise foi était de plus en plus évidente. Il sentait bien de la connivence entre ces deux-là. Et il savait comment se venger. Il avait tourné et retourné dans sa tête tout le plan. Mais, pour mettre à exécution cette vengeance, il lui eût fallu du courage. Or, celui-ci lui faisait singulièrement défaut.

Après l'enterrement d'Anaïs, Léon et Emma reprirent la route de Brive sans s'attarder à Lavialatte. Comme le notaire leur avait juste accordé le temps nécessaire aux obsèques, Léon différa la longue conversation qu'il s'était promise avec son père. Mais, à l'instant des adieux, Léon en ressentit un profond désarroi. « Il est capable de faire une bêtise », confia-t-il à sa femme. Emma le rassura aussitôt : « Ton père n'est pas du genre à se pendre. C'est une race qui s'accroche à la vie jusqu'au dernier souffle. » Léon pensa qu'elle avait sans doute raison et grimpa dans la carriole de Chadal qui les mena, à petit trot, à la gare de Sainte-Rochette.

A peine étaient-ils arrivés que le notaire fit appeler Emma. Depuis la fameuse matinée où Madel lui avait fait des avances, ils évitaient soigneusement de se regarder.

Il l'attendait dans son bureau, la porte-fenêtre grande ouverte sur le parc. Les fins rideaux de mousseline ondulaient dans le courant d'air. Tout dans la prestance du notaire indiquait une certaine désinvolture.

Emma Goursat restait plantée dans l'entrebâillement de la porte du cabinet. Madel avança vers elle, surpris par son allure empruntée. Se pouvait-il qu'il l'effrayât toujours ?

— Approchez donc ! ordonna-t-il. Je ne vais pas vous dévorer. Bien que l'envie, comme vous le savez, ne me quitte guère...

Il fut le seul à rire de sa repartie et se trouva un peu idiot en la voyant, les mains croisées devant elle, attendre un ordre.

— Je me dois de vous présenter mes condoléances pour votre malheureuse belle-sœur, commença-t-il. Elle n'a pas trop souffert ? demanda-t-il machinalement.

Emma essaya d'expliquer ce dont Anaïs était morte. Mais, visiblement, la question n'intéressait pas Madel.

— J'ai déjà présenté mes condoléances à votre mari, poursuivit-il, ce qui m'a donné l'occasion d'avoir un petit entretien avec lui. Vous le savez, ma chère Emma, je tiens à bien connaître mes gens. C'est ainsi que j'ai appris une chose incroyable, une chose qui m'a laissé sur le flanc...

Le notaire s'interrompit. Emma leva les yeux, les sourcils froncés par l'inquiétude.

— J'aimerais vous poser une question, ajouta le notaire en changeant le ton de sa voix. Et je souhaiterais que vous me répondiez avec franchise.

Il vint se placer en face d'elle, comme s'il voulait ne rien perdre des expressions de son visage lorsqu'elle lui répondrait.

— Avez-vous raconté à votre mari notre dernière entrevue ? Lui avez-vous fait part de mes amabilités ?

— Moi ? fit Emma en rougissant jusqu'aux oreilles. Comment pouvez-vous penser une chose pareille ?

— Vous pourriez me le jurer ?

— Sur ce que j'ai de plus sacré. Mais pourquoi donc me soupçonnez-vous de cette...

— Trahison ! lâcha Madel.

Le mot n'était pas celui qu'Emma cherchait, car il n'exprimait pas du tout ce qu'elle pensait. Mais elle n'eut guère le loisir de le reprendre, parce que Madel porta la main à son menton, qu'il saisit entre le pouce et l'index, comme il eût fait avec un garnement. Ce geste lui parut si troublant qu'elle hésita à se dégager, comme elle l'avait fait la première fois.

— Vous êtes une femme redoutable.

— Redoutable ? dit Emma, prisonnière de ce regard qui l'hypnotisait à quelques dizaines de centimètres de son visage.

— Vous êtes tellement désirable. C'est ce qui vous rend redoutable à mes yeux. Si vous preniez conscience, ma chère Emma, du pouvoir que vous exercez sur moi, comme vous seriez dangereuse... Mais vous ne m'aimez pas. Je sens que vous ne m'aimez pas.

Il laissa retomber sa main avant de poursuivre :

— Votre mari m'a demandé son congé.

— Son congé ? répéta-t-elle, abasourdie.

— Oui. Il renonce à travailler à mon service. Quoi ? Vous faites l'étonnée. On ne vous a rien dit ? C'est la meilleure.

Madel passa derrière son bureau, où il fit mine de tripoter quelques papiers qui encombraient le dessus de cuir.

— Votre petit paysan se languit de ses terres, de ses vaches, et de sa misère.

Un sentiment de rage s'empara d'Emma. Apprendre cette nouvelle de la bouche du notaire l'humiliait. Elle se sentait piégée, blessée. Elle chercha une explication pour justifier l'attitude de Léon, car, songeait-elle déjà, il n'était pas dit qu'il allait avoir le dernier mot.

— Il aura annoncé ça sous le coup de l'émotion après la disparition de sa sœur, lança-t-elle. N'ayez crainte, je vais le faire changer d'avis. Et je vous demande, je vous supplie, balbutia-t-elle, de bien vouloir reconsidérer sa décision.

— Je ne crois pas, rétorqua Madel. Vous faites erreur. Votre petit paysan est bien décidé à retourner dans sa cambrousse. Il m'a longuement expliqué qu'il ne pouvait plus supporter de travailler chez les autres. « Vivre de l'argent des autres est une humiliation sans nom », m'a-t-il dit.

Emma était pâle, si pâle que le notaire prit peur et courut lui apporter un siège.

— Je vois, fit-il, que vous ne partagez pas son avis. Mais c'est votre mari, l'homme que vous avez choisi, pour le meilleur et pour le pire. Pour ma part je suis tout disposé à vous garder près de moi. Je ne saurais même que vous encourager à rester. Toutefois, la raison, ajouta Madel, perfide, me dicte de n'en rien faire. C'est une responsabilité. Je me souviens du temps passé. Et je ne voudrais pas qu'il en soit de même, des souffrances et des remords inutiles.

Le notaire affichait un air hautain. Il tenait sa revanche. « Vous ne m'aimez pas, avait-il dit, je sens que vous ne m'aimez pas. » Ces mots avaient sonné comme un glas. Certes, elle ne voulait pas retomber entre ses griffes. Cela, c'était de l'histoire ancienne ; elle avait payé le prix fort pour apprendre. En même temps, elle ne souhaitait pas perdre sa place. A la limite, elle eût cédé à Madel pour rester vivre à Brive sous l'aile protectrice d'une noble et riche maison, mais elle savait que ce sacrifice ne changerait rien à sa destinée, qui était liée à Léon Goursat. Son échec, c'était de ne pas avoir réussi à lui faire aimer sa nouvelle existence. Rien ne l'enthousiasmait. Tout lui paraissait superficiel. « Que de temps perdu, grommelait-il souvent, que de temps perdu à attendre. » Sous le ciel de Lavialatte, les heures défilaient à un rythme effréné. Ma vie est là-bas, songeait-il en bouchonnant les chevaux de Madel. C'était une phrase qu'il n'avait pas besoin de prononcer pour qu'Emma l'entende.

Le soir, Emma entraîna son mari vers le fond du parc. Des éphémères dansaient autour d'une lanterne qui éclairait la charmille. Ils allèrent s'asseoir sous un cèdre. Un peu de fraîcheur montait du sol. Au loin, on entendait, étouffés par l'épaisse végétation qui entourait ce havre de verdure, les cris de la ville.

— J'ai parlé à maître Madel, fit Emma. Il paraît que tu lui as demandé ton congé.

Léon fixait le parterre où séchaient les fleurs du printemps passé. Ça tombe bien, pensait-il, ça tombe à point nommé. Toutefois, il s'était accordé quelques jours de délai, le temps de préparer ses arguments, prévoyant que la partie ne serait pas facile à gagner.

— En effet, avoua-t-il, tête baissée. C'est la promesse que j'ai faite à Anaïs.

— Qu'est-ce que c'est, cette histoire ?

— Avant de mourir, mentit-il, Anaïs m'a supplié de faire la paix avec mon père et de revenir à Lavialatte. Je lui ai juré. Je voulais qu'elle parte l'âme en paix.

— Et moi ? s'écria Emma. As-tu pensé à moi ?

Il hochait doucement la tête.

— A ce moment-là, je me suis dit : Emma fera ce qu'elle voudra. Mais moi, c'est décidé. Tout décidé.

— Qu'est-ce qui est décidé ?

— Le retour à Lavialatte.

Alors, Emma se mit à pleurer de rage et de désespoir. Elle sentait que tous ses rêves étaient perdus.

Il hésita à la prendre par les épaules.

Pourtant, elle se laissa faire. Il songea que cette démission n'était pas dans ses habitudes et que, l'émotion passée, elle lui réservait quelque surprise, peut-être une de ces crises d'autorité dont elle avait le secret. Il appréhendait cette seconde, les mains tremblantes. Il avait peur que leur amour se termine sur cet échec.

— Tu feras ce que tu voudras, reprit-il. Si tu le souhaites vraiment, tu n'as qu'à continuer à travailler ici. Je n'y trouverais rien à redire. Je sais que tu aimes cette vie. Je sais que ça te ferait mal de revenir vivre à Lavialatte, de supporter le sale caractère de mon père. Mais moi, j'ai promis. Je ne peux pas reprendre ma parole. J'aurais l'impression de trahir ma pauvre sœur.

Un cri déchira l'air :

— Idiot ! Tu ne comprends rien. Je ne peux pas vivre sans toi.

— Si c'est la vie que tu aimes...

— Je suis enceinte, murmura-t-elle.

Léon la regarda, hébété.

— Depuis quand ?

— Depuis quand, depuis quand,

qu'est-ce que ça peut te faire ? Je suis enceinte, voilà tout.

Il pensa, paralysé par l'émotion : Une qui s'en va, un autre qui arrive ! C'était une phrase que l'on prononçait souvent à la campagne, une de ces phrases cruelles qui résumaient l'absurdité de l'existence.

Marcellin Bascompt, les jambes étendues sur une chaise, écoutait le vieux Joseph Duprat en fumant un gros cigare. La veille, le conseil municipal de Galiane-sur-Sévère avait voté le prolongement du chemin des Vieilles Vignes dont la première portion finissait en cul-de-sac, sur une sorte de petit sentier de chèvre se faufilant entre les ronciers. Les édiles avaient donc arrêté le principe de son extension vers les terres enclavées de Bascompt.

— En coupant au plus juste, ça nous fera un bon kilomètre à décaisser et empierrer, dit Duprat en tendant la matrice cadastrale.

Marcellin la repoussa. Il ne se sentait pas d'humeur à discuter cette question.

— Mon bon Duprat, faites donc ce que

vous avez à faire. Et ne m'ennuyez pas avec ça. Vous le savez, vous obtiendrez tout de moi. Vous n'avez qu'à demander.

Puis il fit signe à Apolline d'apporter l'anisette.

— Si je ne m'abuse, insista le maire de Galiane, vous seriez d'accord pour signer l'acte de vente nous permettant d'acquérir à un prix raisonnable le terrain nécessaire pour ouvrir une route ?

— Que me chantez-vous là ? Vous radotez, mon ami. Ah ! l'âge est une bien triste chose. Combien cela vous fait-il, au juste ?

— Quatre-vingt-deux, soupira Duprat.

— Je vous félicite. Pour sûr que vous avez bon pied bon œil. Mais vous ne m'avez pas compris. Je vous cède le terrain nécessaire gratis, précisa Bascompt, qui aimait, parfois, jouer le généreux. Si c'est dans l'intérêt de nos gens de Galiane, c'est parfait.

— Monsieur est bien aimable, fit Duprat en se levant.

Et, comme il allait se lancer dans un long

discours de remerciement, Marcellin lui coupa la parole d'autorité :

— Vous êtes incroyable, mon bon Duprat. Vous vous imaginez sans doute que la terre, pour moi, a la moindre importance. Je ne suis pas comme vos petits paysans agrippés à leurs lopins.

Bascompt replanta sur son crâne son chapeau de paille qu'il avait posé sur un rosier nain.

— Ce diable de Mahomet me fait de l'œil, dit-il. Et je n'aime pas ça. Ici, nous ne sommes point en Algérie. Hélas ! je n'ai pas mes boys pour me tenir l'ombrelle. Un jour, mon cher Duprat, vous me ferez penser de vous montrer quelques photos de ma villa de Mustapha. Sur l'un de ces clichés, on me voit dans mes jardins en train de boire de l'anisette, tandis qu'un domestique me fait de l'ombre. C'est un plaisir que vous ne soupçonnez pas. Tout ça disparaîtra. Ces moricauds nous foutront à la porte. Et il ne nous restera que nos yeux pour pleurer.

Apolline posa l'anisette sur la table de jardin.

— Apportez-nous donc une carafe d'eau

fraîche. S'il n'y en a pas, dites à Bernabé d'en tirer au puits.

— Je ne sais pas si je vais mouiller mon anisette, dit Duprat. L'eau froide me dérange l'estomac.

— En cette saison, il faut boire glacé. Notre puits est une merveille. L'eau y est continuellement fraîche, même quand il y a la canicule. Si je m'écoutais, je ne ferais que ça, mon ami, siroter, siroter du matin au soir.

— C'est que vous êtes d'une rude santé. C'est le propre des Bascompt, si je ne me trompe...

Marcellin se redressa sur son siège, fier comme Artaban. Rien ne lui faisait plus plaisir que lorsqu'on flattait sa robuste constitution. A ses heures, il plaisait au bonhomme de s'imaginer dans la peau d'un futur centenaire. Il fit signe au maire d'approcher pour lui susurrer quelques confidences au creux de l'oreille.

— La bonne chère, la compagnie des belles femmes, il n'y a rien de mieux pour conserver un homme de qualité. Croyez-moi, mon bon Duprat, il n'y a rien de pire que la neurasthénie. C'est un mal moderne qui mine nos sociétés. Les maladies de l'âme, fuyons cela comme la peste.

Apolline versa l'eau sur le sirop d'anis, un mince filet pour ne pas casser le goût, comme il le lui avait maintes fois recommandé. Il but une petite gorgée avec ravissement.

— Savez-vous, dit Duprat, que nous possédons la meilleure source de la région ? Notre village ne compte pas moins de quarante-sept puits, entièrement creusés dans le rocher, à plus de dix mètres de profondeur. Jamais Galiane n'a manqué d'eau, même durant les grandes sécheresses, comme en 1906, quand tous les troupeaux crevaient à la ronde.

— Que croyez-vous ? fit Bascompt. Je ne suis pas venu m'installer ici par hasard. Lorsque nos anciens bâtissaient un village, ils prenaient leurs précautions. Alors que de nos jours, on croit stupidement que le machinisme peut tout arranger, que le génie de l'homme peut maîtriser les forces de la nature. Vous, mon cher Duprat, vous êtes comme moi, un homme de l'ancien temps.

Le vieux maire acquiesça en hochant la tête. Connaissant ses idées farouchement antirépublicaines, Bascompt jouait sur du velours. Jadis, Duprat avait été régisseur chez les de Jandelles, du temps de la splendeur qu'apportaient les vignes à Galiane. Le vieux Firmin de Jandelles, qui avait applaudi le coup d'Etat de Napoléon III, avait formé cet homme dans le creuset des idéaux du second Empire. Et l'essentiel de ces principes lui était resté malgré les tentations républicaines. Du reste, Joseph Duprat n'arrivait pas à se départir de ces vieilles idées sur la France éternelle, le souci de l'épargne, la soumission à l'ordre établi et la haine farouche du salariat.

— Préservons-nous du progrès, continuait Bascompt. C'est une mécanique qui s'emballe aisément. La République nous enseigne à dépenser plus que l'on gagne. C'est un mauvais principe, le principe des civilisations déclinantes. A ce train-là, à force de vouloir satisfaire tout le monde, l'épargnant et le gagne-petit, nous nous retrouverons vite sur la paille. On commencera à vendre l'argenterie. Et ça continuera par des emprunts à n'en plus finir. Toute notre richesse nationale passera à rembourser nos créanciers, ces Anglais qui nous haïssent comme la peste. Regardez ce traité de Versailles, c'est une honte. Un traité de vaincus, oui. A croire que notre belle jeunesse a payé de sa vie pour des nèfles. Des traités, des traités, c'est tout ce que nous savons faire. Bismarck avait raison. Ce n'est pas avec des discours et des élections que les grandes questions de notre époque seront résolues, mais par le fer et le sang... Ah ! si nous avions eu un Bismarck, nous n'en serions pas là aujourd'hui, à négocier avec des associations ouvrières qui veulent le beurre et l'argent du beurre.

Duprat dodelinait de la tête à chacune de ces assertions. De temps à autre, Bascompt s'arrêtait de parler, comme pour vérifier qu'il l'approuvait toujours. Un tel homme était une aubaine. Il ne savait être que de son avis, l'écouter sans broncher. Marcellin versa et reversa de l'anisette, jusqu'au moment où Apolline vint lui annoncer une visite. Cette nouvelle permit à Duprat de se retirer.

— Que me veut ce paysan ? interrogea Bascompt en se dirigeant vers l'entrée de sa demeure. Comme si je n'avais pas autre chose à faire que passer mon temps à recevoir tous les idiots du village. Ce vieil imbécile de Duprat pour un bout de terre, et maintenant cet arriéré de Pauliat… Pourquoi avez-vous répondu que j'étais là ? demanda-t-il à Apolline. Vous ne savez donc pas mentir ? Ce n'est pas bien difficile de raconter que je suis occupé. C'est le rôle de mon régisseur. Mais ce maudit d'Alexis n'est jamais là quand on a besoin de lui.

Tout en continuant à pester, Marcellin se réfugia dans son cabinet de travail, où les fenêtres et les volets étaient soigneusement clos. Il se laissa choir dans son fauteuil, la bouche empâtée par l'alcool, et alluma sa lampe à pétrole. L'œil rivé au plafond, il regardait les ombres danser. Soudain, il recula d'un coup de reins pour ouvrir un tiroir de son bureau et y prendre une photographie. Puis il approcha le cliché du cercle de lumière qui dansait devant ses yeux. Un spasme le parcourut, un de ces spasmes de douleur qui lui déchiraient l'estomac. Le chagrin est comme une crampe nerveuse, songea-t-il. Un haut-le-cœur l'obligea à se lever. Les mains sur la rampe de sa bibliothèque, il attendit que le malaise se dissipât.

— Chienne ! Traînée ! murmura-t-il. Putain. Putain parmi toutes les putains du ciel et de l'enfer !

Ces injures parurent le calmer un peu. Et il se décida à revenir s'asseoir devant celle qui le narguait de son plus beau sourire. De dégoût, il fut tenté de remiser la photographie dans le tiroir d'où il l'avait sortie, mais il hésita et finit par la dévisager encore et encore.

Ça te fait horreur ! se dit-il, mais tu ne résistes pas. Qu'est-ce donc qui te fait le plus horreur ? Qu'elle t'ait trompé avec Roland Maluzier ou qu'elle t'ait extorqué 30 000 francs ? A bien y réfléchir, la première raison est dans l'ordre des choses. Trente ans de différence, ce n'est pas une paille. Mais contre l'âge, on ne peut rien, sinon assister, impuissant, au progressif glissement vers le déclin. Sera-t-elle ma dernière conquête ? N'aurai-je plus désormais que ces misérables petites lorettes à trousser ? Tout cela, au fond, se lamentait Bascompt, est naturel. Cette liaison avec ce jeune loup de la finance, comment lui en vouloir ? La jeunesse attire la jeunesse. Contre un rival de vingt-cinq ans, on ne peut rien. Le combat est perdu d'avance. Un rival aussi riche que moi, se rassura-t-il. Quant à ces 30 000 francs arrachés de la plus perfide des façons, ça non ! Inexcusable. Je serais le dernier des imbéciles, si je m'en revenais vers elle. Même Maluzier s'en tordrait les côtes de rire. Plutôt crever que pardonner ! Et ses poings s'en vinrent frapper rageusement le bureau.

Il se décida enfin à ranger la photographie dans le tiroir. En en sondant les profondeurs, sa main vint heurter un objet, le seul dont la présence dans sa maison le terrorisât. C'était un pistolet d'ordonnance à cinq coups qui tirait des balles grosses comme le petit doigt, à vous décalotter la tête. Il amena l'objet à la lumière de la lampe. Il sentait la bonne vieille graisse de fusil. C'était une de ces odeurs qui avaient marqué son enfance quand le petit Marcellin aidait son père à nettoyer les armes. Un jour, il l'avait autorisé à tirer avec cet engin en lui recommandant de bien tenir la crosse à deux mains. Malgré cela, le recul avait été si fort qu'il avait versé cul par-dessus tête. Cela se passait en Algérie, aux portes de Touggourt, dans le Constantinois. Parfois, la nuit, il arrivait qu'on confondît l'ombre d'un Arabe avec celle d'une hyène. Plus tard, le jeune Marcellin, fier descendant de la longue lignée des Bascompt, colons depuis la grande conquête, s'était fait la main sur ces chiens sauvages du désert, rampant sous la lune, d'un rocher à l'autre, parmi les épineux que le vent roulait comme des ombres maléfiques.

Une main timide grattant à la porte le tira de sa rêverie. Bascompt jeta précipitamment l'arme dans le tiroir et Apolline apparut dans l'embrasure.

— Dois-je vous rappeler votre rendez-vous ? hasarda-t-elle avec un visage de martyre, assurée par avance de se faire rabrouer.

Marcellin la regarda de cet air absent qu'il avait parfois en revenant de ses escapades à Brive. Il répondit par un petit geste ambigu, tellement imprécis que la pauvre Apolline n'en apprit guère plus sur ses intentions. Avec un grognement d'ennui, il s'enfonça dans son fauteuil. La lumière du dehors qui filtrait par les interstices des volets dessinait des figures géométriques sur la tapisserie sombre. Cela lui rappelait les lanternes magiques de son enfance. Il s'allongeait alors sur les grands tapis et fixait les images colorées qui se promenaient au plafond. Il entrait ainsi de plain-pied dans les décors mirifiques des jardins de Babylone. Ces souvenirs d'enfance heureuse avaient le goût sucré des dattes étalées à profusion sur le marché de Touggourt, voisinant avec les grosses sauterelles posées sur des nattes, dont les nomades étaient friands, crues ou grillées sur le brasero.

Emile Pauliat trouva Bascompt dans cet état de rêverie et il attendit qu'on lui ordonnât d'approcher pour se risquer dans la pénombre. Le visage du maître, faiblement éclairé par la lampe à pétrole, lui parut effrayant. C'était la première fois de sa vie qu'il osait s'aventurer au cœur de ce sanctuaire où régnait Bascompt. Seul, le désir de vengeance lui avait soufflé la force de surmonter la crainte du tout-puissant de Galiane. Il lui avait fallu d'abord convaincre la gouvernante de forcer sa porte. Ce qui n'avait pas été une mince affaire, car la domestique avait l'air encore plus épouvantée que lui. « Si vous n'avez pas une bonne raison, avait-elle prévenu, vous vous en mordrez les doigts. » De ce côté, le vieux paysan était sûr de son coup.

Marcellin regarda l'ombre cassée en deux qui se dirigeait vers son bureau.

— Qu'est-ce donc ? gronda-t-il. Qui t'a autorisé à venir ici ?

Le vieil Emile reflua sous la bourrasque, le visage grimaçant de trouille.

— J'suis Pauliat, balbutia-t-il. Pauliat Emile, des Vieilles Vignes.

— Si tu veux me demander une faveur, tu peux t'en retourner d'où tu viens, lança

Bascompt. J'ai déjà eu la visite de ton maire. J'ai assez donné pour aujourd'hui. La coupe est pleine.

Emile Pauliat se plia encore davantage pour se faire plus petit devant le géant qui trônait dans le halo doré de la lampe.

— Je réclame rien, s'écria-t-il. Oh qu'non !

— Tu ne réclames rien ? Tu serais bien le premier. Dans ce village, vous n'êtes que des vautours à tournoyer sur quelques proies faisandées. Je vous connais. Je vous connais tous. De Jandelles, déjà, était trop généreux. Faut voir où cela l'a conduit…

Pauliat hésitait à croiser ce regard coléreux qui le fixait. Pourtant, c'était un instant crucial. La moindre hésitation pouvait le renvoyer, plus vite que prévu, dans le couloir, rejeté comme un manant.

— Je travaille avec votre régisseur, souffla Pauliat.

— Ah ! ah ! parlons-en, de cette besogne. Ça devait me rapporter dans les 15 à 20 000 francs l'an. J'ai investi, comme on me l'avait conseillé, dans un beau troupeau, cinquante têtes de bon bétail. Et à ce jour, j'ai touché environ 5 000 francs. Une misère, une véritable misère.

Emile Pauliat sursauta d'étonnement.

— Je comprends pas, fit-il.

— Qu'est-ce que tu ne comprends pas, mon brave ?

— Je vous ai élevé quatorze bons veaux de lait cette année. Au cours actuel, ça va chercher dans les 12 000 francs.

— 12 000 francs, siffla-t-il. Ça fait 7 000 francs d'écart avec ce que j'ai reçu.

— Il était entendu avec monsieur Alexis qu'en échange de mes services, je pourrais jouir de vos pacages à hauteur de cinq hectares et y nourrir mes vaches.

— Parfaitement. Je me souviens fort bien de cet arrangement.

Marcellin alla fouiller dans le placard de la bibliothèque et revint avec un classeur.

— J'ai investi 75 000 francs dans l'achat de mon cheptel, reprit Bascompt. A ce jour, mon régisseur m'a versé très exactement 5 300 francs. A ce train, il me faudra quinze ans pour rentrer dans mes fonds.

Bascompt fit signe à Pauliat de s'asseoir, agacé de le voir piétiner sur place.

— Si je comprends bien, tu insinues, mon brave, que mon régisseur est une canaille, qu'il me vole comme au coin d'un bois. Tu as élevé quatorze de mes veaux et je n'ai touché que la valeur de cinq... Les autres ont filé dans sa poche.

Le vieux baissa les yeux.

— Je n'ai point dit ça. J'ai dit que j'avais élevé quatorze veaux de votre troupeau.

— Oui, mais on ne m'en a payé que cinq.

Bascompt alla se rasseoir en jetant le classeur sur le bureau.

— Tu es sûr de ce que tu affirmes ?

Pauliat hocha la tête.

— Si tu mens, je te ferai rendre gorge devant le juge de paix d'Augeat. Et il ne te restera que les yeux pour pleurer. Ta misérable ferme en torchis ne suffira pas à me dédommager et à effacer l'outrage.

— J'ai bien élevé quatorze de vos bêtes, fit-il en secouant la tête. J'suis sûr de c'que j'dis. J'sais point trop écrire, mon bon maître, mais ça, oui, j'sais compter. Pour sûr que j'sais compter. Pensez donc, ça donne de la peine, ce grand troupeau. Et si j'avais point à demeure mon petit Edouard, j'y arriverais pas. Vous savez, l'petit que vous avez recommandé à votre général pour qu'il parte point sur l'front en 1914 ?

— Oui, je me souviens, dit Bascompt, absorbé dans ses pensées.

Puis il se leva brutalement, les doigts glissés dans les poches de son gilet ouvert, et fit le tour de son bureau. Pauliat le suivait des yeux en triturant la bordure de cuir de son béret. Soudain, Marcellin s'approcha de lui et vint lui toucher l'épaule.

— En définitive, je crois que tu es un brave homme, un de ces honnêtes paysans qui ont fait la grandeur de notre agriculture. Je te remercie d'être venu me prévenir. Maintenant, tu peux t'en retourner vers ta besogne.

Comme Emile Pauliat allait franchir la porte du bureau, Marcellin le rappela pour lui lancer :

— Je te convoquerai dans les prochains jours, quand cette histoire aura été tirée au clair. En attendant, veille donc sur mon troupeau comme sur la prunelle de tes yeux.

3

Une semaine jour pour jour après la visite d'Emile Pauliat, Marcellin Bascompt fit appeler son régisseur. Alexis arriva pile à l'heure. En traversant le jardin, le jeune homme se heurta à Aloïse qui paressait sous la tonnelle des glycines. A deux pas, les jumelles jouaient au croquet. Il demeura planté devant cette scène, comme en extase. Cela ressemblait à un rêve pour l'enfant pauvre qu'il avait été. Il n'avait jamais connu les joies paisibles d'un interminable été d'enfance, avec ces longues vacances de jeux et de lectures. Il en ressentit une pointe d'amertume en croisant le curé Loupiac. Le prêtre allait et venait, arpentant l'ombre de l'allée, bible en main. Il lisait et relisait les pages redoutables de l'Apocalypse de Jean, dont il escomptait tirer le thème de sa prochaine homélie. « Puis je vis descendre du ciel un ange qui avait la clé de l'abîme... » marmonnait-il.

Charles Alexis ploya juste la tête, par politesse, mais le curé parut ne point s'apercevoir de sa présence.

Derrière la fenêtre de son cabinet de travail, Bascompt suivait la scène. Contrairement à son habitude, il avait exigé qu'Apolline ouvrît en grand les volets pour que la lumière d'été pénétrât dans la pièce où il vivait reclus. Son noir regard de rapace suivait chacun des pas du regisseur traversant le parc. Lorsqu'il disparut de la scène, Marcellin alla s'asseoir derrière son bureau vide, droit comme un i, les reins calés au fond de son grand fauteuil de cuir fauve. Et dans cette pose affectée, il attendit patiemment qu'Apolline vînt lui annoncer la visite.

Charles Alexis ôta son panama et, approchant du bureau de son maître, débita une formule de politesse. Marcellin le pria de s'asseoir. Le régisseur avait un sens aigu de l'obéissance, elle était même devenue sa seconde nature. C'était ce trait-là qui avait séduit Bascompt de prime abord lorsqu'on lui avait recommandé Alexis. « Honnêteté, discrétion, dévouement, telles sont les qualités que nous exigerons de vous », avait-il dit avant de lui signifier son engagement. Le jeune homme avait incliné respectueusement la tête à chacune de ces exigences, pour indiquer qu'il y souscrivait sans retenue aucune.

Un silence s'installa, seulement troublé par les petits cris des jumelles que la chaleur de l'été n'empêchait pas de jouer. Le maître affichait un air détendu que le régisseur ne lui avait pas vu depuis fort longtemps. Il n'ignorait rien de ses mésaventures avec Olivia ; on ne parlait même que de cela au Cercle et dans l'entourage de Roland Maluzier où le jeune homme traînait aussi. Ce n'est pas Dieu possible, pensa-t-il, la vieille canaille a surmonté son chagrin ! A croire que cet animal est indestructible. Qu'est-ce donc qui pourrait lui faire ravaler sa morgue ? Et il se mit aussitôt à l'examiner avec l'étonnement de quelqu'un qui retrouve, après bien des années, une vieille connaissance.

— Je vous trouve dans une forme superbe, dit Alexis. Cela me réjouit. Sincèrement.

— Pourquoi cela ? s'étonna Bascompt. Aurais-je été affecté d'un mal sans le savoir moi-même ? Parfois, il m'arrive de me regarder dans un miroir. Ces derniers temps, je n'ai rien remarqué de particulier.

— Je n'ai pas voulu dire cela, rétorqua le régisseur, prudent. C'était juste une impression.

Marcellin s'était emparé d'un coupe-papier à manche d'ivoire, dont il jouait comme d'un poignard. A chaque seconde, Alexis s'attendait à ce qu'il le plantât furieusement dans le bureau. Car, derrière ce masque, paisible en apparence, il sentait poindre un cruel désir, semblable à celui des chats qui guettent une proie.

— Je vous ai fait venir, commença Marcellin, pour tirer un premier bilan de notre affaire des Vieilles Vignes.

Alexis sursauta.

— Vous avez bien reçu mes rapports comptables ?

— Je les ai même lus attentivement.

— Conclusion, dit le régisseur, il faut de la patience avant d'atteindre le rendement escompté. Les premiers résultats se révèlent un peu décevants, mais ça ne durera pas. Nous n'avons pas acquis assez de vaches suitées.

— Hélas, ma nature est ainsi faite, je suis peu enclin à la... Comment dites-vous ? La patience. En affaires, la seule chose qui m'intéresse, c'est de comparer les sommes investies et ce qu'elles rapportent. En clair, j'ai investi gros pour un rapport négligeable. A cet état de fait, je vois deux explications possibles. Ou l'investissement n'est pas productif ou le rapport ne m'a pas été versé en totalité.

— Que voulez-vous insinuer ?

— Restez assis, je vous prie, et laissez-moi finir. De l'avis de nos paysans qui entretiennent mon troupeau, les résultats sont à la hauteur de nos prévisions. Alors, où est passé le produit ?

Envolé ? fit-il en agitant les mains. Et dans quelles poches ?

Le régisseur comprit immédiatement qu'il était perdu, que le vieux Pauliat avait joué contre lui. Mais évoquer sa duplicité équivalait à un aveu. Aussi essaya-t-il de gagner du temps en expliquant que le pauvre paysan des Vieilles Vignes ne savait pas de quoi il parlait, qu'il avait voulu se donner de l'importance aux yeux de son maître.

— Ces gens, les Pauliat, argumenta Alexis, ne sont compétents que pour la petite besogne. On ne peut exiger d'eux qu'ils tiennent correctement un livre de comptes. Où irions-nous, poursuivit-il, si l'on devait accorder foi à tous leurs propos ?

Bascompt écouta cette défense sans ciller.

— Oui, admit-il soudain, vous avez raison. Cet Emile Pauliat n'a pas assez d'intelligence pour être malhonnête. Ce sont de pauvres idiots pour qui un sou est un sou. Mais, voyez-vous, mon cher, j'adhère à cette sorte de bêtise-là. Pour moi aussi, un sou est un sou, surtout lorsqu'il s'agit de mon argent. J'en déduis que vous m'avez trompé, déclara calmement Bascompt. Oh ! ce n'est pas l'argent que vous m'avez volé qui me peine, cela est peu de chose, en définitive. Pour moi, cela représente ce que je peux perdre en une soirée au poker. Là n'est pas le mal. Je ne me suis pas enrichi dans la probité. Vous le comprenez bien. Je me suis enrichi sur l'infortune des autres, la malchance, la maladresse. Parfois même en combinaisons scélérates. Sur ce chapitre, je ne me sens pas le droit de vous juger. Cela me dégoûte, au fond, l'homme honnête. Cela pue l'ennui et le malheur. Mais ce qui m'est proprement intolérable, c'est que vous avez trompé ma confiance, que vous avez cru un seul instant que vous pouviez m'escroquer comme le premier des imbéciles venus. A ce jeu, mon petit, vous avez encore beaucoup à apprendre.

Le régisseur hochait la tête, bien sagement, comme un élève devant son maître. Le ton indifférent de Bascompt l'humiliait plus que tout. Il eût préféré des coups et des insultes, une vraie colère à ce calme méprisant.

— Je vous congédie donc, trancha Marcellin avec un petit geste qui claqua sur le plat du bureau, comme on éloigne une poussière. Je vous congédie sans autre forme de procès. Oui, cela m'ennuierait d'avoir à vous traîner devant un juge. Cela m'occasionnerait trop de désagréments !

Le régisseur se leva craintivement en remettant son panama sur sa tête. Marcellin le suivit des yeux jusqu'à la porte de son cabinet, caressant du bout des doigts ses fières bacchantes. Alexis se retourna. Leurs regards se croisèrent.

— Maluzier a bien raison, lança-t-il, lorsqu'il affirme que vous n'êtes qu'une sale graine de colon pétri de suffisance.

— Car vous connaissez Maluzier à ce point ? Alors, ajouta-t-il, amusé, vous n'aurez aucune difficulté à retrouver une place.

Charles Alexis perçut une telle ironie dans la voix qu'il avança vers son ancien maître, avec un mélange de haine et de peur au ventre.

— Sachez bien que je ne regrette rien !

Bascompt hochait la tête, l'appétit aiguisé

par ce petit bonhomme gesticulant comme une vipère écrasée sous son pied.

— Rien ! fulmina-t-il. Olivia vous a possédé aussi... Bien possédé.

— Diable, c'est un complot. Me faire rendre gorge tous azimuts ! Que vous convoitiez ma fortune, mon petit, c'est dans la nature des choses, mais que vous haïssiez l'homme que je suis, c'est hautement méprisable.

— Ce Pauliat vous volera aussi. Que croyez-vous ? Il était de la combine. Je vous le jure. Bien dans la combine !

— Alors, si tel est le cas, l'idiot du village vous a possédé. Ce n'est guère rassurant pour votre avenir. Essayez donc votre art sur Maluzier. Ainsi pourrez-vous juger de ce que vous valez.

Lorsque la porte se fut refermée, Marcellin Bascompt soupira longuement. Il était redevenu le plus heureux des hommes, seul, juché sur ses hauteurs. A l'automne, ses affaires le conduiraient à Alger, où tous ses amis de l'autre côté de la Méditerranée le réclamaient. Là, il se retrouverait parmi les siens.

Jugeant que tout était enfin en ordre, il sortit du tiroir la photo de la belle Olivia et l'approcha du briquet d'amadou qu'il venait de frotter. Devant ses yeux s'éleva une belle et longue flamme jaune, avec laquelle il alluma un de ses derniers gros cigares que lui avait offerts à Alger le gérant de la Compagnie des tabacs Scaferlati, dont il était aussi actionnaire. Les cendres d'Olivia tombèrent dans la corbeille. Ensuite, d'un pas chancelant, Marcellin Bascompt s'approcha de la fenêtre qui donnait sur le jardin. Alexis s'était arrêté face au curé Loupiac. Le prêtre tenait son bréviaire à la hauteur du regard, les bras à moitié tendus. Il lisait quelques versets, marmonnait en sourdine. Puis il laissait ses bras retomber comme pour vérifier une leçon bien apprise. Cette fois, à cause du régisseur qui venait de lui parler, le livre ouvert resta plaqué contre ses genoux. Le vent feuilletait les pages. Bascompt essayait d'entendre ce que les deux hommes pouvaient bien se dire. Mais il était trop éloigné pour surprendre le moindre mot de cette conversation animée.

Alexis ponctuait son propos de grands gestes. Soudain, le visage du curé se tourna vers les fenêtres d'où le maître les espionnait. Instinctivement, Marcellin recula en faisant craquer les lames du parquet. Mouvement puéril, en vérité, car nul ne pouvait l'apercevoir. Et de rage, courroucé par sa réaction craintive, comme s'il n'était pas maître en sa demeure, il fit sauter l'espagnolette et projeta ses volets vers la lumière du dehors. Le choc du bois contre la pierre fit l'effet de deux coups de fusil simultanés. Alexis braqua les yeux vers la façade et vit, dressée dans l'encadrement de la fenêtre, la haute stature de Bascompt. Il détourna vivement la tête et prit aussitôt la fuite en se faufilant derrière la roseraie. Embarrassé, le curé releva son bréviaire à hauteur du visage. Marcellin éclata de rire.

Quelques minutes plus tard, Loupiac venait frapper à la porte du bureau. Une odeur de papier brûlé flottait dans la pièce. Car Bascompt ne s'était pas contenté des photos de la belle Olivia. Il avait aussi jeté à la flamme les lettres et mots doux qu'elle lui avait adressés durant ces deux années de liaison. Il n'avait même pas pris le temps de les relire.

— Je viens d'apprendre que vous congédiez votre régisseur, dit le curé sur un ton de reproche.

Bascompt avait croisé les bras sur son large poitrail.

— Tel est mon bon plaisir, dit-il. Et je pourrais de la même manière vous congédier.

— Faites-le donc.

— Mais non, fit Marcellin en lui touchant l'épaule. Vous êtes le sauveur de mon âme. Je serais bien mal inspiré…

— Il y a longtemps que j'y ai renoncé, persifla Loupiac.

— Vous avez tort. Je suis sur la bonne voie. Celle du repentir et de l'expiation.

— En congédiant monsieur Alexis, un de vos meilleurs serviteurs, un garçon zélé qui n'a vécu que pour mieux…

— Cessez donc de raconter des sornettes. Vous ne savez pas de quoi vous parlez.

Bascompt prit son confesseur par le bras et le conduisit jusqu'à la cheminée où brasillaient encore les ultimes traces d'Olivia.

— J'ai renoncé à ma belle corruptrice.

Loupiac leva un regard sceptique. Allons donc, pensait-il, encore une de ses promesses de Gascon, à moins que l'aile de la grâce ait fini par le toucher.

— Vous ne croyez donc pas que je puisse m'affranchir de mes vices ? lança Marcellin. C'est à croire qu'il n'y a décidément rien à sauver en moi.

C'était là une de ses reparties perfides dont il savait qu'elle pouvait désarçonner le confesseur au point de le laisser sans voix.

— Je doute que vous soyez longtemps habité par cette volonté, soupira le curé Loupiac. Du moins vous faudra-t-il l'affermir par un grand usage de la pénitence. La prière, mon ami, la prière, aussi souvent que vous sentirez les vieux démons vous envahir. Et enfin, votre épouse…

— Quoi, mon épouse ?

— Il vous faudra revenir vers elle…

— Aloïse ne prise plus guère ma compagnie, l'interrompit brusquement Bascompt.

Qu'y puis-je ? N'y aurait-il pas là quelque erreur à vouloir forcer les sentiments ?

— Elle attend un geste, un petit geste de vous.

— Ah, maugréa Bascompt, troublé malgré lui. Parfois, il me vient à penser qu'un fossé s'est creusé entre nous, et que, lorsque nous parlons, les mots n'ont plus la même signification. A tel point que j'envisage de retourner vivre dans ma bonne ville d'Alger.

— Sans Aloïse ?

— Vous savez bien qu'elle a renoncé à ce pays. Elle y a bien trop détesté la vie que nous menions autrefois. Trop d'amis, trop de présumées maîtresses, ricana-t-il. Trop de raisons de tourner le regard ailleurs... que vers elle...

— Alors, fit Loupiac en joignant les mains comme pour la prière, ce sera une décision misérable.

— Je ne vous permets pas d'en juger, protesta Bascompt. Vous êtes mon confesseur et rien de plus, grand Dieu ! Mes affaires ne vous regardent point. Croyez-vous que je n'ai pas décelé depuis longtemps votre jeu auprès d'Aloïse ? C'est vous qui lui avez appris à se défier de moi, comme s'il s'agissait là d'un combat salutaire. Et maintenant, vous venez plaider en sa faveur alors que tout est perdu. Vous avez été l'artisan de cette déchirure, monsieur.

— J'ai voulu vous montrer la bonne direction.

— Pour ça, monsieur, je ne me fie qu'à mon instinct. Et jusqu'alors, il ne m'a guère trompé.

Marcellin se détourna, avec le même mouvement d'humeur que pour Alexis. Décidément, se dit-il après que Loupiac eut refermé la porte du cabinet de travail, c'est un jour de grande lessive.

Un sentiment d'orgueil le submergea alors, un mélange de force et d'invulnérabilité. Il se sentit redevenir un de ces grands seigneurs de la noble lignée des Bascompt. Puis il descendit au salon et alla se planter devant le portrait du fameux général d'Empire. Un peu de sang de l'ancêtre coule encore dans mes veines, se rassura-t-il en se détournant vers l'allée du parc écrasée de soleil.

Joseph Duprat avait réquisitionné les paires de bœufs de la contrée pour charrier, tombereau après tombereau, les tonnes de pierres sur le chemin des Vieilles Vignes. Chadal en était déjà à son quatrième voyage de la semaine. Un chargement lui demandait une pleine journée de labeur, à trimer entre Galiane et les carrières du puy de Merliac. Ça lui rapportait douze francs par jour. Douze francs pour charger à la main les blocs de cinquante kilos, pêle-mêle, tels que les carriers les détachaient de la haute falaise de calcaire, puis pour les acheminer jusqu'au chantier et les verser en tas. L'agent voyer surveillait les opérations en pointant sur son petit calepin les rotations. Entre les convoyeurs, une sorte de duel s'était engagé. Lavaud et Franchet se tenaient la dragée haute. Un petit tour d'écart seulement les séparait. Ces enfantillages amusaient le vieux Chadal qui avait déjà participé, en 1905, à la construction de la route de la Tournette.

Bientôt, sur le kilomètre du futur chemin dont le tracé avait été piqueté soigneusement par les géomètres, s'alignèrent de gros tas, répartis à distance égale. L'agent voyer forma les équipes des casseurs de pierres. Les plus robustes s'attaquèrent aux blocs bruts, tandis que les autres, à petits coups réguliers de massette, formèrent des amas concassés qui serviraient au blocage de la voie. Ce travail de patience allait prendre des semaines et des semaines.

Chadal avait tenu à se faire engager par les Ponts et Chaussées, désormais que son foin était rentré et son blé gerbé dans la grange. Au bout du compte, cela lui ferait un petit pécule avec lequel il projetait d'acheter une vache, une de ces belles salers à grandes cornes pour tirer sa charrue. Sous le soleil de feu, il s'était mis torse nu pour conserver la liberté de ses mouvements et ne pas être gêné par la sueur qui lui dégoulinait entre les omoplates. C'était un travail épuisant, mais il avait l'avantage de l'empêcher de penser à son fils. Il lui semblait que le reste de sa vie ne suffirait pas à venir à bout de son chagrin.

Aurait-il épousé la petite Anaïs ? se demandait souvent Etienne Chadal. Ou bien n'aurait-il fait que s'en amuser jusqu'à ce qu'elle perde patience ? Il ne trouvait rien à répondre qui pût le satisfaire. Si la mort les avait réunis dans la même tombe, ce n'était que par la volonté arbitraire des vivants, qui en avaient décidé ainsi, à leur place, pour l'éternité. Cette histoire embarrassait tellement Etienne Chadal qu'il avait tenté de trouver dans les affaires personnelles de son fils une justification, au moins un soupçon de réponse. Après sa mort, il avait remisé ses effets dans un placard du cellier, entre les barriques de vin engerbées et la réserve de pommes de terre. Tout cela avait été jeté là en vrac, vêtements et papiers personnels, car il lui aurait été trop pénible de les voir dispersés dans toute la maison, sous ses yeux. Dans ce fatras, il retrouva les carnets intimes de son fils et il les lut, analysant chaque mot pour tenter de capter, dans la plus infime allusion, le secret qu'il avait emporté avec lui.

Alexandre avait le goût de la littérature et il adorait écrire. Mais cette lecture attentive permit à Chadal de découvrir que le nom d'Anaïs n'était jamais cité. Pas un mot sur cette histoire d'amour. Pas la moindre allusion. Rien. Dans ses cahiers, le jeune Alexandre déclarait plus volontiers sa flamme à quelque héroïne de roman qu'à cette pauvre Anaïs qu'il voyait pourtant en secret. Il n'avait jamais su qu'elle était enceinte, car il avait été tué avant qu'elle ne le lui apprenne. En refermant les portes du placard qu'il se promit de ne plus jamais rouvrir, Etienne comprit que le doute subsisterait à jamais et que, en dépit des propos enfiévrés de Léon, le vieux Goursat n'avait peut-être pas tort lorsqu'il prétendait qu'Alexandre n'aurait pas épousé sa fille.

Chadal était occupé à charger une brouette de pierres concassées, une de plus, lorsque Léon saisit par surprise le manche de sa pelle. Dans le brouhaha, il ne l'avait point entendu approcher. Il se retourna vivement et le serra contre lui, de toutes ses forces, comme s'il se fût agi de son propre fils. Car il éprouvait de l'affection pour ce jeune gars, comme il en avait éprouvé pour Clément – qui avait été un ami intime de son fils –, une tendresse qui, après la guerre, s'était en quelque sorte reportée sur le rescapé des Goursat, le seul témoin des années heureuses où tous ces enfants allaient et venaient autour de sa demeure.

— Qu'est-ce donc qui t'amène ? demanda-t-il. Je te croyais chez ton notaire de Brive à faire le cocher.

Léon jouait distraitement avec la massette. D'un petit coup sec, il ébrécha un pavé dans une fusée d'étincelles et de poussière.

— Laisse ça, mon gars ! Tu n'as pas la manière. Faut chercher l'angle d'attaque. Le point faible par où tu vas le faire partir en mille morceaux. C'est comme de fendre le bois. Mais ça, tu sais le faire.

Et, pour illustrer ses propos, Chadal éclata un bloc d'un coup vif.

— Ça vous rapporte combien, cette besogne ?

— Une misère, répondit-il en essuyant ses mains à son pantalon de toile.

Léon s'éloigna de quelques pas et escalada le tas de pierres. Une dizaine de types travaillaient sur la route, dans le ballet incessant des brouettes. Une autre équipe, plus haut, damait le blocage à coups répétés. Cela faisait une pétarade continuelle qui se répercutait en écho dans la plaine.

— Avez-vous vu mon père récemment ? demanda Léon en revenant vers Chadal.

— Tu sais bien qu'on se parle plus. Comme si j'étais la cause de tout ce qui est arrivé.

— Mon père en a contre tout le monde depuis que Pierre nous a quittés. C'était lui, le préféré, le seul capable de reprendre Lavialatte.

— Tu racontes n'importe quoi. La colère t'aveugle.

— Mais non ! s'écria Léon. C'est comme ça aujourd'hui. Et c'était déjà comme ça avant la guerre. Mais je l'avais pas encore compris. Il aura fallu que je me retrouve seul pour que je le réalise. C'est très dur pour moi, c'est en partie pour ça que je suis parti à Brive.

— Oh ! fit Chadal en s'essuyant le visage avec un grand mouchoir, ta femme y est aussi pour beaucoup. Emma n'a jamais aimé le travail de la terre.

Léon bousculait de la pointe de sa chaussure les pierres brisées qui jonchaient le bas-côté.

— La mort arrange tout, ajouta Chadal, appuyé sur le manche de sa pelle. Nos sales histoires se perdront dans l'oubli. C'est dire si on est peu de chose sur terre.

— Anaïs et Alexandre sont loin de tout ça, désormais. Il n'y avait que leur amour qui était grand et beau.

Etienne soupira et se remit à la tâche. Pelletée après pelletée, il remplit la brouette. Quand elle fut chargée à ras bord, il cracha dans ses mains et s'empara des manchons en ahanant. A pas hésitants, il la conduisit jusqu'à l'équipe des ouvriers. Puis, d'un vigoureux coup de reins, il la versa brutalement en tirant les brancards vers le ciel. Ensuite, il revint devant Léon qui attendait toujours sous le soleil, en manches de chemise, le veston plié sur le bras.

— J'ai réfléchi à ce que tu m'as dit, fit Chadal, essoufflé par l'effort. Je sais pas si cet amour entre Anaïs et Alexandre était aussi grand et fort que tu le prétends.

— Ils s'aimaient comme des fous.

— Comme des fous, comme des fous... c'est tout ce que tu sais dire. Je connaissais mon Alexandre aussi bien que toi. C'était un garçon volage. Il avait déjà eu la petite Delmain, et après Marie Mauricée. Et d'autres encore, à Tulle, pendant l'Ecole normale. Ta sœur était l'une d'elles. Rien ne prouve que cet amour aurait duré.

— Vous n'avez pas le droit de dire ça ! s'écria Léon.

— Toi, tu ne comprends pas, parce que tu n'es pas un homme à femmes. Peut-être qu'Emma a été la première. Mais mon Alexandre, c'était un coureur. Un coureur impénitent.

— Comment pouvez-vous parler de lui comme ça ? Alexandre, c'était un type épatant. Epatant ! répéta Léon en agitant sa veste à bout de bras.

Etienne Chadal se laissa choir sur sa brouette.

— J'aimerais tellement être sûr qu'il l'aurait épousée avec son enfant. Ça aurait fait un si beau couple. Pour sûr que ça aurait fait un sacré couple. Mais la vie se déroule jamais comme on l'imagine. La vie réserve des surprises. Et, à tout bien réfléchir, on peut jurer de rien.

— Clément était très attaché à votre Alexandre. Ils passaient beaucoup de temps ensemble, à discuter, à sortir. Y avait une grande complicité entre eux. Clément en savait plus que nous tous sur cet amour. Il en savait tellement qu'il m'a écrit du front pour m'annoncer qu'Anaïs était enceinte. Il voulait que j'empêche mon père de faire ce mal, ce mal horrible...

— Allez, dit Chadal en lui prenant la main, faut plus penser à ça. C'est fini, maintenant. On reviendra plus en arrière.

— Mon père supportait pas ça, continua Léon en reniflant. Mon père s'était mis en tête que votre fils entraînait Clément sur la mauvaise pente.

— Qu'est-ce que ça veut dire, pour ton père, la mauvaise pente ? Tu peux m'expliquer ?

— Les idées socialistes.

— Dans notre famille, on a toujours été de gauche, déclara Chadal. Et Alexandre était de gauche, la vraie gauche, pas celle de cette canaille de Clemenceau, la gauche de Jaurès, la gauche qui voulait pas de la guerre, la gauche que ce salaud de Bascompt vilipende et traite de capitularde. Ce choix était tout à son honneur. Et ton frère était de cette gauche-là, c'est pour ça qu'ils s'entendaient si bien. Voilà ce que ton père ne supportait pas. Ce qu'il appelait la « mauvaise pente », comme d'autres disent la mauvaise graine, c'était la graine de l'avenir. Ces enfants-là, clairvoyants comme ils l'étaient, ils nous manqueront dans les années à venir. On aura besoin d'eux, nous les petits. On aura besoin de tous ces pauvres gars honnêtes massacrés sur le front. Cette saignée-là, on s'en relèvera pas. Bascompt peut bien plastronner devant son monument aux morts, bâti avec sa généreuse aumône. A croire que ça le rassure, tous ces noms gravés dans la pierre. Parce que, tôt ou tard, il les aurait trouvés en face de lui, les Clément Goursat, les Alexandre Chadal. Cette bonne graine-là, elle est légion dans les cimetières. Voilà pourquoi Bascompt élève des monuments aux morts avec son insolente générosité.

A chaque fois qu'il abordait ce sujet, Chadal devenait intarissable, au point que son interlocuteur ne pouvait plus placer un mot. La sueur dégoulinait sur son visage, pire que s'il venait d'abattre un énorme travail. Au soleil, Léon jugea qu'il était près de cinq heures de l'après-midi et qu'il devait sans tarder prendre le chemin de Lavialatte.

— Ça vaut pas la peine de se mettre dans un état pareil, dit Goursat. On changera rien au fait que Bascompt a acheté toutes les bonnes terres.

— L'animal s'est lancé dans l'élevage à grande échelle. C'est Edouard Pauliat qui lui entretient son cheptel.

— Je sais, fit Léon. Mon père m'a bien assez reproché d'avoir pas su me placer comme Edouard.

— T'as pas à avoir de regrets. Jamais le vieux Bascompt t'aurait confié son troupeau. C'est un privilège réservé à ses larbins. Et qui était mieux placé que les Pauliat pour ça ? Aurélien est reçu dans la famille comme un coq en pâte. La vieille Ernestine donnerait sa chemise pour lui être agréable. Les larges tranches de jambon, les pâtés de foie, les omelettes aux cèpes, rien n'est assez bon pour ce garnement. On dit même que ça se prive pour lui être agréable. Et je compte pas les présents. Ça offre un cochon par an, tout préparé. Ces gâteries, mon petit, que veux-tu, ça entretient les bons rapports.

— Je jurerais que Marcellin n'en fait pas plus de cas...

— Foutre non. Ça n'a que du mépris pour le manant. Bascompt ne rêve que de nous traiter comme ses moricauds. Mais le paysan de Galiane a l'orgueil dans le sang, quoi qu'on dise. C'est tout à son honneur. Et le vieux a bien compris qu'il pourrait pas le tordre comme en Algérie. Son dépit vient de là. Au début, quand il a acquis les biens des de Jandelles, il espérait nous faire marner sur ses terres à coups de trique. Mais avec leurs deux ou trois hectares, nos petits propriétaires d'ici n'ont pas bronché. Autant être pauvre chez soi qu'esclave chez les autres. Ça, c'est un bon calcul, mon petit. Et si le vieux Emile s'est mis au service de Bascompt, c'est d'abord pour ses intérêts. Je sais pas quels sont leurs arrangements, mais je parierais que le vieux grigou finira par tirer les marrons du feu. Oh, foutre oui, les Pauliat, c'est pas du genre à se faire rouler dans la farine.

Léon éclata de rire.

— Bon ! c'est pas tout, mais je dois faire un saut à Lavialatte.

— Tu donneras le bonjour à ton père. Et tu lui diras que j'ai rien contre lui, que ma porte lui est toujours ouverte.

Goursat hocha la tête.

— Je sais pas si ça changera quelque chose. D'abord, je vais tenter de me réconcilier avec lui. Et ce sera pas une mince affaire.

— Tu es son seul fils.

— Mort et enterré, il a dit.

— C'est des paroles en l'air qu'on regrette après coup.

— C'est des paroles qui font mal.

— Lavialatte, fit Chadal en clignant de l'œil, c'est une terre qui vaut le coup. C'est mieux que d'aller travailler chez les autres.

Et, d'un geste vif, il lui lança une bourrade.

Léon aperçut son père juché sur une échelle, au cœur d'un prunier. Avec sa chemise à larges bandes bleues en coton écru et son chapeau de paille fatigué, il ressemblait à un de ces épouvantails que les paysans installent dans les arbres pour éloigner les étourneaux. Il descendit le chemin jusqu'à la mare, puis la contourna à cause des orties qui poussaient sur les bords. Dans la plantation de plein vent, l'herbe était si haute et sèche qu'il en eut le cœur serré. Le vieil Auguste Goursat parait au plus pressé. Léon remarqua qu'il avait négligé de moissonner le blé autour des arbres, dans ces endroits difficiles que seule la faucille pouvait atteindre. Il comprit que son père avait renoncé, par honte ou par colère, à demander de l'aide à son entourage, même aux plus proches voisins comme Delteil, toujours disposé à rendre service. Le vieux Goursat avait préféré s'enfermer dans le mutisme plutôt que d'avoir à expliquer les raisons de sa solitude.

Emporté par son élan, Léon coupa la large boucle du chemin et sauta le talus où autrefois Pierre avait planté des figuiers pour retenir la terre qui s'éboulait à cet endroit. Enfin, il déboucha au pied de l'échelle d'Auguste. Au froissement de l'herbe sèche piétinée, le vieux se retourna. A peine surpris, il continua sa besogne, grappillant des poignées de reines-claudes qu'il déposait dans un panier d'osier suspendu à une branche maîtresse. Le moindre mouvement entraînait la chute des prunes trop mûres, qui allaient rejoindre celles qui pourrissaient déjà dans l'herbe. Ces fruits attiraient des colonies de guêpes et de frelons. Léon se baissa pour en ramasser une qu'il fit tourner au creux de sa main. La peau était craquelée autour de l'attache et il en suintait un miel collant.

— C'est bien mûr ! dit-il.

— Mon gars, lança Auguste, je peux pas

être au four et au moulin. Et y m'reste encore toutes les rangées de la plaine.

— C'est plus tardif, objecta Léon.

— Avec cette chaleur, ça tardera pas à tomber aussi. Tant pis, ce sera pour le bouilleur.

— Pourquoi tu te fais pas aider ?

— Pourquoi, pourquoi... répéta Auguste sur son barreau d'échelle.

Une pluie de prunes ponctua son agitation.

— Y aurait bien une autre manière de gagner du temps, ironisa-t-il. Ce serait de secouer l'arbre ! Ça demanderait moins de peine que de les cueillir une à une. Mais moi, fichtre, j'ai pas appris à travailler comme ça. Y sera pas dit que Goursat livre des reines-claudes mâchées ! Faudrait même que ça aille dans le panier sans qu'on les touche, histoire de conserver intact le duvet autour. Y a rien de pire que ces prunes tripotées. De la besogne comme ça, ça mérite pas d'être payé.

— Tu crois que les expéditeurs y regardent de si près ?

— Et comment, mon gars !... Une

réputation est vite faite. Et puis, si t'es venu pour me donner ce genre de conseil, tu peux t'en retourner d'où tu viens. Des jean-foutre, ça manque pas, ça prolifère comme les puces sur le dos d'un chien.

Léon sourit. C'était le genre de réflexions qui avaient marqué son enfance.

— Ah, je te reconnais bien là, lança-t-il.

Le panier empli à ras bord, le vieux se décida enfin à descendre de son échelle. Léon s'avança pour l'embrasser, mais Auguste se détourna pour verser son chargement dans une caisse qui attendait sur le bord du chemin.

— Tu peux embrasser ton fils, quand même ?

La sueur luisait sur son visage.

— Regarde comme je suis. En nage !

Et, d'un long regard, il toisa son fils endimanché.

— Tu vas te salir, mon gars.

Léon haussa les épaules.

— Cesse donc tes simagrées.

— T'es un bourgeois, maintenant.

— Je suis rien du tout.

Par défi, Léon jeta son veston contre le

talus et roula les manches de sa chemise jusqu'à la saignée du coude.

— Je vais te donner un coup de main.

Le vieux éclata de rire.

— Tu sais plus rien faire. Tout ce que je t'ai appris, tu sais plus le faire. T'as perdu l'habitude. Conduire les huiles de Brive, ça, n'importe qui saurait le faire. N'importe quel imbécile peut devenir un larbin. Mais être son maître, mon petit, rien devoir à personne, ça, c'est une autre paire de manches...

— Tu dois les livrer quand, ces caisses-là ? l'interrompit Léon en désignant les rangées de cageots sur le bord du chemin.

Auguste ôta son chapeau de paille. Au fond de lui, il pensait : Ce pauvre imbécile n'a pas un gramme de fierté dans le corps. Mon père m'aurait dit ça, je serais devenu fou de honte. Comme quoi, son séjour à la ville chez les bourgeois l'a privé d'amour-propre. La condition pour devenir un domestique, c'est d'abjurer tout orgueil.

— Depuis quand tu t'intéresses à Lavialatte ? Je croyais que t'avais renoncé au travail de la terre, reprit-il.

Léon soupira.

— T'as bien été domestique chez de Jandelles. Ça t'a pas empêché de devenir le maître de Lavialatte.

— Oui, j'ai été domestique chez Firmin de Jandelles, mais j'ai jamais perdu de vue que le moindre sou gagné était réservé à la prospérité de notre ferme. J'aurais préféré crever de faim, plutôt que de renoncer à ça. Dans la vie, un homme doit savoir ce qu'il veut. Un homme qui sait pas ce qu'il veut, il a pas de but dans la vie. Et un homme sans but, c'est un homme mort. A moins que le but, ce soit que de passer du bon temps. Peut-être que t'as que ce genre d'ambition, passer du bon temps dans les jambes d'un patron, courber l'échine et attendre que la vie s'écoule paisiblement.

Léon Goursat ôtait une feuille par-ci, une prune grêlée par-là.

— Tu vas au marché demain matin ? demanda-t-il.

— Non. J'ai pas le temps.

— Comment tu fais, alors ?

— Charolet fait le courtier dans la commune. C'est lui qui viendra les chercher tout à l'heure. Ça me fait perdre cinq ou six sous au kilo, c'est tout.

— Il te les paye combien ?

Le vieux sourit.

— 45 sous.

— A Brive, au détail, c'est revendu jusqu'à 1,15 francs.

— Ça double, ça triple... Le paysan, c'est l'éternel cocu. Tout le monde profite de son travail. Dans le fond, t'as peut-être raison de travailler à la ville. Tu gagneras plus. Il suffit d'avoir l'caractère à ça. T'es pas comme mon pauvre Pierre. Lui, c'était un vrai paysan, la terre chevillée au corps.

— J'ai donné mon congé, déclara Léon.

Auguste, qui ne l'écoutait point, poursuivait son idée :

— Faut aller chercher l'argent là où il est, chez les autres. Les riches, de préférence. Y a pas de secret, mon gars ! Peut-être qu'avec le temps, t'arriveras à t'faire une place au soleil. C'est tout ce que j'te souhaite.

Léon lui agrippa la chemise.

— Est-ce que tu vas m'écouter, nom de Dieu ? Je te dis que j'ai donné mon congé.

— Ton congé de quoi ?

— J'ai décidé de quitter Madel.

— Déjà ? T'as trouvé autre chose de mieux ?

— Décidément, tu comprends rien. J'ai donné mon congé pour revenir à Lavialatte.

Auguste le fixait, ahuri.

— Et Emma ?

— Emma fera ce qu'elle voudra !

— Je te fiche mon billet qu'Emma reviendra jamais ici.

— Dans une semaine au plus, je serai de retour si tu le veux bien.

Auguste se détourna vers le chemin et fit quelques pas en direction des figuiers.

— L'air de Brive me convient pas, poursuivit Léon. J'ai besoin de cette terre. J'en ai besoin pour toutes les raisons que t'as si bien expliquées. Sans elle, je crois pas que je parviendrai à être heureux.

Le vieux, pour ne pas montrer son émotion, s'éloigna encore, tandis que son fils courait derrière lui.

— T'es d'accord pour que je revienne à Lavialatte ? Je ferai ce que je pourrai. Et tu seras là pour me seconder.

Auguste se retourna à moitié.

— Tu es chez toi ici. Mais…

Il hésita à finir sa phrase. Elle lui coûtait tellement qu'il avait la gorge nouée. Léon posa sa main sur l'épaule.

— Mais quoi ?

— C'est ta mère, balbutia-t-il. Ta pauvre mère… Elle perd la mémoire.

— Je sais.

— Elle se croit revenue quand vous étiez petits à lui courir dans les jambes. J'arrête pas de lui dire que tout ça n'est pas vrai, que plein de choses se sont passées depuis ces années-là. Des choses terribles… La guerre… La guerre qui nous a tout pris… Tes frères au cimetière… Anaïs… Elle regarde notre maison vide. Et dans sa tête, rien ne correspond à la réalité. Elle vous parle comme si vous étiez tous là, à l'entendre. Elle dit des choses qui me font tellement mal, des choses du passé.

— Ça sert à rien, dit Léon. Il faut la laisser dans son monde avec ses rêves. C'est peut-être pour elle une manière de se défendre contre le destin.

— C'est trop dur pour un seul homme, murmura-t-il, affaissé contre le talus, sous l'ombre épaisse des figuiers.

— Je t'aiderai, dit Léon. Et tous ensemble, on arrivera à reprendre le train-train d'avant.

— Non, ce sera plus jamais comme autrefois.

— On essaiera d'oublier tout ça.

— J'ai pas été juste avec Anaïs, murmura-t-il.

Des larmes dévalaient sur ses joues amaigries, se mêlant à la sueur, des larmes qu'il ne pouvait plus contenir après tant de jours et de nuits de solitude.

— Anaïs t'a pardonné, confia Léon d'une voix émue. Elle t'a tout pardonné. Tout le mal que tu lui as fait.

— Tu lui as parlé avant qu'elle…

— Oui. Oui, je lui ai parlé. Et elle m'a demandé de revenir à Lavialatte. Elle m'a dit : « Il faut que tu aides nos parents pour que notre terre demeure. Tu dois faire comme moi, leur pardonner aussi. Tu n'as pas le droit de les juger. Ce n'est pas à nous de juger sur la terre. Ce n'est pas à nous de condamner... »

— Elle t'a dit ça avant de...

— Oui. Elle m'a dit ça.

— Ç'a été ses dernières paroles ?

— Oui, répéta Léon. Et je lui ai promis que je reviendrais à Lavialatte quoi qu'il m'en coûte. Je lui ai promis aussi de ramener son corps dans notre maison où elle a grandi. Et de la mettre en terre près d'Alexandre.

Auguste se renversa sur le côté, le visage contre l'herbe du talus. Léon le fixait avec un sentiment de pitié. L'homme est petit dans la douleur, pensa-t-il. Si petit. Minuscule. L'orgueil, qui semble nous grandir, nous hausser jusqu'aux nuages, n'est qu'un leurre. L'homme redevient petit lorsque enfin il se décide à recouvrer la raison.

— La parole d'Anaïs est sacrée, ajouta Léon en se détachant de l'ombre épaisse des figuiers pour se placer au milieu du chemin, en plein soleil. Notre terre est là.

Et il fit un geste large, comme pour prendre à témoin l'espace, des hauteurs de Lavialatte jusqu'à la plaine du Roc-Pelé et aux grands bois des Cousteaux marbrés d'ombres, tout ce qui appartenait aux Goursat et qui leur appartiendrait longtemps encore, tant que la terre de Corrèze engendrerait des paysans.

4

En touchant l'épaule de son cocher du pommeau de sa canne, Marcellin Bascompt fit arrêter la voiture. Puis il se laissa glisser lourdement dans la lumière poudreuse du chemin. Pour éviter la poussière ocre qui enfarinait la nouvelle route, il gagna le bas-côté tapissé d'herbes sèches.

Quand Marcellin parvint à la hauteur des ouvriers, il baissa son chapeau de toile couleur paille sur l'arête de son nez et cambra le buste. Une fraction de seconde, il se crut transporté de l'autre côté de la Méditerranée, lorsqu'il longeait les cases bordant les orangeraies. En l'apercevant dans l'étouffante chaleur de l'après-midi, les journaliers firent mine de redoubler d'ardeur.

Bascompt roula les yeux sur les dos nus, hâlés et luisants de sueur. En le voyant dans son costume de toile blanche, cravaté comme pour un dimanche, les hommes se redressèrent et il entendit quelques murmures s'élever.

— C'est l'ingénieur du génie rural ? demanda une voix.

— Des travaux finis, oui ! répliqua une autre voix.

— Mais non, dit Etienne Chadal, c'est Bascompt. Le gros colon d'Algérie. Il a tout acheté par chez nous. Et depuis, il se croit le maître, comme là-bas.

Bascompt avait l'habitude qu'on chuchote sur son passage. Il n'y avait guère plus que quelques familles pour se mettre à genoux devant lui, dont ces Pauliat auxquels, justement, il allait rendre visite.

La ferme était située en contrebas du chemin des Vieilles Vignes. Bascompt s'arrêta à l'entrée de la cour, hésitant à aller plus avant. Malgré deux semaines de forte chaleur, la boue n'avait pas encore séché. Il longea le mur, prudemment, et monta les quelques marches branlantes qui le séparaient de la cuisine. Un parfum d'ail le cueillit sur le seuil. Comment Aurélien peut-il supporter de s'asseoir à une telle table ? pensa-t-il en franchissant le pas de porte. Ernestine ne put réprimer un cri lorsqu'elle l'entrevit dans le contre-jour puis s'appliqua à trouver ses mots pour saluer cet incroyable événement, la présence de Marcellin dans sa demeure. Soudain, d'un regard circulaire, elle jugea du désordre dans sa cuisine, cet insolent désordre qui pouvait choquer la vue du noble visiteur. D'un œil amusé, Bascompt suivit les allées et venues désespérées de son hôtesse qui tentait de remettre un semblant d'ordre dans cette maison.

— Oh, mon bon maître, s'exclama-t-elle en cachant le tablier qu'elle venait d'ôter derrière son dos, c'est mon Emile que vous voulez voir ?

Marcellin, négligemment appuyé sur sa canne, hocha la tête.

— Je sais pas où il est, déplora Ernestine en se glissant au-dehors, agile comme une couleuvre.

Plantée sur son perron, où étaient

entassés dans un grand panier d'osier des artichauts grivelés de violine, elle appela son mari en poussant un cri strident.

Marcellin Bascompt s'éloigna vers la sapinière qui bordait le hangar, dans la direction où il avait entendu une réponse en forme d'aboiement. Le vieil Emile était occupé à remmancher des outils. Surpris, il s'essuya les mains sur le fond du pantalon mais ne tendit que son poignet d'un geste hésitant. Bascompt le salua sèchement en touchant le bord de son chapeau.

— C'est un grand honneur pour moi... marmonna Emile.

Marcellin détourna le regard vers la trouée du chemin baignée d'une lumière dorée. Il respira profondément. Ça sentait l'ortie sauvage. Cette odeur âpre le changeait du jardin d'agrément qu'entretenait Aloïse, seringats et cassis-fleurs. Ces parfums-là l'étourdissaient. Et encore plus les lilas qui lui donnaient la migraine.

— Quel bon vent vous amène ? demanda Emile, courbé sur son manche de pioche qui lui servait de béquille.

Le visiteur alla se placer dos au soleil,

pour ménager ses yeux. Emile pivota légèrement, la tête de côté. C'était une de ses coquetteries de ne jamais fixer les gens en face. D'expérience, le vieux savait par où se trahissent les sentiments. Et, s'agissant de Marcellin-Aimé Bascompt, il devait redoubler de prudence.

— Depuis ta visite, mon brave, j'ai réfléchi à nos arrangements.

Le vieux se cabra sur son manche de pioche dans un soubresaut de crainte. Cette canaille d'Alexis aurait-il fini par le convaincre ? se demanda-t-il. Emile risqua un œil vers Bascompt.

— Vous doutez de moi ? J'ai fait que rapporter la vérité. Des choses que n'importe quel petit éleveur de par chez nous pourrait constater. Sauf votre respect, monsieur Bascompt, se risqua Emile, si vous alliez un peu plus vérifier dans vos étables, vous verriez que c'est point là des menteries. Pour sûr que j'suis un homme droit. Tous les gens de notre village pourront vous l'dire. Droit et intègre. J'puis jurer si vous m'le demandez.

— Je sais où se niche la canaille. Je l'ai

débusquée bien des fois, répondit Marcellin, plus pour lui-même que pour le paysan. Ce n'est pas une mince affaire que d'être expert en filouterie. Il se trouve que j'en ai par-dessus la tête de tous ces petits gratte-papier mesquins et envieux qui viennent se faire la main sur mes finances. Nous ne savons plus qu'en faire. Or, pour faire fructifier nos avoirs en bonne terre, en prairies grasses et en coupes de bois, il faut juste des bras robustes. Rien de plus. Nous avons ce qu'il faut ici même, n'est-ce pas, mon brave ? Point n'est nécessaire que des petits freluquets se mêlent de nos affaires.

Emile hochait la tête, l'œil vif.

— Vous pouvez compter sur notre famille. Et mon Edouard est un rude gaillard qui ne rechigne pas à la tâche.

— J'entends bien, soupira Bascompt.

Puis il s'avança vers le vieil Emile et lui toucha l'épaule. C'était, dans son langage à lui, un geste de confiance. Et le paysan, confus, se mit à rougir, gonflé soudain d'orgueil.

— J'ai grassement payé un régisseur, reprit Bascompt. Et la canaille m'a trahi.

— Vous n'avez plus votre régisseur ? s'étonna perfidement Emile.

— La place est désormais vacante. C'est d'autant plus fâcheux que j'entends faire prospérer mon domaine. Ne vois-tu point ces travaux-là ? fit-il en désignant les hauteurs de la colline. Si j'ai donné au maire le terrain nécessaire pour ouvrir ce misérable cul-de-sac, ce n'est pas pour des prunes. Une belle route bien empierrée va donner de la valeur aux Vieilles Vignes...

— C'est une bien généreuse décision, dit le vieux. Ça va arranger tout le monde ici. Enfin, on pourra faire rouler une batteuse sur cette route sans aller chercher cinq ou six paires de bœufs pour la sortir du bourbier.

Le visiteur ôta son chapeau pour laisser dégouliner la sueur.

— Je n'ai qu'une ambition, poursuivit Bascompt en faisant mouliner sa canne dans l'air, la prospérité de notre village. Chaque fois qu'une idée intelligente germe sous un crâne, je ne la laisse point se perdre. Il ne faut pas toujours écouter ce que l'on dit sur mon compte.

— Oh, monsieur ! J'ai jamais rien entendu de semblable...

— Je sais ce que l'on raconte dans mon dos, l'interrompit Marcellin. Mais je n'ai rien à me reprocher. J'ai fait ériger un monument à la gloire de nos enfants tombés au champ d'honneur. Maintenant, j'aide à la construction de nos routes...

— Si vous acceptiez d'entrer, proposa Pauliat, j'aurais grand plaisir à vous faire goûter mon petit vin.

— Non, merci, répondit Bascompt, horrifié à l'idée de se gâter le palais avec ces vinaigres chargés de tanin que fabriquaient les paysans d'ici. L'ombre de vos sapins suffit à mon confort, ajouta-t-il en remettant son chapeau sur la tête.

Il poursuivit d'une voix déterminée :

— A présent qu'Alexis n'est plus à mon service, il me faut traiter avec toi directement.

— Je sais compter aussi bien que votre Alexis, rétorqua le paysan. Je sais quand on me vole.

— Nous avons conclu un contrat.

Le vieil Emile se souvint qu'il avait rangé ce malheureux papier dans le grand tiroir du buffet de la cuisine en se disant que tout ce qui n'est point passé devant notaire ne vaut pas tripette.

— Un contrat dans lequel il est stipulé qu'en échange de bons soins consacrés à mon troupeau, je t'accorde le droit de pacage sur cinq de mes hectares.

Le vieux leva la tête en regardant par-dessus l'épaule du visiteur.

— J'ai point souvenir de ce papier.

— Alexis était chargé de te le faire signer.

— J'ai juste souvenir d'un accord verbal.

— Je crois même disposer d'un exemplaire dans mon cabinet.

— Ah, fit le vieux, faudra que j'en parle à mon notaire.

— Foutre ! s'exclama Bascompt. Nous n'avons pas besoin de ces oiseaux-là. Un bon accord passé d'homme à homme vaut tous les contrats notariés du monde.

— Je consens toujours à m'occuper de votre troupeau, à condition que…

— A condition ? répéta Bascompt.

— Tout travail mérite salaire.

— Le droit de pacage ne te suffit pas ? Tu es bien gourmand, l'ami !

— C'est pas pour moi que je parle. Moi, à mon âge, j'ai plus besoin de rien. Un peu de soupe, du bois l'hiver pour réchauffer mes vieux os... C'est à mon Edouard que je pense.

Bascompt opinait de la tête en serrant les dents. Ce vieux grigou sait ce qu'il veut, songeait-il. Si je ne fais pas quelque effort, cinquante têtes de bétail vont me rester sur les bras.

— Alors, dit Marcellin, tu veux un salaire ?

— Un salaire pour mon Edouard, précisa le vieux. Et je vous garantis que votre troupeau sera bien traité.

— Cent cinquante francs le mois ? proposa Bascompt.

Emile se détourna, comme il le faisait sur le champ de foire, lorsque les marchands de bestiaux annonçaient des offres dérisoires.

— Tu veux me ruiner, animal !

— Savez-vous le travail que ça demande ?

Il faut faire téter les veaux, remplir les mangeoires de foin, préparer les litières. Venez donc voir.

Marcellin Bascompt recula instinctivement, frissonnant de dégoût à l'idée de fourrer son nez dans une étable.

— Alors, soupira-t-il, combien veux-tu ? Puisque cent cinquante francs ne te suffisent pas.

Emile se rapprocha d'un air contrit.

— Votre Alexis touchait trois cents francs sans mettre les pieds à l'étable...

— Il gérait aussi mes portefeuilles d'actions, mes...

— Ce troupeau doit vous rapporter 20 000 francs l'an, à condition que l'on traite bien vos bêtes, sinon, le bénéfice partira chez l'équarrisseur.

— Tu serais prêt à me garantir ce rendement ?

— Certes oui.

— Au départ, marmonna Marcellin, on me garantit tout ce que je veux. Mais à l'arrivée...

— Y a toujours des pertes imprévisibles,

expliqua Emile. Des jeunes veaux de lait, ça se surveille comme des nourrissons.

Bascompt était agacé de devoir céder à ce petit paysan. Je vais tout vendre, pensa-t-il. Si ça me coûte trop, autant m'en débarrasser. Et que tous ces crève-la-faim barbotent dans leur jus de misère.

— Trois cents francs, donc ! admit-il, la mort dans l'âme. Trois cents francs et on n'en parle plus.

Emile branlait la tête, sans rien laisser paraître de ses sentiments. Il s'appliquait à afficher une soumission polie. Les fortunes se font sou après sou, pensait-il. Mais un jour je posséderai assez d'argent pour acheter le domaine de Bascompt. Et ce jour-là seulement, je pourrai enfin redresser la tête.

Avant de quitter Brive, sa place de cocher chez Madel-Bourgon et ses troubles amitiés du Passage, il restait encore une semaine que Léon comptait mettre à profit pour convaincre Emma de revenir avec lui à Lavialatte. Ça lui avait été facile de donner son congé à Madel, tellement facile qu'il n'en revenait pas encore d'avoir eu cette audace. Le notaire avait accueilli sa demande d'une moue perplexe, en se disant qu'il fallait attendre l'avis de sa femme, car il avait compris depuis longtemps que, dans ce couple, c'était Emma qui portait la culotte. Et comme Léon Goursat tardait à quitter son bureau, Madel se sentit obligé de lui reposer la question. C'est là que Léon insista.

— Ma décision, fit-il, est sans appel.

Alors, il se résolut à lui tendre son livret militaire.

Goursat le glissa dans sa poche avec un grand soupir. Ça n'avait l'air de rien, mais ce petit objet, depuis qu'on le lui avait soustrait, occupait une place de plus en plus importante dans son esprit. Il lui semblait qu'on avait mutilé une page héroïque de son existence, un fragment de vie dont n'importe qui pouvait disposer. Aussi, maintes fois, Léon avait-il demandé à sa femme de le récupérer dans le bureau de Madel lorsqu'elle y faisait le ménage.

— Tu n'y penses pas, répliquait-elle. Ça serait du vol.

— Du vol ! Il est à moi, ce livret militaire. Je l'ai gagné avec mon courage pendant que ton Madel se tournait les pouces à l'arrière.

A peine arrivé à Brive, Léon monta embrasser sa femme à l'étage. Elle y rangeait le linge, repassé et amidonné à la fécule de pomme de terre. Une odeur de lavande baignait l'atmosphère. Avant de remiser les draps de lin, Emma glissait dans les plis quelques brins desséchés, qu'elle tirait d'un bouquet suspendu au plafond, près de l'abat-jour en tôle émaillée.

— Alors, fit-elle sans même se retourner, à croire qu'elle avait identifié son pas lourd, tu as vu ton père ? Tu lui as annoncé la bonne nouvelle ?

— Mon père attend notre retour.

Emma, le regard tourné vers la fenêtre entrouverte sur la chaleur du matin, semblait réfléchir. Une fois encore, elle se promettait de ne point se laisser dicter sa loi. Ce serait à elle de décider, elle seule. Ensuite, il n'y aurait plus rien à dire. Cette attitude, c'était ce que le père Pradelier appelait autrefois l'orgueil.

Léon arpentait le couloir de long en large. Le parquet ciré craquait sous ses pas.

— Quel bonheur que je sois enceinte ! Un bonheur ! répétait-elle.

Alors, Léon la prit dans ses bras.

— Nous avons désiré cet enfant, dit-il.

Et, comme Léon surveillait attentivement chacune des réactions de sa femme, il ne manqua pas de voir une ombre glisser dans son beau regard gris.

— Crois-tu, demanda-t-elle, que cette grossesse sera acceptée ?

— Acceptée ?

— Oui, acceptée à Lavialatte. Tu en as parlé à ton père ? Et comment Jeanne a réagi ? J'ai besoin de le savoir pour me rassurer.

— Mais, dit Léon en la serrant dans ses bras, si vivement qu'il bouscula une pile de linge, notre enfant est l'avenir de Lavialatte !

— Bon, déclara-t-elle fermement, nous rentrons.

— Tout de suite ?

— Le temps de passer voir Madel pour demander mon congé.

Léon fermait les yeux. Il pensait à ses champs, à ses bois qu'il allait retrouver pour le reste de ses jours. Mille petits détails lui revenaient à l'esprit. « C'est le seul bonheur qui vaille », dit-il tout bas. Emma se retourna pour lui faire répéter sa phrase.

— Le seul bonheur qui vaille, fit-il, la voix étranglée par l'émotion, c'est de marcher pieds nus dans la rosée blanche du matin, de fouler sa propre terre en se jurant qu'elle se perpétuera, saison après saison.

Quand l'employé des chemins de fer claqua la portière du tacot et donna le départ d'un coup de sifflet strident pour Sainte-Rochette, Léon songea qu'une page de sa vie était irrémédiablement tournée.

Quarante-huit heures avant le départ, Alexandre Madel lui avait tenu de singuliers propos.

« Vous nous abandonnez alors », avait-il dit en enfilant soigneusement ses gants de peau, comme chaque fois qu'il se rendait sur les hauteurs des Farigoules pour ses après-midi hippiques.

Devant la mine de son cocher, le notaire avait éclaté de rire.

« Allez ! vous êtes, mon petit, le plus heureux des hommes. Vous avez une femme qui vous aime. Elle vous suivrait au bout du monde. Que souhaitez-vous de plus ? »

Puis, une fois installé, il lui avait fait signe d'approcher de la portière.

« Veillez à ne pas trop la décevoir. Quand l'amour fout le camp, il n'est rien qui puisse en freiner le déclin. Ensuite, les regrets nous sont une bien piètre compagne. »

Entre Brive et Sainte-Rochette, le couple ne s'adressa pas dix paroles. Emma et Léon s'étaient installés face à face, le visage tourné vers la vitre. La jeune femme s'interrogeait sur la manière dont elle serait accueillie à Lavialatte et sur la nouvelle existence qui l'attendait. Léon, lui, méditait sur ces longues semaines à la ville. Que de temps perdu, se disait-il, que d'heures livrées à l'ennui !

Après le dernier arrêt, comme leur compartiment venait de se vider et qu'ils se retrouvaient enfin seuls, Léon lui fit signe d'approcher l'oreille à cause du tohu-bohu.

— Je brûle de te poser une question, dit-il.

Emma fronça les sourcils. Maintenant qu'on se rapproche du bercail, se dit-elle, il a tous les courages. Léon tardait à parler à cause du vent qui s'engouffrait par la vitre baissée. Il se leva pour fermer la fenêtre et demeura quelques secondes le visage suspendu à la vitre.

— Je voudrais que tu me répondes avec sincérité.

— Gros bêta ! fit-elle en haussant les épaules. Est-ce que j'en ai manqué à quelque moment ?

— Justement ! s'enhardit Léon. Dis-moi voir, est-ce que Madel t'a demandé de rester à Brive, à son service ?

— Oui, dit Emma en offrant un visage dépourvu d'expression.

— Ah ! je m'en doutais.

— Et alors, qu'est-ce que ça prouve ? Tout au plus qu'il était satisfait de mon travail. N'en a-t-il pas fait de même avec toi ?

— Bien sûr, s'excita Léon, il voulait nous garder tous les deux. Mais pas pour mes beaux yeux. Pour les tiens, assurément. Je ne suis pas né de la dernière pluie. C'était là une situation qui lui convenait à merveille, le saligaud !

— Mon pauvre ami, c'est la jalousie qui te fait parler. Je devrais m'en sentir flattée. Car cela prouve que tu as beaucoup d'amour pour moi.

De géométriques parcelles de tabac et de maïs alternaient, coincées entre la voie ferrée et la rivière. De temps à autre, de longs alignements de peupliers fermaient la vue. Le tacot filait à petite allure le long de la Sévère, tantôt s'en éloignant, tantôt s'en rapprochant. Léon nota que la rivière était haute pour la saison, à cause des orages de ces derniers temps. Et, fermant les yeux, bercé par le tangage du wagon, il se revit en train de pêcher à la main les goujons, de les traquer jusque sous les racines noires des acacias baignant dans l'eau. Pierre pataugeait dans le lit, en amont, jetant de gros galets dans les trous d'eau, pour rabattre la poiscaille vers lui, le plus agile d'entre tous à ce jeu de patience. Sur la berge ombragée, Clément lisait, indifférent à toute cette agitation, à tous ces cris qui fusaient de la Sévère. Rien au monde n'eût pu le distraire de son occupation, pas même la capture d'un chevesne ou d'un barbeau.

En posant le pied sur le quai de la gare de Sainte-Rochette, encombrée de traverses de chemins de fer, Emma se mit à appréhender l'instant où elle franchirait la porte de Lavialatte. Il lui semblait que toutes les rancœurs amassées, tout ce fiel accumulé, allaient lui revenir en plein visage. Son départ avait ressemblé à une fuite. Elle s'en voulait pourtant d'avoir peur. Cela signifiait-il donc qu'elle avait beaucoup à se reprocher ? Etait-ce un mal que de vouloir vivre sa vie à la ville ? Emma se souvenait encore de la dernière conversation avec Auguste, mot pour mot. Il était venu la supplier de rester. Elle ne l'avait pas écouté.

Au moins, se dit-elle en serrant le sac de cuir contre son ventre, je pourrai dire à mon beau-père que nous n'avons pas dilapidé la dot, lui qui craignait tellement que cet argent ne me file entre les doigts...

Etienne Chadal, leur convoyeur patenté, les posa à l'entrée de la cour. Il ne voulut pas engager plus avant sa carriole.

— Vous ne vous avancez pas avec nous ? proposa Emma, qui trouvait que cette compagnie ne serait pas de trop en pareille circonstance.

— Non, répliqua Etienne, on est toujours fâchés. Mais ça s'arrangera avec le temps. Et si ça ne s'arrange pas, le cimetière y pourvoira. Il n'est plus une querelle qui vaille sous le boulevard des allongés.

Après que la voiture se fut éloignée, Emma s'étonna de sa réaction.

— C'est comme ça depuis la mort de son fils, dit Léon. Il broie du noir.

Emma laissa son mari prendre les devants. Comme aucun éclat de voix ne franchissait la porte de la cuisine, elle se décida à avancer. A peine avait-elle atteint la troisième marche du perron que le visage du vieux émergea dans l'encadrement de la maison. Il portait une barbe de sanglier de huit jours et des habits lustrés de crasse.

— Alors, s'écria Auguste, on n'a pas tout à fait oublié Lavialatte, à ce que je vois ?

— Si on est revenus, c'est pour vous deux, dit Léon en saisissant les épaules de son père. Pour vous deux et la propriété. Car on avait une belle situation à Brive. Et on a longuement hésité. C'est bien vrai ? fit-il en se tournant vers sa femme amusée.

Pour le premier anniversaire de l'Armistice, une grande cérémonie réunit l'ensemble des habitants de Galiane-sur-Sévère autour du monument aux morts. Devant la stèle, le maire fit un discours sur la France éternelle et l'horreur de la guerre, jurant que celle-ci serait la dernière que connaîtrait l'humanité. La Grande Guerre, disait-on, comme si l'on voulait ainsi conjurer le sort, grande et à jamais insurpassable.

Marcellin-Aimé Bascompt était absent. Mais cela n'étonna personne, car chacun savait, dans le village, que le fier bonhomme s'en était retourné passer l'hiver à Alger où le climat est plus doux. Après son départ, le jeune Edouard Pauliat se vantait à qui voulait l'entendre qu'il jouissait de la pleine confiance du vieux Bascompt. Et dans le pays, l'on supputait que le domaine des Vieilles Vignes finirait par lui appartenir, arpent après arpent, au fur et à mesure que Marcellin se détacherait de la Corrèze.

Juste avant Noël, Auguste fit appeler le notaire d'Augeat. Il voulait léguer Lavialatte à Léon et Emma, se réservant juste, pour ses derniers jours, la jouissance de la maison familiale. Emma se résolut alors à donner sa dot de 4 000 francs dans un geste de générosité qui étonna tout le monde – le notaire en tête, qui, mieux que quiconque, connaissait les Pradelier, des gens près de leurs sous. Avec cette somme, les jeunes Goursat acquirent les Hauts de Lavialatte, soit un hectare et demi, une maison et une grange.

Après le départ du notaire, Auguste descendit au cellier et revint avec une bouteille de « vin vieux », comme il disait. Sur l'étiquette dévorée par l'humidité on pouvait lire : « *Pommard 1901* ». Le vieux versa le vin, délicatement, et examina à la lumière la transparence rubis du liquide. Puis il but en clappant de la langue.

— C'est de Jandelles qui m'a donné ce pommard, dit Auguste fièrement. Pour me remercier de toutes ces années passées à son service. C'était en 1904, l'année où Bascompt est venu acheter son domaine. Firmin de Jandelles m'a dit, les larmes aux yeux : « Autant que ce soit toi qui en profites. »

Le vieux but son verre jusqu'à la dernière goutte. Puis il resservit Emma et Léon.

— Et toi ? s'étonna son fils. Tu n'en reprends pas ?

— Non, murmura le vieil homme. Ça me fait trop de peine.

— A cause de de Jandelles ?

— Autrefois, on avait des maîtres à la hauteur. Bascompt, c'est rien à côté. Rien de rien. Ça n'aime pas la terre. Ça n'aime que l'argent, et les plaisirs que procure l'argent.

Le vieux repoussa son verre d'un geste de dégoût.

— Maintenant, mes enfants, c'est à vous de jouer. Avec cinq hectares de bonne terre, comme celle que nous avons à Lavialatte, un homme est un seigneur. Pourvu qu'il y ait de la descendance. Fichtre oui !

Et le vieux lorgna le ventre arrondi d'Emma.

— Rien ne nous dit que ce sera un garçon, fit-elle pour le taquiner.

— Si bien que c'sera un garçon ! s'écria Auguste. Et puis, si c'est pas un garçon cette fois, vous m'en ferez d'autres, des petits, avant que je passe, pour repeupler Lavialatte. Car ce qu'il faut avant tout, c'est qu'une famille soit bien unie autour du domaine, comme les doigts de la main. Parce que, quand ça commence à se disperser, c'est fichu. Tout part en quenouille.

Le vieux se leva et attira Emma et Léon sur le perron.

— Vous voyez, là, le hangar près des ormeaux ?

— Oui, dit Léon en portant la main en visière.

— Faudra bâtir à la place une belle grange. Une grange immense en pierre de taille. Pas ce misérable brasier rouge qui ne tient pas au mauvais temps. Mais avec cette pierre jaune de Merliac.

Léon hochait la tête.

— Quand nous aurons de l'argent, dit-il.

— J'ai commencé avec un demi-hectare en 1891, reprit Auguste. Puis un hectare. Tout juste de quoi faire un jardin. Puis deux, puis trois, puis quatre, puis cinq. Et bientôt Lavialatte grandira, fit le vieux d'un geste large. Je serai plus là pour le voir. Mais qu'importe, maintenant, je sais que Lavialatte ne mourra pas. C'est l'essentiel, murmura-t-il en descendant vers la cour, sans se retourner pour cacher son émotion.

D'un geste décidé, Léon tomba la veste qu'il tendit à Emma :

— Le travail m'attend ! lança-t-il en emboîtant le pas à la frêle silhouette qui s'éloignait vers l'ombre des tilleuls.

Achevé d'imprimer
en mars 2009
par Printer Industria Gráfica
pour le compte de France Loisirs, Paris

Numéro d'éditeur : 55101
Dépôt légal : février 2009

Imprimé en Espagne